Knaur.

Knaur.

Über den Autor:

Jan Schröter, geboren 1958 in Hamburg, war Sonderpädagoge und Buchhändler. Seit 1995 schreibt er Drehbücher für große Fernsehproduktionen (»Großstadtrevier«, »Alphateam«, »Traumschiff«) sowie Reisebücher und Kriminalromane. *Mogelpackung* ist sein erster Roman bei Knaur.

Jan Schröter

MOGEL-PACKUNG

Roman

Knaur Taschenbuch Verlag

Besuchen Sie uns im Internet:
www.knaur.de

FSC
www.fsc.org
MIX
Papier aus verantwortungsvollen Quellen
FSC® C083411

Originalausgabe März 2012
Knaur Taschenbuch

Redaktion: Regine Weisbrod
Umschlaggestaltung: ZERO Werbeagentur, München
Umschlagabbildung: Gettyimages / CSA Plastock
Satz: Adobe InDesign im Verlag
Druck und Bindung: CPI – Clausen & Bosse, Leck
Printed in Germany
ISBN 978-3-426-50939-5

2 4 5 3

1.

»Ich liebe dich.«
So, wie es da auf seinem Monitor stand, sah es armselig aus. Nach gar nichts. Fredo Fried drückte entschlossen die »Löschen«-Taste und sah zu, wie der rasende Curser die letzten drei Worte und den ganzen Dialog davor auffraß, bis nur noch die nackte Storyline-Vorgabe für diese Szene übrig blieb. Lies es noch mal, sagte sich Fredo.

Bild 22, Innen, Nacht, trendiger Club: Lara sitzt mit ihrer Kollegin Tina und deren Freund Fabian in der Chillout-Zone. Während Tina zur Toilette verschwindet, gesteht Lara Fabian ihre Liebe. Der kann der Versuchung nicht widerstehen. Tina kehrt zurück und sieht Kollegin und Freund wild miteinander knutschen (Episodenende).

Okay, überlegte Fredo, Tina geht zur Toilette. Sie ist ein einfaches, geradliniges Mädel und verabschiedet sich bestimmt mit einem Spruch wie: »Ich geh mal eben ins Recycling-Center!« Oder so ähnlich. Lara, die junge Wilde vom Lande, die seit nunmehr 128 Folgen Telenovela »Lara – eine Unschuld in Berlin« in emotionaler Achterbahnfahrt alle Höhen und Tiefen des Großstadtlebens auslotet, wendet sich dem coolen Fabian zu und sagt … und sagt …
Was sagt sie wohl?
»Ich liebe dich.«
Abgeschmackt. Klischee. Fade. Im Prinzip zwar die Aussage,

die man braucht, aber so was von langweilig, da zappt jeder sofort aufs nächste Programm. Vor allem die Teenager, die Hauptzielgruppe. Für die wurde »Lara« produziert. Lara war neugierig, lebensbejahend, risikofreudig bis an den Rand des Wahnsinns und probierte gerne etwas aus. Möglichst in jeder Folge etwas Neues. Die sagte nicht einfach: »Ich liebe dich«, wenn sie sich den Kerl schnappen will und weiß, sie hat nur fünf Minuten, bis dessen Freundin vom Klo zurückkommt.
Warum eigentlich nicht, sinnierte Fredo – eigentlich will man in so einer Situation doch ein ehrliches Gefühl zum Ausdruck bringen. Im richtigen Leben jedenfalls, nicht bloß in einer Fernsehserie. Doch kaum findet man jemanden toll und will das auch sagen, geht es gleich wieder nur um die Selbstinszenierung. Kaum schlägt die Liebe ein, beginnt der Schaulauf. Nicht ehrlich sein, sondern originell wirken – das macht attraktiv. Verlogen und öde. Dabei könnte man alles in drei einfachen Worten sagen. Aber auf dem Monitor sah das einfach nicht gut aus. Vielleicht, wenn man es ausspricht … Sag es, Fredo, sag es einmal laut und deutlich.
»Ich liebe dich!«
»Ich dich ja auch, Schatzi. Aber die Folge 129 muss trotzdem heute noch fertig werden!«
Fredo hatte einen Moment lang vergessen, dass er sich sein Büro bei der SIGMA TV PRODUKTIONS GmbH mit Bert Schmidtbauer teilte – ein kleines Kabuff mit Blick auf die triste Industrielandschaft zwischen Tempelhof und Teltowkanal. Diese trübe Aussicht genoss man allerdings nur vom schmalen Fenster aus, und dort stand Berts Schreibtisch. Fredos Tisch stand an der Wand, was dem firmeninternen Stellenwert des Dialogautors entsprach. Als solcher befand man sich bei der SIGMA am unteren Ende der Nahrungskette, was Fredo nicht besonders störte. Bert, zuständig für die

Storylines der Telenovela, grinste seinen verwirrt aufschauenden Kollegen an.
»Hast du die 129 schon angefangen?«
Fredo schüttelte den Kopf. »Bin beim letzten Bild der 128.«
»Oha. Dann wird's wohl wieder eine lange Nacht für dich.«
»Sieht so aus.« Fredo seufzte. »Wie sagst du: Ich liebe dich?«
»Brauche ich nie.«
»Niemals?«
»Ich liebe nur mich. Und das ohne Worte.«
Bert blickte selbstzufrieden drein wie ein in sich ruhender Buddha. Ein Bonsai-Buddha, dachte Fredo. So wirkte Bert Schmidtbauer immer. Möglicherweise lag das an seinen Klamotten – immer zwei Nummern zu groß und chronisch ungebügelt. Berts Camouflage-Trick Nummer eins, um seine lächerlichen gut eineinhalb Meter Lebendgröße zu kaschieren. Trick zwei war seine vorlaute Klappe. Doch bevor Fredo einen Verbaldämpfer abfeuern konnte, platzte jemand ins Büro, ohne anzuklopfen.
»Wie weit seid ihr, Jungs?« Plöger, Schweißperlen auf der Stirn, verbreitete Hektik, wie üblich. Wahrscheinlich glaubte er, in seiner Position als Chefautor müsste das einfach so sein. »Wir brauchen die 128! Schon seit einer Stunde! Und die 129 spätestens morgen früh!«
»Die Storylines sind fertig«, rapportierte Bert eilfertig.
Plöger wandte sich Fredo zu. »Und die Dialoge?«
Fredo zuckte lässig mit den Achseln. »Morgen früh, kein Problem. Bleibe ich eben noch ein paar Stunden hier. Schreibt sich eh besser, wenn hier endlich mal Ruhe ist.«
Fredo hatte mit einem Wutanfall des Chefautors gerechnet. Doch da hatte er sich getäuscht. Plöger hob nur kurz skeptisch die Brauen und legte dann sein in zahllosen Kreuzberger Nächten verlebtes Gesicht in sorgenvolle Falten.

»Fertig werden ist das eine. Es muss aber auch gut werden. In der Chefetage ist die Hölle los, sage ich euch! Die Zuschauerquote ist schon wieder um 0,2 Prozent gesunken. Wir müssen viel mehr Kracher abliefern ...«
Fredo wandte sich wieder seinem Monitor zu und schaltete die Ohren auf Durchzug, während Bert Schmidtbauer seine Kittergarderobe durchschwitzte und ebenso bemüht wie hilflos versuchte, Plöger mit pseudokreativen Vorschlägen zu beeindrucken, wie man ihre Hauptfigur Lara durch die Achterbahn der ganz großen Gefühle jagen könnte. Als Dialogautor fühlte sich Fredo für Problemlösungen nicht zuständig. Nicht im richtigen Leben, und im Fall der schmalspurigen Telenovela »Lara – eine Unschuld in Berlin« schon mal gar nicht. Das sollten sich die anderen hübsch alleine überlegen, wie man der schwächelnden Quote auf die Sprünge helfen könnte ...
Gleich fragen sie mich, ahnte Fredo. Zeit für den Notausstieg. Bevor er seine interne Liste probater Ausreden zum vorzeitigen Verlassen brotloser Palaver nach der geeigneten Abgangsfloskel durchforsten konnte, vibrierte sein Mobiltelefon in der Hosentasche. Er zog es diskret heraus und sah aufs Display: eine SMS von seinem Bruder mit der Bitte um Rückruf. Mit Markus hatte Fredo zuletzt zu Weihnachten telefoniert, vor gut drei Monaten. Seitdem herrschte Funkstille. Nicht, weil sie sich gestritten hätten. Sie stritten nie miteinander, sie hatten sich bloß nichts zu sagen. Jetzt jedoch schien irgendetwas anzuliegen. Geburtstag vergessen? Fredo rekapitulierte angestrengt sämtliche Geburtsdaten von Markus, dessen Frau und Kindern – die lagen alle erst in der zweiten Jahreshälfte. Möglicherweise war etwas mit Oma Gesche, die ging immerhin schon hart auf die neunzig zu ... Plötzlich registrierte er, dass Plöger und Bert ihre Debatte eingestellt hatten und ihn schweigend anstarrten.

»Vielleicht legt Herr Fried wenigstens das Handy weg, wenn er sonst schon nichts zum Thema beiträgt!«

»Mein Bruder«, Fredo wedelte entschuldigend mit dem Mobiltelefon. »Ich soll ihn anrufen. Dringende Familienangelegenheit.«

Plöger zeigte sich ungewohnt nachsichtig. »Okay, ich mach Schluss für heute! Aber die 129 steht morgen früh, ich verlasse mich auf dich, Fredo!«

Zusammen mit Plöger verließ Fredo das Büro. Während der Chefautor eiligst zum Fahrstuhl strebte, suchte sich Fredo auf dem langen Flur eine ruhige Ecke zum Telefonieren. Zu viel Stress würde er sich heute Nacht mit dem Drehbuch nicht mehr machen, allen Plögerschen Appellen zum Trotz. Während der letzten acht Jahre hatte Fredo für etliche Produktionen geschrieben, auch für weitaus ambitioniertere Formate als »Lara – eine Unschuld in Berlin«, und dabei vor allem eines gelernt: Fernsehautoren dichteten meist für die Tonne und im Erfolgsfall für flüchtige Flimmerkistenmomente. Wozu also als TV-Schreiber Herzblut investieren? Bei einer Dünnbrett-Novela wie »Lara« kam man in dieser Hinsicht gar nicht erst in Versuchung – höchstens kurzfristig, wenn man sich wie Fredo vorhin damit abmühte, an feinsinnigen Formulierungen für komplexe Gefühle zu feilen. »Ich liebe dich«, das musste reichen. Keine Ambitionen – kein Frust. Kein Problem für Fredo.

Markus sah so etwas naturgemäß ganz anders. Sein großer Bruder unternahm nie einen Handschlag ohne peinlichste Kosten-Nutzen-Kalkulation. Null Ambitionen, null Frust, da stünde für Markus unterm Strich ein klares Ergebnis: Nullsummenspiel, Finger davonlassen. Fredo erinnerte sich dumpf, dass sie sich über dieses Thema während des weihnachtlichen Telefonats sogar doch ein wenig gestritten hatten.

Zumindest fast, mit leicht erhobener Stimmlage. Mehr Funkenschlag lag bei Markus nicht drin. Vermutlich rechnete sich ein Streit unter Brüdern für ihn einfach nicht. Was er wohl jetzt von Fredo wollte?

Gibt nur einen Weg, es herauszufinden, dachte Fredo und griff seufzend zum Handy. Markus meldete sich so schnell, als hätte er sein Telefon seit Versendung der SMS gar nicht beiseitegelegt.

»Fredo? Hey – schneller Rückruf, Respekt.«

»Hättest du mich sofort angerufen, wär's noch schneller gegangen.«

»Ich wollte sichergehen, dass du ein paar Minuten Zeit hast, wenn wir reden. Hast du doch jetzt hoffentlich?«

»Klar. Was gibt's?«

»Was macht dein Job?«

Oh Mann, dachte Fredo, was soll das Herumeiern? »Läuft.«

»Und deine Freundin? Wie heißt das Mädel noch …«

»Sandra.«

»Genau. Die hat doch auch nichts Festes …?«

»Was heißt hier ›auch nicht‹? Ich stehe noch für knapp ein halbes Jahr unter Vertrag bei der SIGMA. Und Sandra modelt. Wenn sie gebucht wird.« Das klang selbst in Fredos Ohren ziemlich bescheuert. Himmel, ärgerte er sich, als ob ich mich rechtfertigen müsste. Was will der bloß?

»Na ja, die ist ja auch noch jung.«

Fredo hörte genau hin, konnte aber keinen ironischen Unterton aus Markus' letzter Bemerkung herausfiltern. »Genau, Sandra ist vierundzwanzig, zehn Jahre jünger als ich, und ich weiß immer noch nicht, womit ich nächstes Jahr mein Geld verdiene. Das haben wir also durch, Markus. Reden wir doch zur Abwechslung über deinen Job! Immer noch bei der Bank?«

»Gut, dass du das ansprichst«, konterte Markus gelassen. »Deswegen habe ich dich angerufen.«
Fredo verstand gar nichts mehr. »Haben sie dich gefeuert oder so?«
»Oder so. Die befördern mich.«
Na klar, dachte Fredo, Markus feuert man nicht. »Und ich soll dich jetzt feiern?«
»Ich möchte dich um einen Gefallen bitten, Fredo. Ich muss für ein paar Monate nach China, wir steigen ganz groß in den asiatischen Markt ein …«
»Von asiatischen Märkten habe ich keine Ahnung. Ich könnte da höchstens Texte für Glückskekse verfassen.«
»Ich brauche dich nicht in China. Ich brauche dich hier. In Bornstedt.«
Fredo überlegte kurz. »Im Mai haben wir zwei Wochen Drehpause, da könnte ich vielleicht mal ein, zwei Tage …«
»Ich rede nicht von ein paar Tagen. Es geht um ein Vierteljahr.«
Fredo schwieg fassungslos, während Markus endlich zur Sache kam: Er müsste also nach Shanghai, und Nicole wollte unbedingt mit. China sei schon immer der Lebenstraum seiner Frau gewesen, und darüber hinaus, nun ja, sie wären bald zwanzig Jahre miteinander verheiratet, in den letzten Jahren sei die Glut ein bisschen erkaltet, als Mann mit Phantasie könne sich Fredo da vielleicht hineindenken, auch ohne jemals verheiratet gewesen zu sein – jedenfalls brächten ein paar Monate in exotischer Kulisse bestimmt wieder Pfeffer ins Eheleben, außerdem zahle die Firma alles, sei wahrscheinlich besser und garantiert billiger als eine Therapie beim Psycho-Beziehungsklempner.
»Und eure Kinder?«, fiel Fredo ein, als Markus zwischendurch mal Luft holen musste.

»Genau, die Kinder. Du denkst mit. Das gefällt mir, Bruder. Du bist genau der Richtige!«

»Der Richtige wofür?«

»Du ziehst für ein Vierteljahr zu uns nach Bornstedt. Kannst mein Arbeitszimmer benutzen, die Sauna, Garten, Grillhütte, Auto – alles deins. Die Kinder sind total selbständig, die stressen dich nicht. Hauptsache, sie haben eine Vertrauensperson an Bord.«

»Und was ist mit meiner Arbeit? Und mit Sandra?«

»Du kannst deinen Kram doch per E-Mail in die Firma schicken! Und was Sandra betrifft, das Haus ist groß genug. Bring sie mit!«

Sandra, die Weltstadtpflanze, in Bornstedt, dem Enddarm der Provinz. »Du hast echt einen Knall!« Fredo konnte es nicht fassen, mit welcher Selbstverständlichkeit sein Bruder davon ausging, er und Sandra könnten mal ganz locker ihren Alltag für ein Vierteljahr unterbrechen. Für Markus war Fredo ja auch bloß ein verkrachter Lebenskünstler, und lebenskünsteln könne man schließlich jederzeit überall. Ein wichtiger Manager eines börsennotierten Finanzunternehmens unterlag natürlich ganz anderen Sachzwängen, und daran sollten sich gefälligst alle anderen Familienmitglieder ausrichten. Sogar der kleine Bruder, mit dem man sonst nur sporadisch telefonierte.

»Wir produzieren jede Woche fünf Bücher! Ich kann hier nicht einfach weg.« Und ich will auch gar nicht, fügte Fredo gedanklich hinzu. Kinder hüten in Bornstedt. Dann lieber den ganzen Tag Krisenkonferenzen mit Plöger und Bert.

»Ich frag dich ja auch nicht gerne, Kleiner«, gestand Markus.

Wenigstens gibst du's zu, dachte Fredo. »Warum fragst du mich dann überhaupt?«

»Weil ich hoffte, du bist flexibel genug, bis übermorgen hier zu sein.«

»Übermorgen? Die schicken dich von heute auf übermorgen für ein Vierteljahr nach China?«

»So plötzlich kommt das nicht ... Eigentlich war alles anders geplant ...«, druckste Markus herum. »Ursprünglich sollte Nicoles Schwester einspringen. War längst abgemacht. Aber nun liegt meine Schwiegermutter flach. Rücken-OP, langwierige Sache, Nicoles Schwester muss sie pflegen. Mensch, Fredo, meine Firma zahlt sogar was für Familienbetreuung! Freie Kost und Logis, kriegst noch Geld dazu ...«

»Danke schön. Nehmt euch eine professionelle Haushaltshilfe. Wo ist das Problem? Und was ist eigentlich mit Oma Gesche? Die könnte das doch auch – und wohnt sowieso bei euch.«

»Wann hast du Oma zuletzt gesehen? Vor zwei Jahren?«

Stimmt, rekapitulierte Fredo verblüfft, tatsächlich schon so lange her. »Da war sie jedenfalls noch ganz gut drauf.«

»Damals. Jetzt ist sie, wie soll ich sagen ... Teil des Problems.«

»*Deines* Problems. Hör mal, Markus, ich bin für diesen Anruf aus einer Konferenz weggegangen. Du findest schon eine Lösung. Aber ohne mich, okay?«

»Schade. Wie du meinst.«

»Schick mir mal 'ne Ansichtskarte.«

Sie wechselten noch ein paar Floskeln, dann legten sie auf. Erstaunlich, wie wenig sie sich zu sagen hatten, dachte Fredo. In einer Telenovela würden zwei Brüder grundsätzlich anderen Umgang miteinander pflegen: Entweder sie stünden in allen Lebenslagen in Treue fest Seite an Seite oder würden sich in dramatischen Rivalitätskämpfen zerfleischen. So ein Verhältnis wie zwischen ihm und Markus war lau. Reizlos. Langweilig. Der Quotenkiller für jedes Drehbuch. Dieser Gedanke brachte Fredo wieder zurück ins Hier und Jetzt. Er hatte noch ein Drehbuch fertig zu schreiben. Verglichen mit

einem Leben in Bornstedt erschien ihm diese Aufgabe plötzlich als gar nicht mehr so übel.
Irgendetwas stimmte nicht. Das bemerkte Fredo sofort, als er wieder das Büro betrat. Bert Schmidtbauer saß geduckt auf seinem Schreibtischstuhl, hielt das Kinn in den Abgründen des Übergrößenkragens verborgen und erinnerte damit stark an eine verschreckte Schildkröte. »Die Chefin war eben hier«, verkündete er mit Grabesstimme. »Wir haben jetzt fünf Wochen in Folge an Quote verloren. Sie hatte heute Morgen eine Telefonkonferenz mit den Verantwortlichen beim Sender. Es gibt Konsequenzen ...«
Fredo ahnte, was kommen musste – glaubte es allerdings noch nicht.
»Die neuen Dialogautoren kommen morgen um elf Uhr.« Bert Schmidtbauer sah Fredo nicht an. »Zwei Frauen, frisch von der Filmhochschule. Die bringen den nötigen *Teen Spirit* in unsere Novela, sagt die Chefin. Tut mir leid, Fredo. Du bist raus ...«

»Was machst du jetzt?«
Das war die Frage, die Bert Schmidtbauer bereits seit einer Stunde auf den Lippen lag und um die sich Fredo bis jetzt herumgedrückt hatte. Sie saßen in einer Sportbar in der Nähe des Kollwitzplatzes – einer Gegend mit scheinbar typisch Berliner Ambiente, deren Bewohner allerdings von überall her stammten, bloß nicht aus Berlin. Fredo wusste das, weil er auch hier wohnte. Und ebenfalls kein geborener Berliner war. Deshalb versammelten sich in der Sportbar vor den zahlreichen Flatscreens an Bundesligaspieltagen jede Menge Zugezogene und grölten bei Buletten und Berliner Weiße für Hamburg, Köln oder München. Heute hatte die Bundesliga jedoch spielfrei. Auf den Bildschirmen flimmerten Eurosport-

Reportagen aus der englischen Premier League. Fredo wartete die Zeitlupenwiederholung einer – auch nach britischen Maßstäben – rustikalen Blutgrätsche ab und wandte sich Bert zu, der immer noch auf eine Antwort wartete.

»Ich geh pinkeln.«

»Bis zur Rente?«

Fredo schenkte dem Kollegen ein müdes Lächeln. Mehr war der Witz nicht wert, befand er, während er in die Kneipenkatakomben strebte, wo neckische, geschlechtsbetonte Piktogramme willigen WC-Pilgern den Weg wiesen. Wahrscheinlich waren seine eigenen Witze meist auch nicht besser. Jedenfalls die, mit denen er die Telenovela-Dialoge fütterte. Das war ja auch keine Arbeit, an die man sein Bestes verschwendete. Keine Arbeit, der man nachtrauern sollte. Also kein Grund, sich jetzt beschissen zu fühlen. Was leider der Fall war.

In den Pissoirs simulierten eingelegte, grasgrüne Plastikgeflechte mit Fußballfeldmarkierungen gediegene Stadionatmosphäre. In jeder Schüssel gab es sogar kleine Fußballtore, die sich per Urinstrahl anvisieren ließen. Fredo legte an und verwandelte souverän oben rechts in den Winkel. Unhaltbar. Reif für die Premier-Power-Pisser-League. Wäre live auf Eurosport bestimmt der Heuler. Fredo schüttelte die letzten Tropfen ins Abseits, verpackte seinen Torjäger und zog energisch den Reißverschluss der Jeans hoch. Vorm Waschbecken war der kurzfristige Energieschub allerdings schon wieder verpufft. Fredo ließ Wasser über die Hände rinnen und starrte sich im stockfleckigen Spiegel an. Fredo Fried, vor vierunddreißig Jahren als Landei im Nirgendwo der norddeutschen Tiefebene – sprich: Bornstedt – gestartet. Nach dem Abi ab in die Großstadt, erst Köln, später Berlin, nie wieder Provinz. Diverse angefangene und abgebrochene Studiengänge. Es hatte ihm nicht am Stehvermögen gemangelt, um ein Studium zu Ende zu führen. Es hatte bloß immer wieder etwas gegeben, was Fredo interessanter fand als das, womit er sich gerade beschäftigte. Bei den Jobs lief es lange genauso, bis er bei der Fernsehschreiberei hängengeblieben war. Aber diesmal war es entschieden anders als früher: Es gab nichts, was er gerade interessanter gefunden hätte – und das, obwohl er seinen Job bei der SIGMA schon lange hasste. Irgendwie war ihm die Begeisterungsfähigkeit abhandengekommen. Lag das etwa am Alter?

Fredo beugte sich ein wenig vor und inspizierte sein Spiegelbild. Volle dunkle Haare, gut gestylt und genau im richtigen Maß verstrubbelt, so dass die Frisur lässig, aber nicht ungepflegt wirkte. Um die hellbraunen Augen herum mäanderten ein paar Lachfältchen, aber die hatte es dort schon gegeben, bevor Fredo sich altersmäßig aus der Zielgruppe verabschiedet hatte. Glatte Haut, Zähne okay, Gewicht im Normbereich. Klamotten im Trend. Jobmäßig wird sich eine Lösung finden, alles andere ist im Lot, versuchte sich Fredo einzureden und wusste trotzdem plötzlich glasklar: jetzt ein paar Bier zu viel und dazu Bert Schmidtbauers betont aufmunterndes Gequatsche über künftige, hoffnungsvolle TV-Projekte und die sich daraus ergebenden Chancen für Drehbuchschreiber – und Fredo versackte in purer Tristesse. Warum ging er nicht einfach nach Hause? Dort wäre Sandra. Und wo Sandra war, herrschte immer genug Trubel, um alles andere zu vergessen. Sie hatten sich im Vorjahr kennengelernt, als Fredo eines Sonntags mit einigen Freunden auf einer Wiese im Tiergarten Fußball spielte und eine Flanke von halbrechts volley nahm. Sein fulminanter Spannstoß hatte zwar das Tor verfehlt, nicht aber die hübsche Joggerin, die im selben Moment dahinter kreuzte. Der Ball krachte ihr granatenmäßig an den Kopf, was

Sandra eine leichte Gehirnerschütterung und Fredo eine neue Liebste eingebracht hatte – Letztere allerdings erst, nachdem ein opulenter Genesungsblumenstrauß und ein Entschuldigungsessen beim angesagten Italiener den Weg zu weiteren Verabredungen geebnet hatten. Sandra genoss das Leben in vollen Zügen: Probierte dieses aus und jenes, stürzte sich mit allem auf alles, was die Hauptstadt jungen, schönen und begeisterungsfähigen Menschen zu bieten vermochte. Zusammen mit Sandra konnte Fredo das tun, was ihm ohne Sandra immer seltener gelang – des Daseins federleichte Seiten aufblättern.

Fredo trocknete sich die Hände. Er würde nach Hause gehen, sofort. Kein Frustbesäufnis mit Bert. Er nickte seinem Spiegelbild entschlossen zu und kehrte zurück in die Oberwelt.

Bert Schmidtbauer lehnte bäuchlings über der trennenden Brüstung zur benachbarten Sitzgruppe und fraternisierte heftig mit einer Gruppe angeduselter Jungmänner, die ihre tristen Büroanzüge mit verwegen drapierten Eintracht-Frankfurt-Fanschals aufgepeppt hatten.

»Saison 91/92, letzter Spieltag, Rostock!«, dozierte Bert soeben mit erhobenem Bierglas. »Bis dahin die beste Eintracht, die die Bundesliga jemals gesehen hat!«

»Und dann alles vergeigt«, jammerte bierschwer ein milchgesichtiger Nadelstreifen, der besagte Saison bestenfalls in der Kita erlebt haben konnte.

Bert, der Aufbauspezialist, träufelte sachkundig Trost auf die posttraumatisierten Fanseelen. »Weil der Schiri den Elfer nicht gepfiffen hat. Ich sag nur: Glasklares Foul an Ralf Weber im Rostocker Strafraum!«

»Jawoll!«

»Nur wegen dem Schiri!«

»Ey, Mann – noch'n Bier?«

Der eben noch schwer depressive Nadelstreifen legte zärtlich die Hälfte seines Fanschals um Berts schmale Schultern und intonierte markerschütternd Stadiongesang: »Wir sind Adler, wir sind Adler, keiner mag uns, scheißegal …«
Fredo winkte dem Kollegen kurz zu, der inmitten der Schar neuer Freunde seinen Abgang kaum registrierte, und verließ die Sportbar, ohne sich noch einmal umzusehen. Um Bert muss man sich keine Sorgen machen, dachte Fredo, der schwimmt einfach immer mit. Kommt eigentlich aus Düsseldorf und hat mit der Eintracht nichts am Hut, aber wenn gerade nur Eintracht-Fans da sind – kein Problem. Flexible Interessengemeinschaften bilden, das macht glücklich. Schätzungsweise. Bei Bert schien es jedenfalls zu funktionieren.
Der Aprilabend überraschte mit rosa Sonnenuntergangswölkchen und einem Hauch von Frühling, den nicht einmal die Berliner Luft zu verpesten vermochte. Fredo atmete tief durch, stellte seinen inneren Autopiloten auf Heimatkurs und trottete gedankenverloren los. Offen bleiben. Wechselnde Allianzen schließen. Sich nicht festlegen und nicht festlegen lassen. Das machte sexy. So kam man durch. Sonst hing man ganz schnell so drin wie sein Bruder Markus: Provinz, Kinder, Tretmühle. Und eine lauwarm abgeschmackte Ehe, die ausgerechnet eine Dienstreise nachwürzen sollte. Schreckliche Vorstellung. Sandra und er würden niemals so enden. Sie kreisten auf unterschiedlichen Umlaufbahnen, aber mit genügend Überschneidungen, um die Leidenschaft Sternschnuppen sprühen zu lassen. Was für ein schönes Bild. Fredo war stolz auf sich. Außerdem war ihm plötzlich verschärft nach Leidenschaft zumute. Zum Glück hatte er sein Ziel erreicht: einen hochwertig renovierten Altbau, in dessen ausgebauter Dachetage Sandras vermögende Eltern ihrem Herztöchterlein ein geräumiges Appartement gekauft hatten. Alles vom Feinsten, Fredo muss-

te nur mit einziehen. Was er bereits drei Monate nach dem fulminanten Blattschuss im Tiergarten getan hatte.
Fredo ging durch den Eingangsbereich zum Lift und fuhr bis zur Endstation im Fünften. Von dort aus ging es über eine Treppe weiter zu ihrer Wohnung unterm Dach. Die Tür war nur zugeschnappt, nicht abgeschlossen, Sandra also zu Hause. Wahrscheinlich vor der Glotze, dachte Fredo. Hoffentlich lief nicht ausgerechnet »Lara – eine Unschuld in Berlin«. Eben wollte Fredo die Schuhe abstreifen, da hörte er Sandra stöhnen.
Hochgradig lustvoll.
Er hätte gleich gehen können. Doch es zog ihn unwiderstehlich über den Flur hin zum Schlafzimmer, aus dem Sandras Stöhnen und eindeutig männliches Grunzen drang. So ein Klischee kauft dir nicht mal die SIGMA ab, fuhr es ihm durch den Kopf – dann riss er die Zimmertür auf. Sandra ritt ekstatisch auf einer sich unter ihr windenden Gestalt. Unbekleidet sah Plöger noch schlimmer aus als sonst. Er entdeckte Fredo zuerst und schoss so abrupt hoch, dass es Sandra wie einen abgeworfenen Rodeo-Reiter rücklings in die Federn haute.
Fredos Blick nagelte Plöger fest, dem schon wieder die Schweißperlen auf der Stirn standen. Wortlos wandte er sich ab.

2.

Du hast nichts gesagt?« Markus schüttelte verständnislos den Kopf. »Feige geschwiegen?«

»Bedrohlich geschwiegen.«

Sie fuhren in Markus' schnieker Mercedes-350er-Limousine auf dem vierspurigen Zubringer zum Hamburger Flughafen. Vom Rücksitz aus stellte Fredo interessiert fest, dass die Tachomarkierungen bis 260 Stundenkilometer reichten. Das sah nach Spaß aus. Markus hielt sich natürlich penibel an die Geschwindigkeitsbegrenzung. Aber Markus säße auf dem Rückweg nicht mehr hinter dem Lenker. Und Nicole, das Krampfhuhn, nicht auf dem Beifahrersitz. Eigentlich fand Fredo seine Schwägerin meistens ganz nett. Farblos, aber nett. Jetzt allerdings wirkte sie enorm angespannt. Es ging nach China. Für ein Vierteljahr. Markus und Nicole hatten Fredo am Hamburger Hauptbahnhof abgeholt, um gleich mit ihm zum Flughafen weiterzufahren. Dort würden die beiden gen Fernost einchecken und Fredo die Verantwortung fürs Heim, die Kinder und die Limousine übergeben. Nicole fühlte sich sichtlich unwohl dabei. Markus war immer noch mit Fredos Kurzreport des vorgestrigen Desasters beschäftigt.

»Und dann bist du einfach gegangen?«

»Jep.«

Nur schnell die Umhängetasche mit seinem Notebook von der Garderobe gerafft. Raus aus der Wohnung, raus aus dem Haus. Noch nicht gleich raus aus Berlin – aber nur, weil ihm das Ziel fehlte. Fredo hatte eine billige Reisetasche, das Nötigste an

Wäsche und eine Zahnbürste gekauft und sich in einem gesichtslosen Billighotel einquartiert, alle Kontaktversuche Sandras auf seinem stummgeschalteten Handy konsequent ignoriert. Nach einer ergebnislos durchgrübelten Nacht war ihm lediglich eins klargeworden: Für diese Lebenslage fehlte ihm das geeignete Bewältigungsprogramm. Er fühlte sich planlos reduziert auf die eigene Befindlichkeit, und die jaulte wie ein Migränekranker: Tür zu, Vorhang dicht, Licht aus, alle draußen bleiben. Er sehnte sich nach eintöniger, wattebäuschiger Langeweile. Keine Aufreger, keine Herausforderungen. Und plötzlich verdichtete sich diese Sehnsucht auf einen Namen. Bornstedt.

Ein Anruf bei Markus ergab, dass sich noch niemand als Haus- und Kinderhüter gefunden hatte. Es sah so aus, als würde Markus zunächst allein nach China aufbrechen müssen und Nicole erst nachreisen können, wenn sich doch noch eine Vertrauensperson aus dem Hut zaubern ließe. Fredo bot sich als Geist aus der Wunderlampe an, worauf sein Bruder zunächst mit ungläubigem Staunen und dann mit angemessener Begeisterung reagiert hatte.

Vierundzwanzig Stunden später hielt der Mercedes auf einem Parkstreifen vor dem Flughafenterminal. Markus hetzte sofort los und organisierte eine Gepäckkarre, während Fredo bereits die Koffer aus dem Wagen wuchtete. Nicole stand nutzlos in der Gegend herum. Die Geschichte ihres Lebens, vermutete Fredo. Er schloss den Kofferraumdeckel und lächelte seiner Schwägerin aufmunternd zu.

»Freust du dich?«

Sie rang sich ein Nicken ab. »Ja, schon.«

»Mach dir keine Sorgen wegen Karla und Tim. Wir kommen schon klar.«

»Bestimmt. Nochmals vielen Dank, Fredo.«

Markus kam mit der Karre herangerumpelt. Die Koffer waren im Nu aufgeladen.
»Auf geht's!«, verkündete Markus. Fredo umarmte Nicole kurz und wandte sich dann seinem Bruder zu.
»Kommt bloß nicht vorzeitig zurück. Ich will mich erholen.«
»Mach den Weinkeller nicht gleich in der ersten Woche leer, Kleiner!«
»Du hast einen Weinkeller? Den brauchst du nach drei Monaten China nicht mehr. Dann stehst du bloß noch auf Tee und Reiswein.«
Sie reichten sich die Hand, entschieden sich dann aber doch für eine Umarmung, die entsprechend ungelenk ausfiel.
»Soll ich noch mit zum Check-in?«
»Fahr lieber los, Gesche ist allein zu Haus.«
Diese Vorstellung schien Nicole irgendwie zu beunruhigen. Fredo war es nur recht. Spätestens in der Warteschlange vor dem Schalter würden ihnen die Gesprächsthemen ausgehen, und dann wäre es nur eine Frage der Zeit, bis Nicole in Tränen ausbrach. Das musste nicht sein. Auch Markus bevorzugte offensichtlich die Methode »kurz & schmerzlos« und warf Fredo spielerisch die Wagenschlüssel zu.
»Lass den Benz heil. Hausschlüssel hast du ja schon. Wir melden uns gleich nach der Ankunft aus dem Hotel. Mach's gut.«
Bevor bei Nicole nun doch die Tränen liefen, schnappte sich Markus Frau und Gepäckkarre und rumpelte ins Terminal. Fredo stieg in den Wagen, richtete sich die optimale Sitzposition ein, gab dem Benz die Sporen und fädelte sich sportlich in den fließenden Verkehr.

Fünfzig Kilometer Autobahn gen Norden reichten, um den Mercedes an die Grenzen der Schwerkraft zu katapultieren und ein Dauergrinsen in Fredos Gesicht zu zaubern, das erst an Strahlkraft verlor, als nach weiteren zehn Kilometern über Landstraßen, gesäumt von Knicks und schwarzbunten Holsteiner Milchkühen, das leuchtend gelbe Ortsschild Bornstedts in Sichtweite kam. Fredo erinnerte sich daran, wie sie als Jugendliche manchmal an Samstagabenden weggefahren waren. Meist nach Hamburg oder nach Kiel, mit irgendeinem aus der Clique, der schon den Führerschein und ein Auto besaß oder wenigstens von irgendwem eines ausleihen konnte. Zu viert oder zu fünft auf der Rückbank, mindestens zwei Leute auf dem Beifahrersitz – was ziemlich aufregend sein konnte, wenn genügend Mädchen dazwischen saßen. Und ziemlich ätzend, wenn man die Fahrt im Sandwich zwischen zwei pickeligen Jungstieren hinter sich bringen musste, die ihren samstagnachtfiebrigen Testosteronschweiß mit Billigdeodorant vom Discounter zu übertünchen versuchten – üblicherweise vergeblich. Nach durchfeierter Nacht am Puls der Großstadt ging es dann zurück. Und ganz gleich, in welcher Besetzung sie unterwegs gewesen waren, egal, ob der Mond noch schien oder bereits der Morgen graute: Bei Erreichen des Bornstedter Ortsschildes gab es ein festes Ritual. Anhalten, aussteigen, jeder einen Stein – und dann Feuer frei aufs Blech, als ließe sich so bereits im Voraus dafür Rache üben, dass man für eine weitere Woche im Kleinstadtkäfig festsaß. Bis zum nächsten Wochenende.

Einem Spontanentschluss folgend ließ Fredo den Wagen ein paar Meter vor dem Ortsschild am Straßenrand ausrollen, stieg aus und betrachtete gedankenversunken die Blechtafel. Den Narben und Beulen auf dem Metall nach zu urteilen, lebte die Steinigungstradition anscheinend noch. Ihn beschlich ein mulmiges Gefühl. Da stand er nun. Alles auf Anfang. So hieß es am Set, wenn eine Szene wiederholt werden sollte und die Regie die Schauspieler zur Ausgangsposition beorderte. Damals, vor fünfzehn Jahren, hatte es für ihn selbst in den Zeiten finsterster Langeweile stets die Hoffnung gegeben: Es würde sich alles zum Besseren wenden, von ganz allein – er musste nur warten und erwachsen werden. Doch nun … Erwachsener würde er kaum noch werden. Lag das Beste in seinem Leben vielleicht sogar schon hinter ihm? Ohne dass er es überhaupt erkannt hatte, als es für ihn Gegenwart war?

Solche Spekulationen führen auf direktem Weg in die Depressionshölle, dachte Fredo. Abschütteln. Weitermachen. Trotzdem ahnte er, dass sich diese Gedanken nur temporär in irgendeine entlegene Bewusstseinsecke verkrochen, um ihn beizeiten wieder höhnisch anzugrinsen. Dafür musste jemand büßen. Die SIGMA-Chefetage, Sandra oder Plöger waren nicht zur Hand. Aber das Ortsschild.

Fredo bückte sich nach einem Stein. Runder Kiesel, lag gut in der Faust. Ziel kurz anvisieren, lang hinter der Schulter durchziehen, Kernwurf, ab durch die Mitte. Das Geschoss prallte mit glockenhellem Aufschlag exakt gegen die Kante des Ortsschilds und schwirrte als Querschläger zur Straße – genau auf die Frontscheibe eines aus dem Ort heranrauschenden Golfs, der den Kiesel so nahm wie ein versierter Kopfballspieler die passgenaue Hereingabe des Flügelstürmers. Fulminant beschleunigt, wechselte der Kiesel erneut die Flugrichtung, fräste kreischend eine hässliche Furche in den ansonsten makellosen Lack der Mercedes-Motorhaube und verschwand im struppigen Grün seitlich der Fahrbahn. Mit quietschenden Reifen kam der Golf schlingernd zum Stehen. Fredo war immer noch dabei, das eben gesehene Kieselbillard gedanklich zu verarbeiten, da sprang eine zornfunkensprühende Erscheinung aus dem Golf.

»Sind Sie bescheuert, Mann?«

Bevor Fredo dazu Stellung beziehen konnte, ging die Frau – es war eine Frau, so viel registrierte Fredo nun schon mal – furiengleich auf ihn los, bremste jedoch den Amoklauf im Ansatz und hieb ersatzweise wütend die geballte Faust aufs Benz-Dach. Noch eine Beule, fuhr es Fredo durch den Kopf, und rasch eilte er auf die Rasende zu, um weitere Kollateralschäden zu verhindern. Die Frau wich vor ihm zurück, die Hände abwehrend ausgestreckt.

»Fassen Sie mich nicht an!«

Das hatte Fredo gar nicht vor. Aber wenn er so aus dieser Nummer rauskäme, ließ sich die seitens der Frau offensichtlich aufkommende Panik vielleicht nutzen. Er verzog seine Miene zu einem Grinsen, von dem er hoffte, es wirkte möglichst hinterhältig. Das klappte gut. Sie begann den Rückzug zum Auto, rückwärts in kleinen Schritten, ohne ihn aus den Augen zu lassen.

»Wagen Sie es ja nicht!«

Fredo behielt die Brutalofresse bei und setzte plötzlich einen schnellen Ausfallschritt nach vorn – mit gewünschtem Erfolg: Die Frau machte auf den Hacken kehrt, hechtete in ihren Golf und legte einen Raketenstart hin. Die durchdrehenden Antriebsreifen schleuderten eine Geröllwolke aus dem Straßenbankett, aus der sich eine weitere Kieselgranate löste und – quasi zum Abschied – krachend an der Mercedestür aufschlug. Dann entfernte sich der Golf im Renntempo. Fredo sah ihm konsterniert nach, bevor er sich der Schadensinspektion widmete. Herbe Scharte auf der Motorhaube, kleine Delle auf dem Dach und Lackschaden an der Tür. Der Benz sah irgendwie ziemlich gebraucht aus. Und er fuhr ihn seit knapp einer Stunde.

Achselzuckend schwang sich Fredo in die Limousine und warf einen letzten Blick aufs unerschütterlich stehende Orts-

schild. »Willkommen in Bornstedt«, murmelte er, dann ließ er den Motor an und rollte über die Ortsgrenze.
Auf den ersten Blick hatte sich nicht viel verändert. Auf den zweiten Blick auch nicht. Eingangs der Hauptstraße, wo sie früher auf einem verwilderten Grundstück bis nach Ostern gehortete Silvesterböller gezündet hatten, stand ein neuer Supermarkt. Für den nötigen Parkplatz hatte die alte Baracke von Tischler Neumann dran glauben müssen. Das schien es, im Großen und Ganzen, mit dem Einzug der Moderne in Bornstedt gewesen zu sein.
Fredo lenkte den Benz über Nebenstraßen zum Anwesen seines Bruders. Zum Anwesen war es erst durch den protzigen Neubau im Toskana-Villen-Stil mit kitschigen Säulen und knallblau glasierten Dachziegeln geworden, den Markus und Nicole vor gut zehn Jahren hatten errichten lassen. Das riesige Grundstück dazu wäre allerdings selbst für Markus unerschwinglich gewesen, hätte er es denn bezahlen müssen. Das Areal hatte bereits zuvor Generationen von Frieds gehört, bis Großvater Friedrich Fried es nach seinem Tod Anfang der Sechziger seiner Gattin Gesche hinterließ. Die hätte es zweifellos ihrem einzigen Sohn Martin vererbt, der samt Frau und den Kindern Markus und Fredo ohnehin schon seit seiner Hochzeit mit in dem alten, geräumigen Rotsteinhaus wohnte. Doch Gesche hatte sowohl Martin als auch ihre Schwiegertochter überlebt. Deshalb gehörte ihr das Grundstück immer noch. Der Preis dafür, dass Markus das alte Haus hatte abreißen lassen und seinen Stein gewordenen Spießertraum hatte darauf verwirklichen dürfen, war lebenslanges Wohnrecht für Oma Gesche. Eigentlich kein Opfer, sondern noch willkommene Zugabe, dachte Fredo, während er den Benz über hollywoodreif knirschenden Kies die imposante Auffahrt entlangsteuerte. Gesche kochte be-

gnadet, wusste alles über jeden und hatte den Haushalt voll im Griff. Für Markus und Fredo galt die Großmutter nicht nur während der Jugendjahre als absolute Autorität, und Fredo hatte nie ein Kind erlebt, mit dem Gesche nicht zurechtgekommen wäre. Toskana-Villa mit eingebauter Babysitterin und Ersatzhausfrau, etwas Besseres hätte Markus nicht passieren können. Und nun: Alles für Fredo. Besser als Urlaub. Verdientermaßen. Nach jahrelangem Schreibstress. Zum ersten Mal seit dem Kündigungsdesaster und der grotesken Szene mit Sandra und Plöger fühlte sich Fredo gelöst und frei. Sogar geneigt, seinen Frieden mit der Vergangenheit und Bornstedt zu schließen. Alles gut auszuhalten, dachte er, und Schwierigkeiten sind hier nicht zu erwarten – verglichen mit denen, die er sonst beim Drehbuchschreiben bewältigen musste, erst recht nicht.

Die Auffahrt beschrieb einen eleganten Bogen zur diskret hinter einer hohen Hecke versteckten Doppelgarage. Die Garagentore waren geschlossen, also parkte er den Benz davor im Freien. Schon beim Aussteigen schnupperte er genießerisch. Da lag etwas in der Luft, wehte herüber aus dem Dunstabzug der Küche – Schweinebraten und Rotkohl, eindeutig nach feinster Großmutterart mit Schmalz und Birnenstückchen. Bei Sandra war ständig Diät angesagt, überwiegend fleischlos. Und Schweinebraten ging schon mal gar nicht. In kulinarischer Hinsicht ist die Trennung kein Verlust, dachte Fredo schmunzelnd und sah im Geiste Oma Gesche eifrig am Herd zaubern, küchenkampfbereit in die unvermeidliche blau-weiße Schürze gegürtet. Es roch, wie immer bei ihr, ausgesprochen appetitlich.

Noch für Sekunden.

Dann mischte sich scharfbitteres Brandaroma in die Wohlgerüche. Fredo witterte alarmiert in Richtung Küchenfenster, wo aus der Wandöffnung des Dunstabzugs plötzlich dunkle Wolken quollen. Er sprintete zum Hauseingang, fischte hastig in seiner Jacke nach dem Schlüssel, fand ihn und öffnete. In der geräumigen Diele waberten ihm rußige Fäden entgegen. Im gleichen Moment schlug irgendwo nervtötend schrill ein Rauchmelder an.

3.

Fredo raste in die Küche und entdeckte Gesche, die, vom ganzen Spektakel offenbar gänzlich unbeeindruckt, in einem Topf rührte, während neben ihr fetter Qualm aus dem Backofen drang. Er eilte zum Fenster und riss es weit auf. Dann wollte er zurück zu seiner Großmutter und sich um den Herd kümmern – da wandte sie sich mit einem Mal Fredo zu und bannte ihn mit eisblauem Gesche-Blick fest auf der Stelle, jeder Zoll souveräne Autorität.

»Zappel nicht! Hinsetzen.«

»Hier brennt gleich alles!«

Gelassen öffnete Gesche den Backofen und verschwand für Sekunden in der aufsteigenden Qualmwolke. Als sie wieder daraus auftauchte, trug sie zwei große Topflappenhandschuhe und eine rauchende Bratenschüssel. Sie kippte die Schüssel samt Inhalt ins Spülbecken und drehte den Wasserhahn auf. Sofort verschwand sie wieder im Nebel. Fredo kämpfte sich bis zum Herd durch den Dunst und drehte den Backofen ab, sicherheitshalber auch alle Kochfelder. Dann atmete er durch – soweit der Qualm es zuließ.

»Hast du das nicht bemerkt, Gesche?«

Der Rauchmelder über ihren Köpfen fiepte immer noch unerträglich, möglicherweise der Grund dafür, dass Gesche diese Frage ignorierte. Sie zog einen Küchenstuhl heran, stieg mit einer – angesichts ihres Alters – erstaunlichen Gewandtheit hinauf und pflückte das nervige Gerät von der Decke, wo es lediglich ein Magnetplättchen befestigt hielt. Stieg ab, trat zur Spüle und ließ den Rauchmelder lässig in den wassergefüllten Bräter plumpsen, über dem immer noch der Hahn rauschte. Der Signalton jaulte ein letztes Mal auf und vergurgelte dramatisch. Gesche drehte resolut den Wasserhahn zu. »Neumodischer Schiet. Braucht kein Mensch.«

Fredo trat zu ihr und warf kopfschüttelnd einen Blick auf das Stillleben *Gefluteter Bräter mit ertränktem Rauchmelder über verkohltem Schweinefleisch*. Das schöne Essen, dachte er. Schade. Gesche lachte auf. »Ich hab noch Suppe! Wirst schon nicht verhungern, Junge. Nicht bei mir. Setz dich!«

Fredo tat ihr den Gefallen und setzte sich an den Küchentisch. In der Villa gab es selbstverständlich ein Esszimmer. Aber wenn Gesche Regie führte, wurde werktags in der Küche gegessen. So war es immer gewesen, und Fredo fand das sehr gemütlich. Sogar jetzt. Durchs offene Fenster zogen die Rauchschwaden überraschend schnell ab. Das war gut. Schlecht war der kapitale Rußfleck an der ursprünglich weiß getünchten Decke. Genau genommen bestand fast die ganze Decke aus einem einzigen Rußfleck. Erst der Benz und nun das. Wenn das so weitergeht, dachte Fredo, erkennen Markus und Nicole ihr Hab und Gut nach drei Monaten nicht mehr wieder. Gesche kam ihm allerdings auch irgendwie verändert vor, obwohl sie äußerlich in ihrer blau-weißen – wenn auch rußfleckigen – Küchenschürze so adrett und drahtig daherkam wie eh und je. Flink deckte sie den Tisch, dann füllte sie tiefe Teller mit dampfender Gemüsesuppe. Es roch gut. Suppe brennt ja auch nicht an, dachte Fredo und wartete artig, bis Gesche ihm gegenüber Platz nahm.

»Guten Appetit, mein Junge.«

»Dir auch, danke.«

Es schmeckte gut. Und wenn sie nicht über den verbrannten Braten reden wollte, dann eben nicht. Wahrscheinlich ging ihr das an die Hausfrauenehre. Gesche widmete sich ihrer Suppe, als gäbe es nichts anderes auf der Welt. Ein bisschen merkwürdig fand Fredo es schon, dass sie ihn gar nicht über die Fahrt, den Abflug von Nicole und Markus oder sein Leben in Berlin ausfragte. Die meisten hätten das wohl spätestens jetzt getan. Allerdings war Gesche schon immer etwas anders als die meisten gewesen. Er könnte ja auch von sich aus ein paar Fragen stellen.

»Wie geht es dir, Gesche?«

Sie unterbrach ihr Suppenvertilgungswerk und musterte ihn forschend, beinahe misstrauisch. »So rührend besorgt? Du hast etwas angestellt, stimmt's? Unterwegs?«

Fredo dachte an den zerbeulten Benz und fühlte sich ertappt. »Ich meine nur – so lange, wie wir uns nicht gesehen haben ...«

Gesche schmunzelte. »Mein Fredo. Lügt sich um den heißen Brei herum – aber immer charmant.« Sie füllte ihm noch eine Kelle aus dem Suppentopf nach und stellte den Topf zurück auf den Herd. »Mehr gibt's nicht. Sonst reicht es nicht für Karla und Tim.«

»Danke. Wann kommen die beiden denn?«

»Na, wie du! Trödeln wahrscheinlich wieder herum.«

Die Haustür klappte, jemand kam herein und weiter in die Küche. Wie den Rest seiner Familie hatte Fredo auch seine Nichte Karla zuletzt vor zwei Jahren gesehen. Die damals Dreizehnjährige war in seiner Erinnerung ein fadenscheiniges Mädchen mit dünnem Haar und piepsiger Stimme, die nur Emotionen erkennen ließ, wenn es um Haflinger, Shetlandponys und andere Pferde ging – ein Fachgebiet, auf dem Fredo in etwa so versiert war wie in Quantenphysik, weshalb sich die Kommunikation zwischen Onkel und Nichte aufs Allernotwendigste beschränkt hatte. Guten Tag, Onkel Fredo, auf Wiedersehen, Karla. Mehr war nie gewesen.

»Guten Tag, Onkel Fredo.«
Die Stimme voll und selbstbewusst, keine Spur piepsig. Auch der Rest verschlug Fredo kurzfristig die Sprache: Karla war nicht nur gewachsen, sondern fraulich gerundet. Und schien sich, ihrer eng auf Figur geschnittenen Kleidung nach zu urteilen, dessen auch sehr bewusst zu sein. Ob ihre Haare schon immer diesen Honigmelonenton gehabt hatten, wusste Fredo nicht mehr genau. Aber irgendwas hatte sie damit gemacht. Jedenfalls hingen sie nicht mehr strähnig herab, sondern schmiegten sich in verspielter Fülle um ihr hübsches Gesicht, in dem die Augen einen besonderen Akzent setzten – hellblau mit Silberglanz, wie bei einem Schlittenhund. Gesches Augen, erkannte Fredo und erinnerte sich an Fotografien der jugendlichen Gesche: Karla sah ihrer Urgroßmutter ähnlich.
»Hallo, Karla«, raffte sich Fredo endlich zur Begrüßung auf. Seine Nichte beachtete ihn nicht weiter. Sie stellte ihre Schulsachen ab, die sie in einer gigantischen Umhängetasche transportierte, ließ ihren Husky-Blick durch die ramponierte Küche irrlichtern und scannte in Sekundenbruchteilen das Ausmaß der Katastrophe.
»Ist was explodiert? So schnell schon?«
»Setz dich, Essen steht auf dem Herd«, bemerkte Gesche gleichmütig.
Karla lugte in den Topf, rümpfte die Nase und ließ den Deckel angewidert fallen. »Bloß Suppe? Lasst mich raten, was ist das da in der Spüle – Lava?«
»Die Suppe ist spitze«, versuchte Fredo zu vermitteln.
»Werd nicht frech, Fräulein!«, fuhr Gesche auf.
Karla winkte genervt ab. »Ich hole mir nachher ein Sandwich. Hoffentlich reicht mein Geld bis zum Sommer. Falls Gesche die Bude nicht sowieso vorher abfackelt!«

»Junges Fräulein!«
»Altes Weib!«
Damit stürmte Karla aus der Küche. Der Suppenlöffel, den Gesche ihrer Urenkelin wutentbrannt, aber viel zu spät hinterherwarf, fiel laut scheppernd zu Boden. Fredo verfolgte die entgleiste Kommunikation atemlos und traute sich erst wieder das Wort zu ergreifen, als Gesche tief durchatmete und sich einen neuen Löffel aus der Besteckschublade besorgte.
»Läuft das öfter so zwischen euch?«
Gesche löffelte bedächtig ein paar Portionen ihrer längst erkalteten Suppe. Als Fredo schon gar nicht mehr mit einer Antwort rechnete, sagte sie mit leiser Stimme: »Manche Menschen verstehen sich gut, andere verstehen sich zu gut.«
Er wusste nicht genau, was er davon halten sollte – also nickte Fredo nur verständnisvoll. Gesche legte ihm spontan die altersfaltige Hand auf den Unterarm.
»*Wir* verstehen uns gut, mein Fredo.«
»Aber sicher, Oma.«
»Nicht Oma. Gesche, bitte.«
Darauf hatte sie stets bestanden. Sie war Gesche, nicht Oma. Omas waren alt. Bald neunzig, aber immer noch eitel.
»Gesche. Entschuldige bitte.«
Sie lächelte. »Vielleicht redest du mal mit dem jungen Fräulein. Das war eben nicht nett von ihr.«
Da hatte sie nicht unrecht, fand Fredo. Er stand auf und angelte sich Karlas Riesenumhängetasche mit den Schulsachen darin. »Ich bringe ihr die Tasche. Hat sie noch oben ihr Zimmer?«
»Treppe hoch, zweite Tür rechts«, antwortete Gesche präzise. Sie räumte das Geschirr ab und stapelte es routiniert in die Spülmaschine. Bevor Fredo die Küche verließ, wandte sie

sich noch einmal zu ihm um und mahnte mit erhobenem Zeigefinger: »Und mach heute ja deine Schulaufgaben ordentlich, Junge!«

Auf Fredos wiederholtes Klopfen hin kam keine Antwort. Also sparte er sich den dritten Versuch und trat einfach ein. Klara lümmelte auf einem ausladenden Sofa und ließ die flinken Fingerchen virtuos über den Touchscreen ihres Handys fliegen. Sie blickte nicht einmal auf, als Fredo die Tür hinter sich in voller Absicht geräuschvoller als nötig schloss. Ignorante Göre. Er ließ die Umhängetasche in gespielter Erleichterung aufs Sofa plumpsen, direkt neben ihre Füße.
»Was transportierst du da in dem Wahnsinnsteil – Luxemburg?«
Keine Reaktion. Wer sich so abschotten kann, bräuchte eigentlich kein dermaßen großes Zimmer. Bestimmt dreißig Quadratmeter, schätzte Fredo. Mit wenigen, teuer aussehenden Möbeln elegant, vor allem aber funktionell eingerichtet. Es wirkte effizient und erwachsen. Als einzig sichtbare Konzession an Karlas fünfzehn Jahre hing über dem Bett ein Poster von Robert Pattinson. Vielleicht war es auch einfach nur übrig geblieben. Keine Pferdebilder mehr. Aber auf einem Regal neben dem Schreibtisch stand ein kleiner Käfig, an dem ein selbstgemaltes Schildchen klebte: HOME OF SPEEDY. Erst hielt Fredo den Käfig für unbewohnt, doch dann entdeckte er darin eine weiße Maus. Das Tier lag langgestreckt auf der Seite neben einem faustgroßen Heuhäuflein und hechelte apathisch. Hinter dem sichtbaren Schlappohr wucherte knotig etwas, was dort nicht hingehörte – da war sich Fredo trotz seiner mangelhaften Kenntnisse bezüglich gesunder Mäusephysiognomie ganz sicher.
»Hey, Speedy ist gerade nicht besonders gut drauf, was?«

Karla legte das Handy weg und funkelte ihn genervt an. »Wenn du's genau wissen willst: Ich auch nicht!«

»Nein, so genau wollte ich es nicht wissen. Höchstens, ob du Gesche nur wegen momentan mieser Laune so derb angemacht hast. Oder steckt mehr dahinter? Dann wüsste ich es gern. Schließlich wohne ich hier für die nächste Zeit mit euch zusammen.«

»Du wohnst hier nicht, du bist zu Gast!«

»Kann nicht sein. Zu Gästen ist man höflich.«

Das traf sie dann doch. »Schon gut. Tut mir leid. Du kannst am allerwenigsten etwas dafür.«

»Wenn du mir jetzt noch sagst, wofür, verstehe ich vielleicht mehr.«

Karla erhob sich vom Sofa, trat vor den Mäusekäfig und deckte die japsende Maus mit ein wenig Heu zu. »Gesche ist irre.«

»Ja, sie ist schon eine außergewöhnliche Persönlichkeit.«

»Ich meinte: irre. Irre wie verrückt, durchgeknallt, völlig daneben!«

»Gesche hat vielleicht so ihre Aussetzer«, räumte Fredo ein. »Als ich vorhin ankam, verschmorte gerade der Braten im Herd. Sie hat es nicht gleich mitgekriegt. Aber dann hatte sie alles im Griff.«

»Hat sie eben nicht! Aber sie tut so, als ob. Spielt sich auf, als ob sie hier das Sagen hätte. Und zwar nicht erst, seit Mama und Papa weg sind.«

»Eigentlich *hatte* sie hier immer das Sagen. Und gar nicht mal selten recht damit.«

»Das ist so gemein von Mama und Papa, einfach für ein Vierteljahr abzuhauen …«

»Es ging doch nicht anders«, versuchte Fredo den nächsten Wutausbruch des jungen Mädchens im Keim zu ersticken. Das war es, natürlich: Sie vermisste ihre Eltern, konnte das

aber mit ihren fünfzehn Jahren nicht mehr zugeben. Also waren die Alten gemein, und alle anderen bekamen auch ihr Fett weg. »Markus muss es von Berufs wegen. Und für deine Mutter ist es eine einmalige Gelegenheit. Gönne ihr das doch. Drei Monate sind im Nu vorbei.«
»Du kapierst es nicht. Von mir aus könnten sie gleich in China bleiben! Aber mir die Oma aufzuhalsen – nur weil sie zu feige sind, diese Alte endlich ins Heim zu geben …«
Gesche ins Heim? Fredo tippte sich an die Stirn. »Du spinnst doch. Wie wär's denn gleich mit einer Notschlachtung?«
Anstatt zu explodieren, wie von Fredo insgeheim erwartet, drehte sich Karla wortlos um und kraulte dem lethargischen Mäuserich die Schnuppernase. Als sie sich wieder ihrem Onkel zuwandte, glitzerten ihre Augen verdächtig. Tränen?
»Bei den Inuit hat man früher Kranke und Alte einfach nachts raus ins Eis gesetzt, bis es vorbei war. Saubere Lösung.« Harte Worte, zitternde Stimme. Tränen bis zur Blickoberkante. Schlittenhundaugen, geflutet. Fredo fand die Diskussion allmählich unheimlich. Höchste Zeit für einen lockeren Spruch. »Tja, wir haben leider Frühling. Gefrierfleischabteilung ist woanders.«
Kein Schmunzeln, keine Widerrede. Karla fixierte ihn nur nachdenklich. Fredo zuckte mit den Achseln. »Markus meinte, ich könnte mich im Gästezimmer breitmachen. Ich hol mal mein Gepäck aus dem Wagen.«
Karla nickte stumm und wandte sich wieder dem siechen Speedy zu.

In der Diele roch es nur noch schwach nach dem angebrannten Essen. Gesche ließ sich nicht blicken. Mittagsschlaf, vermutete Fredo. Keine schlechte Idee eigentlich, sollte er sich vielleicht auch gönnen. Die vergangenen Nächte im Billighotel hatte er ja kaum geschlafen. Fredo zog automatisch sein Handy aus der Tasche und checkte das Display: Keine Nachrichten. Sandra hüllte sich endlich in Schweigen.

Vor der Haustür blinzelte er kurz genießerisch in die Frühlingssonne, bis ihn aufspritzender Kies schlagartig ins Hier und Jetzt zurückholte: Über die Auffahrt flitzte ein Radfahrer, den Hintern ohne Sattelkontakt in die Höhe gereckt und den Kopf windschnittig tief über den Lenker gebeugt. Ungebremst fegte die Gestalt um die Kurve zur Garage. Fredo hatte den Warnruf fast auf den Lippen, da hörte er es schon scheppern. Er sprintete los und kam gerade rechtzeitig, um zu sehen, wie sich ein Junge benommen von der Benz-Kofferraumklappe hochrappelte und verdutzt auf das Blech unter sich starrte. An der Stirn blutete eine nicht allzu lange Schramme, die Brille saß ihm etwas schief auf der Nase – ansonsten schien der Bruchpilot glimpflich davongekommen zu sein. Fredo atmete auf.

»Alles noch dran?«

Der Junge nickte und rutschte, etwas hüftsteif, von seinem unfreiwillig gewählten Hochsitz zurück auf festen Boden. Dann grinste er Fredo schief an. »Mama und Papa parken nie vor der Garage …« Er inspizierte die Limousine und wies auf den Lackschaden an der Tür. »Hey, das war ich aber nicht.«

»Ist deinem Vater am Flughafen passiert«, log Fredo automatisch. Als ob es bei der Karre mittlerweile noch darauf ankäme. Das Fahrrad hatte eine v-förmige Kerbe in die Rückfront der Limousine gestanzt. Dafür lag es jetzt mit martialisch verbogener Felge auf dem Kies, daneben ein schwarzer Rucksack, aus dem Schulsachen hervorquollen. Der Junge hob sein Gefährt auf und lehnte es achtlos ans Garagentor. Seit ihrer letzten Begegnung war Tim reichlich in die Höhe geschossen, Fredo schätzte ihn auf knappe eins siebzig und ein paar Pfund unter Normalgewicht. Der Junge trug Jeans und trotz aprilfrischer Temperaturen von bestenfalls sechzehn Grad lediglich ein schwarzes Rammstein-T-Shirt mit dem Bandnamen auf dem Rücken und auf der Brust den Slogan: STACHELDRAHT IM HARNKANAL. Was immer das heißen sollte, es gab Fredo zu denken. Bis er auf Tims rechtem Kurzärmel ein herzförmiges Logo mit der Inschrift LIEBE IST FÜR ALLE DA entdeckte. Wie niedlich. Vorne Provokation, hinten Heavy Metal und dazwischen nach Streicheleinheiten flehen. Mit diesem Shirt, seinen linkischen Bewegungen und dem leichten Anflug von Gesichtsakne sah Tim aus wie eine fleischgewordene Litfaßsäule der Pubertät.

»Dann sind Mama und Papa also weg, wie geplant?«

Tim wirkte plötzlich reichlich angespannt, fand Fredo. Wenigstens eins ihrer beiden Kinder schien Nicole und Markus zu vermissen. »Sollten jetzt in der Luft sein«, bestätigte er. Hoffentlich fing der Junge nicht gleich an zu weinen.

Tim überraschte seinen Onkel mit einem erleichterten Grinsen. »Dann ist ja gut. Habt ihr schon gegessen?«

Fredo nickte. »Auf dem Herd steht Suppe. Komm, ich leiste dir Gesellschaft.«

»Lass mal«, wehrte der Junge ab. »Ich nehme mir einen Teller mit hoch. Muss noch was für die Schule tun. Bin sowieso spät dran heute.« Flink stopfte er die herumliegenden Schulsachen in den Rucksack zurück und warf ihn sich lässig über die Schulter. »Nett, dass wir uns mal wieder treffen, Onkel Fredo. Man sieht sich.« Damit stapfte Tim davon und verschwand im Haus.

Der hat alles im Griff, dachte Fredo zufrieden. Sogar seine Schulaufgaben. Timmie würde ihm keine Probleme bereiten. Das war doch schon mal etwas. Dafür erwies sich die Kofferraumklappe des Daimlers als nächste Plage. Bedingt durch den vom Fahrradeinschlag hinterlassenen Krater hakelte und klemmte das Teil gewaltig. Endlich ließ es sich öffnen, und nachdem Fredo sein Gepäck glücklich geborgen hatte, bekam er die Klappe sogar wieder zu – wenn auch erst nach mehreren brachialen Versuchen.

Das Gästezimmer lag im Erdgeschoss, zum Garten hinaus, und war eher eine Einliegerwohnung. Es gab ein eigenes Bad mit blitzenden Kacheln und geschniegelten Armaturen, einen hell und freundlich möblierten Wohnraum und ein frisch bezogenes Doppelbett. Neben der großen Fensterfront führte eine Glastür hinaus auf die separate Gästeterrasse. Dort stand unter einem fest installierten Sonnendach ein einladend gepolsterter Teakholz-Deckchair mit Fußhocker. Fredo stellte das Gepäck ab, erwog kurz, sein Notebook anzuwerfen und ein bisschen zu arbeiten, stellte fest, dass es für ihn derzeit ja gar keine Arbeit gab, und beschloss deshalb gähnend, das Projekt Siesta in Angriff zu nehmen. Vielleicht kam ihm im Halbschlaf die Idee für ein grandioses Drehbuch. Das schrieb sich dann quasi von selbst, bevor man ihm das Meisterwerk für ein fettes Honorar aus der Hand reißen würde. Warum nicht.

Im Kleiderschrank fand sich eine Wolldecke. Er nahm sie mit auf die Terrasse, schob den Deckchair in die Nachmittagssonne, wickelte sich in die Decke und machte es sich bequem. Sanatorium Bornstedt. Fredo Fried als Hans Castorp in der zeitgemäßen Neuverfilmung von Thomas Manns »Zauberberg«.

Alles auf Anfang. Uuund bitte: Klappe.

Bild eins, Tag. Die Terrasse liegt still im Sonnenschein. Fried alias Castorp lümmelt, eingewickelt wie ein Würstchen im Schlafrock, auf einem bequemen Deckchair. Seine Miene ist entspannt und signalisiert Wohlbehagen, bis sein träge wandernder Blick zwischen Sonnendach und Hauswand an einem Spinnennetz hängenbleibt. Im Netz zappelt eine fette Fliege, kämpft in verzweifelten Energieschüben mit schwirrenden Flügeln um ihre Freiheit. Doch jede Aktivität verstrickt sie nur unentrinnbarer in die zähen Fesseln. Die Intervalle zwischen den Befreiungsversuchen werden länger, bis das ermattete Insekt schicksalsergeben buchstäblich in den Seilen hängt. Fried/Castorp kann es nicht mit ansehen und schließt die Augen. Fünfzehn Jahre lang hast du mit den Flügeln geschlagen, sagt er sich und denkt an die Städte, die Universitäten, die Jobs seines Lebens. Und an die Frauen. Das lief immer zusammen, ohne dass es je von ihm geplant war. Manchmal war erst die Stadt da und dann die Frau: Umzug nach Köln, Beginn eines Soziologiestudiums, zwei Wochen später Caro kennengelernt. Caro, die permanent Kreuzzug gegen das politische Establishment führte, Fredo auf jede Demo schleppte und ihn schließlich ausgerechnet für einen Banker verließ. Ein Intermezzo in Bochum. Psychologie und Nina – eine Klette, die schon mit Suizid drohte, wenn er sich nur mal am Sonntagnachmittag mit Freunden im Park zum Kicken traf. Nina wiederum wurde von ihm verlassen für ein Mädchen (Annabel, Anglistik, Gießen), das mit jedem schlief. Was auch nicht das Wahre war und Fredo nach Berlin trieb (Meflude, vollemanzipierte Deutschtürkin mit Karrieredrang und, ach ja, Germanistik). Dann kamen die Jobs. Bald die Schreiberei. Diverse Wohngemeinschaften und Single-Buden. Die Frauen nicht mehr Studentinnen, sondern Volontärinnen, Produktions- oder Redaktionsassistentinnen. Dann SIGMA und Sandra. An die er nicht denken mochte, weil das weh tat.

Und jetzt?

Flatter, flatter, Flügelschlag. Klebst wieder im Bornstedter Netz, als hättest du dich niemals von der Stelle bewegt. Alles

unnütz. Gib den Castorp. Liege bequem und mache die eigene Verdauung zum Topthema des Tages.
Uuund danke: Klappe.
Der ganze Gedankenkram spielt sich nur im Off ab, dachte Fredo. Völlig unfilmisch. Dieses Drehbuch haut man mir um die Ohren, zu Recht. Also gar nicht erst schreiben. Lieber schlafen.
Was er tat, innerhalb von Sekunden.
Schlief tief und fest, bis …

4.

»Aaaaaaooouuuuuhhh …!«
PLOCK.
PLOCK.
»Oooooouuuuuhhh …!«
Orkanartiges Tosen, seltsam gedämpft und monochrom. Dazwischen schlug irgendetwas irgendwo ein. Fredo drang beides allmählich ins schlummernde Bewusstsein.
»Schweinsteiger zu Gomez, der legt ab auf Podolski. Podolski … jetzt ist er vorbei … Podolski … Übersteiger Podolski … Podolski nimmt Maß mit seinem starken Linken … zieht ab und …!«
PLOCK.
»Haaaaaooouuuuuhhh …!«
Fredo tastete mit geschlossenen Augen nach der Fernbedienung. Die Hand ging ins Leere. Eigentlich müsste da das Sofa sein.
»Nur um Zentimeter vorbei. Schneller Abschlag vom gegnerischen Gehäuse, sofort abgefangen von Mertesacker. Langer Ball auf den rechten Flügel zu Philipp Lahm. Der kleine Lahm treibt das Leder, bringt die Kugel sicher zu Özil … Mesut Özil … Kunstschuss …!«
PLOCK.
»Aaaaaahhh! In den Winkel! Ein Traumtor, meine Damen und Herren! Ein Tor des Monats, wenn nicht gar das Tor des Jahres! Mesut Özil mit seiner überragenden Technik, er macht den Unterschied und trifft zur längst überfälligen Führung für die deutsche Nationalelf!«

Kein Sofa. Deckchair. Terrasse. Bornstedt. Und die Nationalelf hatte schon letzte Woche gespielt. Fredo öffnete die Augen, wickelte sich aus der Wolldecke, stand auf und streckte sich. Hinter der Hecke zum Nachbargrundstück bewegte sich ein pummeliger, vielleicht zehnjähriger Junge etwas unbeholfen mit einem Fußball vor der hölzernen Front eines Geräteschuppens. Gerade spielte er den letzten Treffer in Zeitlupe nach, lautstark unterlegt vom euphorischen Kommentar des fiktiven Reporters.

»Hier sehen Sie noch einmal ganz genau den Treffer in seiner vollen Schönheit: Özil täuscht geschickt den Pass an … ein Haken … eine Drehung … der Schuss, unwiderstehlich mit dem Außenrist … und dann schlägt der Ball ein!«

PLOCK. Der Ball donnerte gegen die Schuppentür. Der Junge riss beide Arme hoch, drehte ab und imitierte ein ausverkauftes Stadion in heller Ekstase.

»Haaaaaoooouuuuuhhh…!«

Fredo erwog, Stadion, Nationalelf und Reporter um stimmliche Mäßigung zu bitten, kam jedoch zu dem Schluss, dass ein simpler Platzwechsel ins Haus die effektivste Maßnahme wäre, sich aus der Liveübertragung von nebenan auszublenden. Bevor er die Terrasse verließ, warf er noch einen Blick auf das Spinnennetz. Die Fliege war verschwunden. An ihrer Stelle saß, regungslos in stiller Verdauung, eine langbeinige Monsterspinne, deren Anblick zartbesaitete Menschen umgehend in den Schreikrampf getrieben hätte. Ein Grund mehr, das Feld zu räumen.

Er hatte ohnehin genug geschlafen. Es war schon fast Abend. Im Haus herrschte Stille, was ihm ein wenig Unbehagen bereitete. In seiner Berliner Wohnung lärmte immer etwas im Hintergrund. Hier tickte nicht einmal eine Uhr. Sandras Wohnung, nicht meine, korrigierte sich Fredo innerlich. Schon praktisch, dass er sich nicht gleich um das profane Problem einer neuen Bleibe kümmern musste. In der Zwischenzeit würde Sandra seine paar Sachen sicher nicht zum Fenster rausfeuern. Und wenn – es war nicht viel: ein paar Regale, ein bequemer Sessel. Bücher, CDs. Seine Kleidung. Alles andere gehörte Sandra. Jetzt, da er darüber nachdachte, fiel Fredo auf, dass ihm selbst tatsächlich ganz schön wenig wirklich gehörte.

Er trat aus seinem Gästezimmer in die weitläufige Diele, die wahrscheinlich für sich genommen schon mehr Fläche bot als die meisten der Wohnungen, in denen Fredo während der letzten Jahre – abgesehen von Sandras Appartement – gehaust hatte. Geld zählte zu den vielen Dingen, die Fredo eher selten beschäftigten. Zur Deckung seiner bescheidenen Ansprüche benötigte er nicht sehr viel davon. Geld und damit verbundener Luxus, das war etwas fürs große, undefinierte »Später« – genau wie Zukunftsprojekte namens *Frau fürs Leben*, *Kinder* oder *Rentenplan*. *Testament* passt auch perfekt in die Reihe, dachte Fredo. Trotzdem, gestand er sich ein, es ist schon ganz erstaunlich, dass Markus und Nicole so eine Riesenhütte besitzen. Wie haben die das bloß gemacht? Die sind doch beide nicht mal sechs Jahre älter als ich. Und als sie dieses Ding gebaut haben … Er rechnete kurz nach: Da waren sie sogar noch ein paar Jahre jünger gewesen als er jetzt. Trotzdem längst verheiratet und mit Kindern im Schlepp. Komisches Leben. Kein Wunder, dass wir uns nicht viel zu sagen haben, fand Fredo und warf einen Blick in die verlassene Küche.

Der verschmorte Bräter lag blank geschmirgelt auf der Spüle. Gesche war vielleicht im Ort unterwegs oder weilte in ihren Gemächern, die aus einer Zwei-Zimmer-Einliegerwohnung im Dachgeschoss bestanden. Fredo entdeckte die Kaffeemaschine auf der saubergewischten Arbeitsplatte der Küchenzeile. Eine Koffeindröhnung käme jetzt genau richtig, beschloss er und machte sich in den Schränken auf die Suche nach Kaffee und Filtertüten. Markus stand auf exotische Edelsorten und ließ sich das sündhaft teure Zeug eigens über einen Hamburger Importeur besorgen. Das war doch mal was anderes als die ätzende Büroplörre bei der SIGMA TV. So ein bisschen Luxus ist gar nicht schlecht, fand Fredo. Könnte man sich glatt dran gewöhnen.

Tim lag erschlafft im Hagelsturm eines sägenden Elektrobeats auf dem Sofa im Wohnzimmer. Die Band hieß »Frittenbude«, und über den pumpenden Beats quäkte eine verzerrte Stimme: »Pandabär, Pandabär ...« Ohne jede Vorwarnung brach der Groove zusammen. Stille. Pandabär, Akku leer. So ein Mist. Tim pflückte sich die Kopfhörer aus den Ohren und steckte sie zum MP3-Player in die Hosentasche. In der Küche schlug eine Schranktür zu, Geschirr klapperte. Wahrscheinlich Gesche. Dann pfiff jemand fröhlich vor sich hin, bis ihm Porzellan aus der Hand fiel und scheppernd am Boden aufschlug. »Shit!«, scholl es gedämpft herüber. Doch nicht Gesche. Onkel Fredo.

Tim rieb sich unwillkürlich die verschorfte Schramme an der Stirn. So ein Trottel, parkt das Auto voll in seiner Einflugschneise. Aber was ließ sich anderes erwarten von jemandem, der seinen Alltag mit dem Schreiben von Telenovelas bestritt. So einen Müll guckten bloß kleine Mädchen, und zwar die doofen. Tim hatte seinen Onkel so selten und schon so lange nicht mehr gesehen, dass er sich kaum an ihn erinnerte. Dafür hatte er die mehr als ein Mal geäußerte Ansicht seines Vaters Markus im Ohr, Fredo kriege nie etwas gebacken. Für gewöhnlich war Tim prinzipiell anderer Meinung als sein Vater.

Aber hinsichtlich Fredo schien der Alte ausnahmsweise mal richtigzuliegen. Ausgerechnet so eine Nullnummer sollte hier drei Monate lang den großen Aufpasser spielen. Haha.
Am liebsten wäre es Tim gewesen, man hätte ihn das Vierteljahr lang einfach alleine gelassen. Eltern in China, Gesche und Karla sonst wo, und Timmie allein zu Haus. Das wär's. Aber das hatte man ihm natürlich nicht zugetraut. Ihm traute ja niemand etwas zu. Offiziell, weil er erst vierzehn war. Tatsächlich aber, weil er eben er war. Nicht so perfekt wie seine Schwester Karla, die Alleskönnerin. Tim reichte nicht. Der Mensch Timmie reichte einfach nicht. Nicht den Scheißlehrern, nicht den Eltern. Wenn jemand meinen Vater nach mir fragt, dachte der Junge bitter, heißt es wahrscheinlich auch nur: Tim kriegt nie etwas gebacken.
Da musste natürlich ein Aufpasser her. Wir wollen euch gut versorgt wissen, wenn wir in China sind, hieß es. Was in Wirklichkeit bedeutete: Bau keine Scheiße, Tim! Und: Wir sorgen uns vor allem um unser teures Eigenheim. Um die edlen Möbel und die exquisiten Accessoires. Das Auto …
Tim grinste unwillkürlich, als er an die Beulen in Vaters Limousine dachte und genau in diesem Moment vernahm, wie in der Küche Scherben in den Mülleimer geworfen wurden. Wie es aussah, sorgte Onkel Fredo im Alleingang für kapitale Flurschäden. Dann fiel der Blick des Jungen aufs Telefon, das er vor sich auf dem Sofatisch liegen hatte. Vielleicht ruft sie doch nicht an, schöpfte er einen Moment lang Hoffnung. Um sich dann einzugestehen: Sie würde anrufen. Frau Anatol zog ihre Ansagen konsequent durch, da gab es keine Gnade. Sie würde anrufen und seine Eltern sprechen wollen, oder wenigstens einen der beiden. Aber diesmal konnte Tim mit der perfekten Ausrede weiter auf Zeit spielen. Die Blase hielt zwar nur ein Vierteljahr, aber das war eine halbe Ewigkeit.

Vielleicht wäre bis dahin das Universum längst im nächstgelegenen Schwarzen Loch implodiert. Bedaure, werte Frau Klassenlehrerin. Einen Tag zu spät. Meine Eltern weilen bis auf weiteres im Reich der Mitte. Hier gibt's nur Minderjährige, eine Mumie und einen Volltrottel.
Wie aufs Stichwort kam Fredo herein, in der Hand einen dampfenden Kaffeebecher. So, wie der Onkel den Blick durchs riesige Wohnzimmer schweifen ließ – Feldsteinkamin, diverse Sitzlandschaften, Panoramafensterfront, Hi-Fi und TV vom Feinsten –, registrierte Tim sofort, dass diese ganze tote Spießerpracht bei Fredo Eindruck hinterließ. Echt peinlich. Ein Grund mehr, sich extrabreit auf dem Sofa zu lümmeln.
»Hi, Timmie.« Fredo hatte den Jungen gesichtet und hob den Kaffeebecher. »Willst du auch einen? Ist noch welcher in der Kanne ...«
Tim schüttelte nur den Kopf und sah zu, wie sich Fredo einen Sessel heranzog und den Becher schwungvoll auf dem Sofatisch plazierte. Ein paar braune Rinnsale schwappten über den Rand und folgten dem Gesetz der Schwerkraft, bis die Edelholztischplatte sie stoppte. Alles ohne Untersetzer. Mutter träfe der Schlag, wenn sie das sehen könnte.
»Hab ein bisschen geschlafen«, plauderte Fredo munter weiter, »auf der Terrasse. Schön ruhig bei euch. Jedenfalls, bis so ein Zwerg nebenan damit anfing, seinen Schuppen mit 'nem Lederball abzureißen. Macht der das jeden Tag?«
»Das ist Knödel. Der kann nix anderes.«
»Soso.«
»Und das kann er eigentlich auch nicht.«
»Knödel. Tja, so sieht er aus.«
»Eben.«
Schweigen.

Konversation ist wohl nicht so Timmies Ding, dachte Fredo. Der Junge trug immer noch das T-Shirt mit der Parole: STACHELDRAHT IM HARNKANAL.

»Interessanter Schriftzug«, formulierte es Fredo vorsichtig. »Was bedeutet das?«

»Songtext«, erwiderte Tim einsilbig.

»Von wem?«

»Rammstein.«

»Na klar. Steht ja hinten auf dem Shirt.«

»Eben.«

Schweigen.

Irgendwas nimmt er mir übel, überlegte Fredo. Vorhin lief es eigentlich ganz locker mit dem Jungen. Aber so, wie Timmie ihm jetzt gegenübersaß – hingelümmelt, Arme verschränkt, Beine breit –, spürte Fredo die Ablehnung des Jungen deutlich. Was treibt einen Vierzehnjährigen um? *Teen Spirit.* Ob Tim sich vorhin doch mehr als nur ein bisschen weh getan hatte und deswegen mit Fredo haderte? Oder wie oder was? Kompliziert. Kompliziert war es in Berlin genug. Hier bitte nicht. Wo bliebe denn da die Erholung? Ich muss mir etwas einfallen lassen, um den Jungen lockerer zu machen, dachte Fredo – reicht schon, wenn seine Schwester herumzickt. Vielleicht hilft es, wenn ich Tim klarmachen kann, dass ich wie ein Kumpel für ihn bin, ein großer Bruder, so was in der Art …

Das schnurlose Telefon auf dem Sofatisch klingelte. Hastig schnappte Tim danach und nahm den Anruf entgegen, angespannt vornübergebeugt, keine Spur mehr von lässig.

»Tim Fried … Hallo, Frau Anatol. Nein, meine Eltern sind leider nicht zu Hause, beide nicht … Heute Abend auch nicht …«

Tim hielt inne und lauschte ergeben. Fredo spitzte die Ohren. Am anderen Ende der Leitung war eine Frau zu vernehmen, und die stand, ihrer Lautstärke nach zu urteilen, ziemlich auf der Zinne. Fredo identifizierte in der fetzenweise aus dem Telefon quellenden Schwadronade Schlagworte wie »faule Ausrede«, »Elterngespräch« und »Schulverweis«. Fredo erzappelte sich kurz Tims Aufmerksamkeit und flüsterte: »Lehrerin?«

Tim nickte nur knapp und konzentrierte sich dann wieder auf die Anruferin. »Nein, wirklich, Frau Anatol! Meine Eltern können nicht in die Schule zum Gespräch kommen, morgen nicht und nächste Woche auch nicht! Die sind in China! Ein Vierteljahr! Ehrlich!«

Die Antwort darauf fiel so erregt aus, dass Fredo kaum noch folgen konnte. Die Redewendung »Verarschen kann ich mich selbst« meinte er aber herauszuhören. Tim schien echt in der Klemme zu sitzen, und so sah der Junge auch aus: ein Häufchen Verzweiflung, mit blassem Gesicht ans Telefon geklammert. Leiden pur, Stacheldraht im Harnkanal.

In diesem Moment kam Fredo die geniale Idee.

Er beugte sich blitzschnell vor und angelte dem verblüfften Tim das Telefon aus der Hand, lehnte sich gelassen im Sessel zurück und nutzte die erste Lücke im gegnerischen Redeschwall zum sonor vorgetragenen Konter. »Frau Anatol? Sind Sie das? Guten Abend!«

Verblüfftes Schweigen am anderen Ende der Leitung. Tims Gesichtsausdruck passte perfekt dazu.

»Hallo – sind Sie noch dran?«, setzte Fredo jovial nach.

»Herr Fried?«, kam die Antwort endlich zweifelnd.

»Höchstpersönlich.«

»Sie sind also nicht in China.«

»Wie kommen Sie denn … Ach, wollte Timmie Sie abwimmeln? Na, darüber werden wir uns nachher noch unterhalten, mein Junge! Aber erst erzählen Sie mal, was Sie auf dem Herzen haben, Frau Anatol. Das kann ich dann gleich mit verhandeln …«

»Sie sind zu Hause. Hier in Bornstedt.«

Das klang sehr entschlossen. Jetzt zeigte sich Fredo ein wenig irritiert. »Ja. Natürlich. Sagte ich doch.«

»Ich würde die Angelegenheit lieber persönlich mit Ihnen besprechen.«

»Äh – jetzt gleich? Hier?«

»Sie sind doch jetzt zu Hause?«

»Ja, schon …«

»Prima. Mir passt es auch. Ich bin in einer Viertelstunde bei Ihnen.«

Und aufgelegt.

5.

Fredo legte das Telefon zurück auf den Tisch. Tim sah ihn panisch an. »Habe ich das richtig gehört? Die Anatol kommt hierher?«
Fredo nickte nachdenklich. Tim stöhnte verzweifelt auf. »Mann! Ich habe schon genug Ärger! Und du machst alles noch schlimmer! Warum mischst du dich da ein, verdammt?«
»Du warst dabei, dich um Kopf und Kragen zu reden. Hast du das nicht gemerkt? Sie hat dir nicht geglaubt. Wenn du schon eine Geschichte erfindest, dann muss sie glaubhaft sein.«
»Wieso erfinden? Meine Eltern sind tatsächlich in China und nicht erreichbar – das war die perfekte Ausrede!«
»Die Leute wollen nicht unbedingt die Wahrheit hören, sondern plausibel klingende Erklärungen. Ich schreibe fürs Fernsehen, da läuft es nicht anders.«
»Ich fass es nicht ...« Tim schlug die Hände vors Gesicht.
Fredo blieb unbeirrt. »Du hast Probleme in der Schule. Schlechte Noten? Versetzung gefährdet? Das Übliche?«
Tim nahm die Hände wieder herunter und nickte entnervt.
»Das sind Bürokraten«, erklärte Fredo. »Die müssen ihr Programm abspulen. Tim zeigt schlechte Leistung. Also: Elterngespräch, blauer Brief, Schuljahr wiederholen. Wenn da irgendwo etwas hakt, nerven die immer weiter. Am Ende hast du jeden Tag Theater.«
»Hab ich sowieso«, murrte Tim. Trotzdem schien er sich die Ausführungen seines Onkels durch den Kopf gehen zu lassen.

»Die Anatol ist dazu verpflichtet, deine Eltern zu informieren. Ich dachte, mit etwas Glück gibt sie sich damit zufrieden, telefonisch bei jemandem, den sie für deinen Vater hält, ihren Tadel abzulassen. Dann hättest du auf Wochen, wenn nicht auf Monate Ruhe gehabt.«

Tim winkte verächtlich ab. »War wohl nichts, Onkel Fredo.«

Fredo ging darauf nicht weiter ein. »Wie ich meinen Bruder Markus einschätze, war der noch nie auf einem Elternabend in der Schule. Stimmt's?«

»Ja. Und?«

»Ich habe bis zu meinem Abi auf derselben Schule gelitten wie du. Aber eine Frau Anatol hatten wir damals nicht ...«

»Ist meine Klassenlehrerin. Erst seit letztem Herbst an der Schule.«

Fredo lächelte. »Bestens. Sie kennt deinen Vater nicht, sie kennt mich nicht. Ich wohne hier und heiße Fried. Was wird sie also denken?«

Der Junge sah seinen Onkel ungläubig an. »Du willst das weiter durchziehen? Echt jetzt?«

Fredo nickte selbstsicher. Jetzt hatte er ihn. Konnte Timmie zeigen, was der Onkel so alles draufhatte. Mit allen Wassern der Weltstadt gewaschen. Er erhob sich aus dem Sessel und sah auf seine Armbanduhr. »Zehn Minuten haben wir noch. Gut, dass Markus und ich ziemlich die gleiche Figur haben. Seine Klamotten sind im Elternschlafzimmer?«

»Was denn, du willst Papas Klamotten ...?«

»Sieht so ein Banker aus, der gerade von der Arbeit kommt?« Fredo wies schmunzelnd an sich hinab. »Jetzt lernst du was über Illusionskunst, Junge. Mein täglich Brot. Figuren erfinden, Dialoge schnitzen, mit Klischees spielen, glaubhaft bleiben!« Einen winzigen Moment lang beschlich Fredo das Gefühl, vielleicht eine Nummer zu dick aufgetragen zu haben, aber dieser Hauch eines Selbstzweifels löste sich sofort auf, als er sah, wie Tim ihn musterte. Staunend. Ja, vermutlich sogar mit einer Spur Bewunderung im Blick. Fredo wollte schon aus dem Zimmer eilen, da fiel ihm noch etwas ein. »Vielleicht gibst du mir noch ein paar Infos zur zweiten Figur im Spiel. Bisher weiß ich ja nur, dass deine Lehrerin Frau Anatol heißt und eine tolle Telefonstimme hat. Kräftig, aber melodisch. In den Obertönen ein wenig angerauht. Sexy. Wie alt ungefähr?«

»Scheintot. Über dreißig.«

»Verheiratet? Dick? Dünn? Hysterisch? Unfair? Schnell sauer? Dickes Fell? Lange Leitung?«

»Verheiratet glaub ich nicht. Nicht dick, nicht dünn – normal. Unfair eigentlich nicht. Dreht trotzdem manchmal ganz schön am Rad. Aber das machen sie ja alle. Unterrichtet Englisch und Erdkunde. Vorname Helena. Mehr weiß ich nicht.«

»Na ja. Improvisation ist die halbe Miete. Im Studio wie im Leben. Bis gleich.« Fredo zwinkerte seinem Neffen aufmunternd zu und eilte hinaus.

Tim sah ihm nach und verspürte ein dumpfes Ziehen in der Magengrube. Vielleicht wusste Onkel Fredo ja tatsächlich, was er tat. Leider war sich Tim da nicht sehr sicher.

Gesche strich mit dem Kamm langsam durch ihre weißgrauen Haare. Die Frisur schmiegte sich in sanften, akkuraten Wellen um ihr Gesicht. Volle Haare, immer noch. Früher waren sie blond gewesen. Als Mädchen hatte sie diese Pracht zum Zopf geflochten getragen. Mit ihrer Schwester Imke lag sie ständig im Wettstreit um den längeren Schopf. Ihr kleiner Bruder Claus zog gerne daran, um die Schwestern zu ärgern. Dafür hatten sie ihn mehr als ein Mal verkloppt, aber er tat es immer wieder. Gesche ärgerte es plötzlich, dass Claus schon so lange nicht mehr bei ihr angerufen hatte. Vielleicht bräuchte er mal wieder anständig ein paar hinter die Löffel. Dann beschlich sie die dumpfe Ahnung, dass es für die brüderliche Funkstille einen guten Grund gab, und nach einer Minute quälenden Grübelns kam sie darauf: Claus war tot. Schon lange, ein paar Jahre mindestens.

Das hatte sie vergessen. *Imke liegt auch längst unter der Erde, genau wie mein Friedrich.* Mechanisch zog Gesche den Kamm durchs Haar, ein ums andere Mal. Nach dem Tod wuchsen die Haare noch ein bisschen weiter, hatte sie irgendwo gelesen. Gruselig, fand Gesche. Das funktionierte noch, während sich der Rest schon verabschiedet hat. Wie bei ihr. Im hohen Wandspiegel sah ihr Bild scheinbar aus wie immer. Andere Menschen wurden im Alter krumm und klapprig, waren aber im Kopf voll da. Bei ihr schien es andersrum zu laufen. Den Braten im Herd verbrennen lassen und danebenstehen, ohne es mitzukriegen. Wirklich das Allerletzte, Gesche. Heute früh schwörst du dir noch: Keine Vergesslichkeit mehr – Markus und Nicole sind weg, die Kinder brauchen dich, sei noch mal zu etwas nutze. Und dann Karlas verächtlicher Blick vorhin in der Küche. Das Mädchen guckt mir direkt in die verkalkte Rübe, dachte Gesche. Die brauchen mich nicht mehr. Ich kann auch bald nicht mehr. Und bevor es so weit ist …

Draußen überschlug sich eine helle Knabenstimme in ausgelassenem Torjubel, dann prallte dumpf und regelmäßig ein Ball gegen die Schuppentür in Nachbars Garten. Gesche schloss das Fenster und sog die aufkommende Stille in sich ein. Sie legte den Kamm auf die Kommode und betrachtete sich noch einmal prüfend im Wandspiegel: Die Frisur saß, Rouge und dezentes Make-up ließen ihr Gesicht leuchten, als hätte sie ein Rendezvous. Dazu passte das Kleid perfekt, fliederfarben und auf die immer noch drahtige Taille geschnitten – Gesches Lieblingskleid.

Als sie hinüber in ihr kleines Badezimmer ging, hörte sie es unten an der Haustür klingeln. Automatisch wollte sie sich auf den Weg zur Treppe machen, aber dann pfiff sie sich zurück. Sollen sich andere darum kümmern, dachte Gesche. Ich nicht mehr. Sie füllte am Waschbecken ein Glas mit Wasser und stellte es auf dem Rand ab.

Dann öffnete sie das Schränkchen, in dem sie die Tabletten aufbewahrte.

»Ich geh schon!« Fredo kam gerade noch rechtzeitig die Treppe hinunter, um Tim davon abzuhalten, an die Tür zu gehen. »Du bleibst besser in Deckung. Das ist gut für die Diplomatie. Okay?«

Tim machte große Augen. Onkel Fredo wirkte wie aus dem Ei gepellt: feinster Nadelstreifenanzug mit Weste, frisches Hemd, diskrete Krawatte mit perfektem Windsorknoten, Haare gekämmt. Tim erschnupperte einen Hauch des sündhaft teuren Aftershave seines Vaters und nickte beeindruckt. Onkel Fredo ging wirklich mit Volldampf an die Sache heran.

Es klingelte zum wiederholten Mal. Tim räumte das Feld und huschte lautlos die Treppe hinauf, um oben auf dem Absatz auf Horchposten zu gehen. Fredo wartete ab, bis sich der Junge außer Sicht befand. Dann öffnete er die Haustür.

Im ersten Reflex wollte er die Tür sofort wieder zuschlagen. Die Frau draußen schien ähnlich zu empfinden, sie riss abwehrend beide Hände nach oben bis auf Brusthöhe. An dieser Deckung vorbei starrte sie Fredo entgeistert an, bis sie sich als Erste fing und die Fäuste sinken ließ. »Schmeißen Sie gleich wieder Steine?«

Die Irre mit dem Golf, durchfuhr es Fredo. Die Frau, die ihm heute Vormittag am Ortseingang den Benz zerbeult und die er daraufhin mit der Psychopathen-Nummer in die Flucht geschlagen hatte. War das etwa …

»Frau Anatol?«

»Herr Fried?«

Fredo versuchte es mit einem entwaffnenden Lächeln und streckte die offenen Hände vor. »Keine Steine.«

»Dann könnte ich ja reinkommen. Wenn Sie mich lassen.« Sie lächelte nicht.

»Bitte.« Fredo machte einladend Platz. »Und die Sache mit dem Stein vorhin – ich kann Ihnen das erklären …«

Sie trat ein und blickte ihn kühl aus graugrünen Augen an. »Das können Sie bestimmt. Ich will es aber gar nicht hören. Am besten belassen wir es bei der Angelegenheit, wegen der ich eigentlich hier bin.«

»Wie Sie wünschen. Aber diese Angelegenheit sollten wir doch wenigstens im Sitzen besprechen.«

Die Lehrerin nickte und ließ sich von Fredo ins Wohnzimmer lotsen, wo sie ohne Umschweife auf dem Sofa Platz nahm. Fredo setzte sich in denselben Sessel wie vorhin und beobachtete, wie Helena Anatol etwas umständlich in ihrer ledernen Collegemappe kramte. Das gab ihm Zeit, sie genauer zu betrachten. Ihre Figur war eher zierlich, doch die ganze Person strahlte so viel Energie aus, dass sie außerordentlich präsent wirkte. Sie trug Jeans und ein sportlichweißes Sweatshirt. Das dunkle, fast schwarze Haar bildete einen reizvollen Kontrast zu den graugrünen Augen, und ihre vollen Lippen hätte Fredo gerne einmal lächeln gesehen. Aber darauf konnte man bei der Anatol offenbar lange warten. Lehrerin, hysterisch, Spaßbremse. Da war die Schönheit völlig verschwendet.

Sie hatte anscheinend gefunden, was sie in der Mappe gesucht hatte, beließ es aber zunächst darin und nahm Fredo ins Visier. »Wie Sie ja bereits wissen, Herr Fried, geht es um Tim …«

»Darf ich Ihnen etwas anbieten«, unterbrach Fredo und gab den jovialen Gastgeber, um sie gleich ein wenig aus dem Konzept zu bringen. »Einen Kaffee vielleicht?«

Sie schüttelte kurz den Kopf und fuhr unbeirrt fort. »Seine schulischen Leistungen waren auch in den Klassenstufen sieben und acht nicht überragend. Jetzt, in der Neunten, haben sie aber noch mal stark nachgelassen. Können Sie sich erklären, woran das liegen könnte?«

»Leider nicht. Aber ich habe ja auch nicht Pädagogik studiert.« Jedenfalls nicht sehr lange, fügte Fredo in Gedanken hinzu. Sie musterte ihn scharf. Versucht wahrscheinlich zu ergründen, ob das eben als Frechheit gemeint war oder ehrlich, dachte Fredo und lächelte unverbindlich.

Helena Anatol nahm die Anklage wieder auf. »Das ist leider längst nicht alles. Ich kenne Tim erst seit gut einem halben Jahr. Aber meine Kollegen schildern ihn als ehemals stets fröhlichen, kontaktfreudigen, hilfsbereiten Jungen.«

»Ehemals?«

»Tim beteiligt sich nicht mehr am Unterricht. Das zieht sich durch alle Fächer. Im Klassenverband war er früher bei allen Mitschülern sehr beliebt. Jetzt ist er außen vor. Er redet kaum mit anderen, auch nicht außerhalb des Unterrichts – soweit wir das beobachten können. Und er ist aggressiv.«

Das kommt davon, wenn man Sprüche wie STACHELDRAHT IM HARNKANAL auf der Brust spazieren trägt, dachte Fredo. Sorgt umgehend für schlechtes Image. »Er ist vierzehn. Da ist die Laune nicht sehr stabil«, versuchte er zu relativieren.

»Seine Laune ist stabil. Durchgehend mies.« Helena Anatol zog einen großen gefalteten Bogen Papier aus der College-

mappe. »Das hat mir Frau Herzog gegeben, Tims Kunstlehrerin. Die Klasse hatte die Aufgabe, das Motto ›Mein schönster Tag‹ bildnerisch umzusetzen. Hier ist Tims Beitrag.«
Fredo nahm den Bogen und breitete ihn aus: flächendeckend Explosionen in infernalischen Leuchtfarben, verzerrte Höllengesichter und umherfliegende, abgetrennte Gliedmaßen, aus denen es rot tropfte. Hardcore.
Fredo schluckte.
Die Lehrerin beobachtete ihn aufmerksam. »Haben Sie so etwas schon mal gesehen?«
»Picasso?«, erwiderte Fredo zaghaft.
Helena Anatol wollte gerade zur Predigt ansetzen, als in der Diele lautstarker Tumult losbrach. Tim kam rücklings ins Wohnzimmer, verzweifelt bemüht, Gesche zurückzuhalten, die, offensichtlich völlig außer sich und mit ungeahnter Kraft einen massiven Spazierstock schwingend, nachdrängte, nur kurz angesichts der fremden Person auf dem Sofa stutzte und dann sofort zur Attacke überging. »Diebin! Gemeine Diebin! Na warte, jetzt gibt's was …!«
Fredo ließ das Bild fallen und hechtete nach vorn aus dem Sessel, schoss wie eine Rakete quer über den Sofatisch und riss Frau Anatol mit sich. Gesches herabsausender Stock verfehlte um Haaresbreite seinen Hinterkopf, schlug wuchtig an Fredos Schulter und klopfte einmal kurz an die Stirn der Lehrerin. Die flatterte leicht mit den Augenlidern, war aber sofort wieder da. Während Tim seiner zeternden Urgroßmutter endlich den Stock entwand, blickte Fredo aus zwei Nasenlängen Entfernung in ein graugrünes Augenpaar. Die Welt stand still. Faszinierend.
»Wenn Sie von mir runtergehen, krieg ich bestimmt wieder Luft«, keuchte sie.
Ups. Fredo rappelte sich schleunigst auf. Helena Anatol

atmete durch und erhob sich ebenfalls. Gesche funkelte sie immer noch zornig an, nun aber wenigstens unbewaffnet.
»Was ist denn mit dir los!«, fuhr Fredo sie entnervt an.
Gesches Empörung verpuffte. Sie zitterte jetzt mehr vor Erschöpfung als vor Wut. »Sie hat meine Schlaftabletten gestohlen«, klagte sie schwach und wies vorwurfsvoll auf die Lehrerin. »Sie hat sich heimlich eingeschlichen!«
»Ich habe die Dame selbst hereingelassen, Gesche«, redete Fredo seiner Großmutter zu und strich ihr beruhigend über die Schulter. »Es ist Timmies Klassenlehrerin!«
»Eine Diebin«, maulte Gesche trotzig und gähnte. Sie war völlig erledigt. Tim stand hilflos neben ihr und wagte es nicht, in Richtung seiner Lehrerin zu schauen. Was für ein Chaos, dachte er. Und ich habe einen Moment lang tatsächlich geglaubt, Onkel Fredo habe alles im Griff. Bloß weg hier.
»Komm, Gesche, ich bring dich nach oben«, bot Tim an. Gesche nickte und ließ sich widerstandslos abführen.
Fredo wandte sich verlegen an die Lehrerin, die steif neben dem Sofa stand und ihr verrutschtes Sweatshirt zurechtzupfte.
»Entschuldigen Sie bitte diesen derben Auftritt …«
»Wir sollten einen Termin in der Schule vereinbaren. Es war doch nicht so eine gute Idee, hierherzukommen.« Helena Anatol strich sich dabei unwillkürlich über die gerötete Stelle an der Stirn, an der Gesches Stock aufgeschlagen war. Eine leichte Schwellung begann sich abzuzeichnen.
»Sie haben etwas abbekommen«, stellte Fredo besorgt fest.
»Sie auch«, versetzte die Lehrerin trocken. »Der Anzug ist hinüber.«
In der Tat. Das Jackett war an der Schulter aufgeplatzt, ein Ärmel fast abgerissen. Wäre James Bond nach einer Hechtrolle nie passiert, dachte Fredo. Aber 007 tritt ja auch nicht

zusammen mit seiner Oma auf. »Ich steh sowieso nicht auf Hugo Boss.«

»Warum tragen Sie ihn dann?«

»Tribut an die Bürokonvention.«

»Sie scheren sich um Konventionen? Wäre ich nicht drauf gekommen.« Sie raffte ihre Collegemappe vom Sofa. »Wenn wir nun bitte einen Termin festmachen könnten?«

Wenn sie jetzt geht, wird es für Timmie noch bitterer, überlegte Fredo. Wie stehe ich dann vor dem Jungen da? Die Szene ist dir aus dem Ruder gelaufen, also musst du ins Steuer greifen. Im Dialog bleiben. Nicht abreißen lassen. »Zuerst kühlen wir Ihre Beule.«

»Nicht nötig.«

»Sonst laufen Sie die nächsten Tage als Einhorn herum. Und müssen sich in der Schule wüste Spekulationen darüber anhören, wie das wohl passiert ist.«

Das zog offenbar. Sie wirkte zumindest unschlüssig.

»In der Küche ist sicher noch Eis im Tiefkühlschrank«, setzte Fredo nach. »Gut gegen die Beule. Und wir beide setzen uns an den Tisch und gehen noch mal auf Anfang. Kommen Sie …«

»Okay.« Die Anatol schien nicht restlos überzeugt zu sein, folgte ihm aber durch die Diele in die Küche. »Was ist denn hier passiert?«

Den großflächigen Rußfleck an der Decke hatte Fredo schon völlig vergessen. »Handwerkerschaden. Garantiefall«, schwadronierte er munter und riss dynamisch das Tiefkühlfach auf. Eine faustgroße Tupperdose purzelte ihm entgegen, stürzte ab und fiel zu Boden. Der Deckel löste sich, etwas rollte heraus und blieb zu Füßen der Lehrerin liegen.

Eine weiße Maus. Kalt, steif, tot.

Helena Anatol stieß einen Schrei der Phonkategorie »Rauchmelder« aus und schoss blitzartig aus der Küche. Einen Sekundenbruchteil später hörte Fredo die Haustür knallend ins Schloss fallen. Erschüttert sank er auf den nächsten Stuhl und starrte auf den verblichenen Nager. Die knotige Wucherung hinter dem Schlappohr war unverkennbar. Speedy. Hinter ihm kam jemand hereingestürzt.

»Wer schreit denn – oh nein, armer Kleiner ...!«

Karla. Das Mädchen hockte sich neben den Kadaver und bugsierte die brettsteife Gefrierfleischmaus mit Hilfe des Plastikdeckels zurück in die Tupperdose.

»Ich war's nicht«, baute Fredo vor.

»Weiß ich selbst«, blaffte Karla. »Aber dein Tipp mit der Gefrierfleischabteilung war gut.«

Fredo verschlug es einen Moment lang die Sprache. »Du hast deinen Speedy gekillt? Mal eben schockgefrostet?«

In den Augen des Mädchens standen plötzlich Tränen – Wut oder Trauer, schwer zu sagen. »Speedy hatte nur noch Schmerzen! Erfrieren tut nicht weh! Außerdem habe ich ihn vorher betäubt!«

»Womit denn?« Fredo hatte schon so eine Ahnung.

»Gesches Schlaftabletten.« Karla hielt den Tuppersarg eng an die Brust gepresst und verließ die Küche. Fredo stierte immer noch vor sich hin, als Gesche hereinkam. Küchenkampfbereit in blau-weißer Schürze, als sei nichts geschehen. »Fredo, Fredo. Wolltest mir nicht sagen, dass deine Klassenlehrerin kommt, was? Na komm, Junge – ich backe uns einen Kuchen und dann erzählst du mir, was du in der Schule wieder angestellt hast!«

»Gesche, Gesche.« Fredo erhob sich müde vom Stuhl und nahm seine Großmutter in die Arme. »Sei froh, dass du in keine Tupperdose passt.«

6.

Fredo schwebte aus den Tiefen konfuser Träume ans Tageslicht, stieg langsam auf wie eine versunkene Flaschenpost mit Restluftblase. Ohne Botschaft, Absender unbekannt. Allmählich füllte sich sein Bewusstsein mit Erinnerungsfetzen und verstörenden Phantasien, in denen ein brettsteifer Mäuserich, die zeternde Gesche und ein faszinierend graugrünes Augenpaar die Hauptrollen spielten. Fredo wühlte sich aus seiner Decke, klappte probeweise ein Auge auf und erwischte die volle Ladung Morgensonne. Aaargh. Geblendet für immer. Blindlings rollte er sich aus dem Bett, tappte, vorsichtig zwinkernd, zur Terrassentür und trat hinaus. Die Sonne kitzelte immer noch, aber hier verwöhnte sie auch mit Wärme. Frühling in Bornstedt. Eigentlich gar nicht so übel, wenn diese ganzen Irren nicht wären, dachte Fredo und reckte sich genüsslich. Dabei streifte seine Hand filigranes, klebriges Geflecht – ein gefühlt faustgroßes Etwas rutschte in seinen T-Shirt-Ärmel und entfaltete umgehend krabbelige Aktivität auf nackter Haut. MONSTERSPINNE! Fredo ging durch wie ein Derbygaul auf Amphetamin, flitzte von der Terrasse in den Garten. Nur die üble Vorstellung eines zermatschten Riesenspinnenkadavers auf seinem bloßen Leib bewahrte ihn vor dem Reflex, sich auf der Stelle hinzuwerfen und ekstatisch windend über den Rasen zu rollen. Stattdessen riss er sich das lange T-Shirt herunter und feuerte es weit von sich. In wildem Veitstanz hüpfte Fredo durch die Beete, wischte sich beidhändig über die Schultern und schüttelte vermutete

Ekelinsekten ab, bis plötzlich etwas anderes seine Aufmerksamkeit erregte und seine Verrenkungen bis zum Stillstand verlangsamte: Im Nachbargarten stand eine Frau vor ihrem halbbestückten Wäscheständer und starrte entgeistert zu ihm herüber.

Wahrscheinlich die Mutter von Knödel, der wandelnden Fußballberichterstattung – zum Glück nicht mit seiner Figur. Sogar eine sehr hübsche Figur, registrierte Fredo. Erst Sekunden nach dieser Feststellung kam ihm die Erkenntnis, dass er – wie meistens – nur im T-Shirt geschlafen hatte. Und das lag jetzt dort hinten auf dem Rasen.

Im Gesicht der Frau spiegelten sich Faszination und Empörung gleichermaßen. Hat keinen Plan, ob sie weglaufen oder weitergucken soll, dachte Fredo und tänzelte, einladend lächelnd, auf die Dame zu.

»Darf ich bitten?«

Mutter Knödel quiekte entsetzt auf und trat umgehend den Rückzug ins Haus an, unter Zurücklassung ihrer im Winde flatternden Weißwäsche. Klarer Fall von Fahnenflucht.

»Dann eben beim nächsten Tango!«, rief Fredo der Flüchtenden nach. Er ließ das Schlafshirt im Garten liegen und kehrte schmunzelnd ins Gästezimmer zurück. Erst die Lehrerin und nun diese Nachbarin. Neuerdings reagierten die Frauen ja reichlich verstört auf ihn. Vielleicht sollte ihm das zu denken geben. Allerdings war es bei ihm mit dem Denken vor dem Frühstück so eine Sache. Und da er praktischerweise bereits nackt war, marschierte er gleich durch bis unter die Dusche.

Eine halbe Stunde später streifte Fredo mit nassen Haaren, bekleidet mit sauberen Jeans und einem frischen Sweatshirt, durchs Haus. An der Treppe horchte er nach oben – Stille. Karla und Tim saßen natürlich längst in der Schule. Fredo hoffte zumindest, dass der Junge auch hingegangen war.

Nachdem Helena Anatol gestern schreiend aus dem Haus gerannt war, hatte sich Tim in seinem Zimmer verbarrikadiert und nicht mehr blicken lassen. Fredo hatte zwar noch kurz an die Tür des Jungen geklopft, aber nur ein deftiges »Hau ab!« kassiert.

Vielleicht sollte man mal nachgucken, überlegte Fredo. Müsste ich eigentlich sogar. Schließlich bin ich jetzt so was wie der Erziehungsberechtigte. Schuleschwänzen käme bei der Anatol garantiert nicht gut an. Und die meldete sich bestimmt wieder. Außerdem war Fredo neugierig darauf, wie es in Tims Zimmer aussehen mochte.

Er stieg die Treppe hinauf. Karlas Tür stand weit offen. Ebenso ihr Kleiderschrank. Offenbar hatte sie morgens diverse Outfits probiert, verworfen und kurzerhand auf dem Fußboden liegen lassen – davon zeugte ein wüster Klamottenhaufen aus Tops, Shirts und Pants. Ansonsten wirkte alles ziemlich aufgeräumt. Fredo warf einen schnellen Blick zum HOME OF SPEEDY: Der Mauskäfig stand verwaist im Regal, blank geputzt und bereits gesäubert von Streu und Heu. Fragte sich bloß, wo Speedy nun seine – hoffentlich letzte – Ruhe hielt. Karla hatte dazu keinen Kommentar abgegeben, sondern sich gestern nach einem spärlichen Gutenachtgruß ebenfalls in ihr Zimmer verzogen.

Wenigstens macht sie in der Schule keine Probleme, dachte Fredo und ging durch den Flur hinüber zu Tims Zimmer. Dessen Tür war verschlossen, wie Fredo nach kurzem Anklopfen und Druck auf die Klinke feststellte.

»Tim? Bist du da?«

Keine Antwort. Was entweder hieß, dass der Junge im Bett lag und auf stur schaltete oder eben doch schon in der Schule saß und bloß sein Zimmer abgeschlossen hatte, warum auch immer. Fredo klopfte nochmals vergeblich. Dann ließ er es. Seine Aufsichtspflicht sah er damit als erfüllt an. Und außerdem müssen Erziehungsberechtigte auch mal frühstücken.

Der Eierkarton ist noch voll. Genug, um Pfannkuchen für alle zu backen. Mehl ist fast alle. Milch geht hier weg wie nichts, kann man immer kaufen. Gesche saß am Küchentisch und notierte schwungvoll die benötigten Dinge auf ihrem Einkaufszettel. Zwischendurch stand sie auf und kontrollierte die Bestände im Kühlschrank und in den Vorratsschränken. Milch, okay. Wie war das jetzt mit Mehl? Mehl brauche ich, ich will Pfannkuchen machen. Pfannkuchen gehen schön einfach. Eier, Milch, Mehl. Pfannkuchen. Gesche hatte sich zwar gerade erst hingesetzt, stand nun aber doch wieder auf und öffnete den Küchenschrank. Mehl. Da stand die Tüte, ziemlich leer. Also aufschreiben. Sie ging zurück an den Tisch, setzte sich, griff zum Stift und notierte: Mehl. Als die Buchstaben auf dem Papier standen und Gesche prüfend ihren Blick übers eben Geschriebene fliegen ließ, entdeckte sie zwei Zeilen darüber das gleiche Wort: Mehl. Wütend strich sie es dick durch. Prompt brach die Bleistiftspitze ab. Gesche feuerte den Stift aufgebracht an die Wand. Reiß dich zusammen, ermahnte sie sich. Konzentriere dich. Apfelmus brauchst du auch noch. Tim isst Pfannkuchen nur mit Apfelmus. Nein – Markus nimmt Apfelmus, Tim nimmt Zucker. Markus ist nicht da. Und wenn, nimmt er Zucker zum Pfannkuchen. Tim nimmt Apfelmus. Karla nimmt Zucker. Quatsch, nimmt sie nicht mehr. Macht die Prinzessin zu dick. Nicole will abnehmen. Nimmt sie Apfelmus? Nicole ist gar nicht da. Markus auch nicht. Fredo ist da. Haben wir noch Apfelmus?
Gesche spürte, wie in ihrem Gehirn Nebel aufzog und die Konfusion ihrer Gedanken in Watte hüllte. Am liebsten hätte sie laut geschrien, um das wabernde Leichentuch im Kopf mit

schrillen Tönen zu zerfetzen. Oder das Tuch so fest um sich herumgezogen, dass es alles darunter erstickte. Schluss mit allem. Ende, aus. Aber die Schlaftabletten waren weg. Karla und ihre blöde Maus. Das war natürlich Absicht von dem Mädchen. Sie will es nicht zulassen, dass mir ein Ausweg bleibt, dachte Gesche. Jetzt muss ich mir von Dr. Lorenz wieder neue Tabletten verschreiben lassen und monatelang sammeln.

Jemand trabte polternd die Treppe hinunter. Gesche schreckte auf: Die Kinder waren doch zur Schule? Dann fiel ihr Fredo wieder ein. Das musste er sein. Wo Fredo war, tobte das Leben. Das war schon immer so. Jetzt hörte Gesche ihn, fröhlich pfeifend, durch die Diele schreiten, dann kam er zur Küchentür herein. Mit diesem ganz speziellen Fredo-Grinsen, einer charmanten Mischung aus Schalk und Verlegenheit. Ohne genau zu wissen, warum eigentlich, ging es Gesche gleich etwas besser.

»Moin, Gesche. Was gibt's zum Frühstück?«

Gesche zeigte ihm einen Vogel. »Schulkinder kriegen Frühstück. Spätaufsteher nicht. Bald ist Mittagszeit.«

»Ist Tim auch losgefahren?«

»Der war sogar noch vor Karla weg. Zu Fuß, weil sein Rad kaputt ist.«

»Ach ja.« Fredo fiel die demolierte Benz-Kofferklappe ein. Ein Bild, das er schnell wieder verdrängte.

»Und was frühstückst du nun?«, erbarmte sich Gesche. »Kaffee würde ich dir ja noch kochen.«

»Lass man.« Fredo öffnete die Kühlschranktür, überblickte kurz die Vorräte und entschied sich für Orangensaft und zwei Bananen. »Was für Affen gut ist …« Er setzte sich mit seiner Beute zu Gesche an den Küchentisch. »Geht's dir heute wieder besser?«

»Was meinst du damit?«
»Du hast dich gestern höllisch aufgeregt, weil deine Tabletten weg waren. Du weißt doch noch, dass du mit dem Stock auf Timmies Lehrerin losgegangen bist?«
»Sei nicht albern. Selbstverständlich weiß ich das.«
»Das war ganz schön heftig.«
In Gesches Blick blitzte plötzlich gewohnte Autorität. »Ich dulde keinen Diebstahl in diesem Haus! Und nun: Schluss damit. Ich muss einkaufen gehen. Sonst gibt's kein Mittagessen.«
Gesche hielt ihren Einkaufszettel in der Hand umklammert wie einen Einsatzbefehl. Okay, dachte Fredo, Schwamm drüber. »Ich könnte dich fahren. Hab eh nichts Besonderes vor.«
»Ist gut«, murmelte Gesche, schon wieder in ihren Zettel vertieft. Eier, Mehl, Milch. Das war noch nicht alles, ahnte sie. Eine Million Pfannkuchen im Leben gebacken – aber sie kam einfach nicht darauf, was noch fehlte. Erbärmlich. Reiß dich zusammen, Gesche.
Fredo befürchtete zunächst spitze Kommentare seiner Großmutter über das angeschlagene Erscheinungsbild des Mercedes. Aber Gesche schien die Blessuren in der Karosserie gar nicht zu bemerken. In sich gekehrt nahm sie auf dem Beifahrersitz Platz und ließ sich chauffieren. Fredo setzte die Limousine schwungvoll im Rückwärtsgang aus der Auffahrt. Die ausladenden Zweige eines Rhododendrons schmirgelten über die Wagenflanke. Völlig irre, so ein Riesenteil derartig dicht an den Weg zu pflanzen.
»Wo wollen wir denn hin?«
Gesche wandte sich ihm langsam zu, wie aus tiefstem Traum erwachend. »Wie immer. Bäcker Lohse, dann zu Feinkost-Lehmann. Küchenpapier brauchen wir auch …«
»Kriegen wir alles im Supermarkt«, unterbrach Fredo. »Ihr

habt doch jetzt einen neuen, hab ich gesehen! Ist viel unkomplizierter, wirst schon sehen.« Er schlug die Richtung ein, aus der er gestern gekommen war.
Unkompliziert ist gar nichts, dachte Gesche. Aber sie schwieg und ließ die Straßen an sich vorüberziehen. Saubere Wege, gepflegte Hecken. Gesche kannte hier jede Ecke. Die meisten Menschen auch, früher natürlich mehr als heute. Damals, als sie noch die kleine Postfiliale geleitet hatte, in der ganz Bornstedt ein und aus ging. Gleich würden sie am Haus von Käthe Hermann vorbeifahren. Käthe war im gleichen Jahr wie sie aus Hamburg gekommen. Sommer 1948, gleich nach der Währungsreform. Gesche spähte aus dem Seitenfenster: Da war das Haus. In der Einfahrt parkte ein protziger Jeep, eine junge Frau ließ gerade ihren zotteligen Hund aussteigen. Gesche kannte weder das Auto noch den Hund, von der Frau ganz zu schweigen.
Alles anders. Gesche krampfte die Rechte um den Türgriff, damit sie nicht zitterte. Hier drinnen war man sicher. Fredo fährt mich, da kann nichts passieren, beruhigte sich Gesche. Ist ein Filou, mein Fredo, kommt immer durch. Am liebsten würde sie einfach so weiterfahren, den ganzen Tag. Aber der Wagen bog schon ab auf einen großen Parkplatz. Himmel, so viele Autos! Und noch mehr Leute! Wohnten die alle in Bornstedt? War das hier überhaupt noch Bornstedt?
Schön voll, dachte Fredo erfreut. Erlebnis-Shopping in Bornstedt. Endlich mal was los im Kaff. Er rangierte den Wagen gekonnt in eine Parklücke, stellte den Motor ab, stieg aus und ging ums Auto herum, um Gesche die Tür zu öffnen. Aber die alte Dame sprang schon selbst vom Sitz und aus der Limousine heraus.
»Warte bitte!« Sie langte nach seinem Arm und hakte sich ein. »Jetzt kann's von mir aus losgehen.«

Sie ist doch gar nicht wacklig auf den Beinen, wunderte sich Fredo, führte seine Großmutter aber trotzdem artig zum Depot der abgestellten Einkaufswagen. Vielleicht wollte Gesche auf diese Weise bloß ihre Freude darüber ausdrücken, dass er bei ihr war. Mit zärtlichen Gefühlsausbrüchen hatte sie es normalerweise nicht so. Sie ließ ihn auch sofort wieder los, als Fredo einen Einkaufswagen aus dem Depot zog, und klammerte sich stattdessen an die Griffstange des Wagens.

»Da rein?« erkundigte sie sich zögerlich mit Blick aufs Entree des Supermarkts – zwei Paar gläserne Schiebetüren, die sich im Fluss des Kundenstroms automatisch öffneten und schlossen.

»Warst du hier noch nie einkaufen?«, fragte Fredo erstaunt. Gesche schüttelte nur leicht den Kopf, ohne den Eingang aus den Augen zu lassen. Dann setzte sie sich entschlossen in Bewegung. Fredo überließ ihr den Einkaufswagen, blieb aber an ihrer Seite. Die gläserne Eingangstür teilte sich vor ihnen wie das Rote Meer vor Moses und den Israeliten, dann befanden sie sich im Gelobten Land des Konsums, Filiale Bornstedt, und liefen wie Labormäuse durchs ausgeklügelte Labyrinth der Marketing-Strategen. Die hatten vor dem Erreichen der Lebensmittelabteilung einen Parcours aus Kleiderständern, Schuhregalen, Autozubehör, Kinderspielzeug, Deko-Schnickschnack und mehr gesetzt.

»Mehl, Eier, Milch«, murmelte Gesche gebetsmühlenartig und krampfte die Hände um den Haltegriff ihres Einkaufswagens. Fredo achtete nicht auf seine zunehmend angespannte Großmutter. Ein Stück weit vor ihnen gab es eine kleine Abteilung mit Zeitschriften, Büchern, Filmen, Computer- und Konsolenspielen. Die Spiele interessierten Fredo weniger als vielmehr die beiden Jungen, die vor diesem Regal standen, mit den Rücken zu ihm. Der größere war komplett schwarz gekleidet und hatte seine zottelige, schulterlange Haarpracht zu einem Pferdeschwanz gebunden, der offensichtlich schon länger nicht gewaschen worden war. Der andere, fast einen ganzen Kopf kleiner als Freund Pferdeschwanz, trug ein wohlbekanntes Rammstein-Shirt, aber Fredo hätte Tim auch an der schmalen Schlaksfigur und den linkischen Bewegungen erkannt. Macht also einfach blau, der Bengel, dachte er. Das verstand Fredo zwar durchaus, aber er würde Tim doch mal kurz einen kleinen Schrecken einjagen. Allerdings ohne Gesche. Eine Riesenszene war die Sache nicht wert. Kurzentschlossen schob Fredo seine Großmutter samt Einkaufswagen in einen Seitengang ab und wies auf ein Regal am anderen Ende.

»Nimmst du bitte eine Flasche von dem Orangensaft mit? Ich hole mir nur schnell eine Zeitung!«

Bevor Gesche Einwände erheben konnte, ließ er sie stehen und eilte weiter, um sich über weitere Seitenschneisen, sichtgeschützt zwischen den Regalen, an die beiden Jungen in der Medienabteilung heranzupirschen. Dort stand Tim, neben ihm noch immer der andere Kerl mit dem Pferdeschwanz. Fredo wollte gerade seine letzte Deckung hinter einem Getränkeregal verlassen, als Tim sich plötzlich umdrehte und verstohlen in alle Richtungen spähte. Fredo bremste sich im letzten Moment und verharrte hinter dem Regal. Zwischen einigen Flaschen hindurch beobachtete er, wie sich Tim jetzt wieder den PC-Spielen zuwandte, mit flinken Fingern eine bunte, schmale Box aus dem Sortiment zog und unter seinem T-Shirt im Hosenbund verschwinden ließ. Fredo überlegte noch, wie er darauf reagieren sollte – da sah er, wie sich im selben Gang, in dem er Deckung bezogen hatte, eine wohlbekannte Person mit energischen Schritten näherte: Helena Anatol trug einen Einkaufskorb, atemberaubend eng ge-

schnittene Jeans und leider immer noch kein Lächeln im Gesicht. Sie hatte Fredo noch nicht bemerkt, aber Tim würde gleich in ihr Blickfeld geraten. Falls nichts dazwischenkam ...
Mit einem schnellen Ausfallschritt kreuzte Fredo den Weg der Lehrerin. Sie wich aufgeschreckt aus, rempelte prompt das Regal neben sich und ließ ihren Einkaufskorb fallen. Scheppernd ging darin eine Flasche zu Bruch und badete den Rest ihrer Einkäufe in duftendem Rotwein. Aus den Augenwinkeln registrierte Fredo, dass sich Tim und sein Gefährte davonmachten. Ob sie ihn und die Lehrerin gesehen hatten?
»Verdammt, können Sie nicht aufpassen?«, fiel Helena Anatol über ihn her – um gleich darauf in resignierter Verzweiflung festzustellen: »Oh nein, Sie schon wieder ...«
Fredo bückte sich bereits, um den Korb aufzuheben. Der Rotwein lief aus den offenen Seitenlamellen und verbreitete sich in einer Lache auf dem Fußbodenbelag. Besser, den Korb da unten zu lassen, dachte Fredo und warf einen schnellen Blick auf das Etikett der zerbrochenen Flasche.
»Montepulciano. Wird sowieso überschätzt.«
»Deshalb mussten Sie ihn mir gleich aus der Hand schlagen?«
Fredo richtete sich wieder auf und lächelte die Lehrerin freundlich an. »Darf ich Ihnen einen anderen Wein empfehlen? Einen Luberon vielleicht, aus dem Département Vaucluse ...«
»Sie dürfen die Sauerei wegräumen.«
Damit ließ Helena Anatol ihn und den Korb kurzerhand stehen und rauschte davon, ohne ihn eines weiteren Blickes zu würdigen. Fredo sah ihr bedauernd nach. Von hinten sah sie auch gut aus. Zumal aus dieser Perspektive das fehlende Lächeln nicht weiter störte.
»Meine Güte, was ist denn hier passiert?« Eine Verkäuferin mit karottenfarbenen Strähnchen im hochtoupierten Haar

schlug entsetzt die Hände vorm Kittel zusammen und musterte Fredo vorwurfsvoll. »Ist das Ihr Korb?«

»Keineswegs«, wehrte Fredo ab. »Mein Einkaufswagen steht einen Gang weiter.« Schon wandte er sich ab und schritt gemessenen Schrittes von dannen. Hinter ihm machte sich die geplagte Verkäuferin zeternd an die Aufräumarbeit. Alles wegen Timmie, dachte Fredo grimmig, mit dem werde ich ein Wörtchen reden, wenn er nach Haus kommt. Wenn Gesche wüsste, dass ihr Urenkel klaut … Gesche! Fredo verzögerte unwillkürlich seinen Schritt. An Gesche hatte er gar nicht mehr gedacht. Sie müsste doch hier irgendwo sein? Dies war der Gang mit dem Orangensaft, genau hier hatte er die Großmutter mit dem Einkaufswagen stehen lassen. Wäre sie von hier aus weiter in Richtung der Kassen gegangen, hätte er sie eigentlich sehen müssen. Bestimmt hat sie etwas vergessen und ist nun wieder ein paar Gänge zurück, überlegte Fredo. Auf dem Weg zurück zum Eingang spähte er in jeden Seitengang – von Gesche keine Spur …

Mehl. Eier. Milch. Und noch etwas, sie kam bloß nicht drauf. Ich muss zu Feinkost-Lehmann, überlegte Gesche fieberhaft. Die Gedanken wetterleuchteten in ihr. Das hier ist nicht Lehmann. Das ist was ganz anderes. Fredo ist auch weg. Ich will Pfannkuchen backen. Raus hier. Da ist die Tür. Da geht's raus. Keine Klinke. Ich will raus!

Fredo vernahm das monotone Scheppern, noch bevor er den Eingang erreichte, und beschleunigte besorgt seine Schritte. Dann sah er endlich seine Großmutter und erfasste die Situation: Gesche knallte den Einkaufswagen gerade wieder mit Schwung von innen gegen die geschlossene Eingangstür – die sich aber nur öffnen würde, wenn sich von außen jemand der Lichtschranke näherte. Genau das verhinderte jedoch der Anblick der rasenden Rentnerin. Während Gesche panisch die

Tür von innen attackierte, staute sich draußen die verhinderte Kundschaft in sicherem Abstand vor dem Eingang und glotzte in kollektiver Untätigkeit auf das seltsame Schauspiel. Gesche zog den Einkaufswagen wieder zurück und rüstete sich bebend zum finalen Frontalangriff. Im letzten Moment umklammerte Fredo seine Großmutter mit beiden Armen. Er fühlte, dass sie am ganzen Leibe zitterte.
»Fredo … Ich will raus hier …«
Fredo empfand tiefe Ratlosigkeit. Das war doch Gesche, die starke Gesche! Er hielt sie umarmt, bis endlich draußen eine dicke Frau zur Erkenntnis gelangte, dass die Sensation nun vorüber sei und man zum Alltag übergehen müsse. Die Dicke schob ihren Einkaufswagen an die Eingangstür heran, die schwang folgerichtig auf und gab den Weg frei für den Vorbeimarsch der Konsumkarawane. Die meisten vermieden jeden Blickkontakt mit dem jungen Mann und der durchgeknallten Irren, andere starrten in unverhohlener Neugier herüber. Fredo wartete ab, bis die Bahn frei und die Tür gerade noch offen war, dann zog er Gesche rasch mit sich ins Freie. Der Einkaufswagen blieb stehen.
Als sie endlich wieder im Auto saßen, schien sich Gesche gefangen zu haben. Jedenfalls zittert sie nicht mehr, dachte Fredo. Laut sagte er: »Zu Feinkost-Lehmann?«
Gesche blickte ihn an und strahlte plötzlich übers ganze Gesicht. »Zucker, Salz, Butter!«
Erleichtert lehnte sie sich im Sitz zurück und schloss die Augen.
Ging doch, na bitte.

7.

Sind immer wieder ein Knaller, deine Pfannkuchen«, lobte Fredo und strich sich behaglich über den satten Magen. Zum Glück hielt sich die Wölbung noch in Grenzen. Ein paar Wochen mit Gesches Kochkünsten, und er würde verschärft Sport treiben müssen, um nicht aus dem Leim zu gehen.
»Danke, mein Junge.« Gesche trug wieder die unvermeidliche Schürze und war bereits dabei, den Tisch abzuräumen. »Hat es euch denn auch gut geschmeckt, Kinder?«
»An Pfannkuchen kann man ja wohl nicht viel verkehrt machen«, urteilte Karla gnadenlos.
»Außerdem gab's die letzte Woche schon zweimal!«, versetzte Tim und stand auf. »Muss dringend mein Fahrrad reparieren. Hab keinen Bock darauf, wieder zu Fuß zur Schule zu latschen.«
Das bist du heute ja wohl auch nicht, dachte Fredo. Er wollte Tim noch darauf ansprechen, fand aber, jetzt sei nicht der geeignete Zeitpunkt. Wie die optimale Gesprächssituation aussehen könnte, wusste er jedoch nicht. Irgendwie fand sich Fredo als Mahner in Sachen Schuleschwänzen fehlbesetzt. Geklaut hatte er allerdings weder früher noch heute. Höchstens Pointen, und davon über die Jahre reichlich. Aber das taten ja alle Drehbuchautoren. Besser gut geklaut als schlecht erfunden, lautete eine goldene Regel seiner Branche.
Tim und Karla verließen die Küche. Gesche bestückte die Geschirrspülmaschine mit schmutzigem Besteck, grimmig und in abgezirkelter Routine, als lade sie das Magazin eines

Schnellfeuergewehrs. »Immer haben sie was zu meckern! Ich koche, was ich kann!«

»Und das machst du super«, versuchte Fredo sie zu trösten. »Also, ich hab nichts gegen dreimal Pfannkuchen in einer Woche.«

Gesche winkte resigniert ab, lehnte sich gegen den Küchenschrank und strich sich müde über die Stirn. »Ich kann nicht immer kompliziert kochen, mit so vielen Sachen, bei denen man so furchtbar viel bedenken muss, dass einem der Schädel platzt. Das geht einfach nicht!«

»Es wird dir manchmal alles … ein bisschen zu viel, nicht war? So wie vorhin im Supermarkt?«

Sie hatten bis jetzt beide noch kein Wort über das Drama hinter der automatischen Eingangstür verloren. Waren bei Feinkost-Lehmann gewesen, hatten die fehlenden Zutaten gekauft, dann gab es Pfannkuchen. Es fiel Fredo nicht leicht, die Angelegenheit überhaupt zu erwähnen. Zu tief lag der Respekt vor Gesches innerer Stärke in ihm verwurzelt. Und der Respekt vor der Autorität, die sie immer noch ausstrahlte. Jetzt allerdings schien es ihr an jeder Spannkraft zu mangeln, so, wie sie zusammengesunken am Schrank lehnte.

»Ich kann's bloß nicht ab, wenn alles ständig anders ist«, seufzte sie.

»Dann mach nur die Sachen, bei denen du dir sicher bist. Das reicht doch.«

Trotz ihrer Erschöpfung lachte Gesche ihn plötzlich an. »Du bist wenigstens nicht anders, Fredo! Du bist wirklich genau wie früher.«

»Bloß erwachsen«, merkte Fredo energisch an.

»Geht so. Nur die Sachen machen, bei denen man sicher ist!«, zitierte ihn Gesche kichernd. »Das war doch schon in der Schule deine Masche, wenn du eigentlich keine Ahnung hattest: Immer nur stundenfüllend über das reden, was du zufällig mal gelernt hast – dann kommt kein Lehrer mehr dazu, nach all den Dingen zu fragen, von denen du keine Ahnung hast.«

»Das hab ich früher schon gemacht?«, wunderte sich Fredo schmunzelnd. »Dann war ich ja wohl ziemlich jung schon ziemlich schlau.«

»Ziemlich faul«, schmunzelte Gesche zurück.

»Vielleicht ein bisschen von allem?«

»Ein bisschen von allem«, willigte Gesche ein, um dann nachzusetzen: »Aber überwiegend faul.«

Gesche hat mich immer durchschaut, gestand sich Fredo ein. Ob sie ihren scharfen Blick auch noch für den Urenkel bewahrt hatte?

»Ist Timmie auch so?«

»Tim ist ganz anders«, antwortete Gesche spontan. »Der denkt über alles dreimal nach. Ganz genau und viel zu viel.«

Fredo dachte an die Szene im Supermarkt, wie Tim das geklaute Spiel unter dem T-Shirt verschwinden ließ. Zumindest in der Situation schien der Junge nicht besonders gegrübelt zu haben.

»Und Karla? Wie ist die?«

Gesches Miene verschloss sich augenblicklich. Harsch antwortete sie: »Karla spielt sich gerne auf. Als ob sie hier das Sagen hätte!«

»Oha.« Fredo musste unwillkürlich doch ein wenig grinsen. »Dasselbe behauptet sie von dir. Kampf über drei Generationen. Muss das sein?«

»In diesem Fall: Ja, das muss sein.«

Fredo quittierte diese Unnachgiebigkeit mit einem Kopfschütteln. Gesche entspannte sich, lächelte milde, schritt zur Küchentür und streifte ihren Enkelsohn mit einem verschmitzten Seitenblick.

»Das verstehst du nicht, mein Junge. Du kämpfst ja nie.«
Bevor Fredo dazu etwas einfiel, war Gesche schon draußen.
»Woher willst du das wissen?«
Gesche gab keine Antwort darauf, Fredo hörte sie bereits die Treppe hinaufsteigen – auf dem Weg in ihre kleine Dachwohnung, zum Mittagsschlaf vermutlich.
»Endlich allein«, brummte Fredo und griff sich zum Nachtisch noch einen Joghurt aus dem Kühlschrank. Beim Stichwort »allein« fiel ihm Tim ein. Wenn er allein mit dem Jungen reden wollte, gäbe es jetzt eine gute Gelegenheit dazu: unter dem Vorwand, ihm bei der Fahrradreparatur helfen zu wollen. Zwei Kerle, ein paar Schrauben und ein klärendes Gespräch. So funktionierte das doch normalerweise zwischen Vätern und Söhnen. Fredo konnte sich zwar eine solche Situation zwischen Tim und seinem Vater nicht gut vorstellen – Markus war schon immer ein totaler Werkzeuglegastheniker gewesen, einer, der jeden Sägeschnitt danebensetzte und garantiert alle Nägel krummschlug. Falls Tim dieses Antitalent auch nur zur Hälfte geerbt hatte, würde er bei der Reparaturaktion jede Hilfe gebrauchen können. Fredo warf entschlossen den leeren Joghurtbecher in den Müll und machte sich auf den Weg zur Garage.
Tim hatte sein Gefährt in der Einfahrt auf Sattel und Lenker aufgebockt. Das neue Vorderrad saß bereits in der Gabel, fachmännisch installiert von demselben schwarzgekleideten Pferdeschwanzriesen, der Fredos Neffen bereits vorhin im Supermarkt begleitet hatte. Nun konnte Fredo dem Langen auch ins Gesicht sehen – worauf er gern verzichtet hätte. Von Ebenmaß keine Spur. Der Schädel bildete ein umgekehrtes, ungleichförmiges Dreieck, in dem sich Augen, Nase und ein schmallippiger Mund leicht asymmetrisch anordneten, als hätte ein Dreijähriger eine Comicfigur zu zeichnen versucht.

Am spitzen Kinn zeigte sich der spärliche Ansatz eines Ziegenbärtchens, die Stirn wölbte sich knochig über der Augenpartie, und auch der stechende Blick darunter hätte vermutlich gut ins Neandertal gepasst. Das alles saß auf einem Riesenkörper, der eher schwammig als athletisch wirkte. Eben zog der Lange die letzte Radmutter fest und gleichzeitig geräuschvoll den Rotz durch die krumme Nase.

»Hey, ist ja schon fertig!«, machte sich Fredo bemerkbar. »Ich wollte dir helfen. Ist ja auch ein bisschen meine Schuld mit dem kaputten Rad.«

»Alles im Griff«, winkte Tim ab. »Pat hatte noch eins bei sich zu Hause liegen.«

Sieht nagelneu aus, dachte Fredo, während Pat prüfend das fertig montierte Vorderrad mit der Hand in Schwung brachte, ohne den Blick von seiner Arbeit zu wenden. Die Speichen zeichneten einen gleißenden Wirbel ins Sonnenlicht.

»Vielen Dank«, wandte sich Fredo an Tims Helfer. »Kriegst du was dafür?«

»Muss los«, antwortete Pat zusammenhanglos, weiter den Blickkontakt meidend. Seine Stimme lag auf Eunuchenfrequenz und passte so gar nicht zu der Riesengestalt. »Bis später.« Er nickte Tim knapp zu und ging die Einfahrt hinunter, mit schwerem Schritt, als drückten ihm Zentnerlasten aufs Kreuz.

»Wer ist denn das? Der Fürst der Finsternis?«, staunte Fredo.

»Das wird er vielleicht. Demnächst mal.« Tim grinste rätselhaft. »Patrik ist mein Freund.«

»Falls du was fürs Rad bezahlt hast, geht die Hälfte auf mich, okay?«

Tim stellte sein Fahrrad wieder auf die Reifen, setzte sich auf den Sattel und drehte eine Proberunde um Fredo herum. Zufrieden stieg er ab. »Kannst dein Geld stecken lassen. Pat hat ein PC-Spiel von mir gekriegt.«

Und das gab's umsonst, dachte Fredo und wartete, bis Tim sein Rad am Mercedes vorbei in die Garage geschoben hatte.

»Richtig, ich hab euch ja vorhin gesehen«, bemerkte er dann, als sei es ihm gerade erst wieder eingefallen.

»Pat und mich? Wann denn?«

»Im Supermarkt. Hast du Pat das Spiel geschenkt, das du da … gekauft hast?«

Tims Gesichtsfarbe rötete sich um eine Spur. »Du warst da?«

Fredo nickte. »Und nicht bloß ich. Frau Anatol ebenfalls.«

»Hat sie mich auch gesehen?« Das klang entschieden panisch.

»Wieso?«, entgegnete Fredo unschuldig. »Hattest du denn keine Freistunde?«

Der Junge kniff die Lippen zusammen und drückte sich wortlos an Fredo vorbei auf das Haus zu. Fredo hielt ihn an der Schulter zurück.

»Ich konnte sie rechtzeitig ablenken. Sie hat dich nicht gesehen.«

»Toooll. Daaaanke, Onkel Fredo«, dehnte Tim ironisch, riss sich los und strebte zum Hauseingang.

»Ja. Angemessen!«, rief Fredo ihm nach, schon etwas genervt von so viel pubertärer Ignoranz. Der Junge drehte sich auf der Türschwelle abrupt um, angespannt und zornig gleichermaßen.

»Lass mich in Ruhe, ja? Mach einfach Urlaub, Onkel Fredo! Einfach nur Urlaub!« Damit verschwand er im Haus und knallte die Tür hinter sich zu. Fredo tastete unwillkürlich nach dem Schlüsselbund in seiner Hosentasche. Da war es. Wenigstens musste er jetzt nicht Karla heraus- oder Gesche aus dem Mittagsschlaf klingeln. Aber ins Haus wollte er jetzt eigentlich sowieso nicht. Fürs Erste hatte er genug von der ganzen Bande dort drinnen. Mach doch mal Urlaub, Fredo. Der Schlüssel vom Benz hing auch am Bund, die Brieftasche mit den Papieren trug er bei sich. Einer Spritztour stand nichts im Wege.

Fredo ließ den Motor kurz im Leerlauf aufjaulen, dann jagte er den Wagen im Rückwärtsgang die Einfahrt hinunter. Dem ausladenden Rhododendron wich er diesmal elegant aus. Dafür touchierte die entgegengesetzte Wagenflanke geräuschvoll die Mülltonne, die irgendwer hart an den Weg herangezogen hatte, damit die Müllabfuhr sie bloß nicht bei der Abholung übersehen würde. Wie eine Flipperkugel schoss die Tonne in die Büsche.

Hauptsache, der Müll ist weg, dachte Fredo und setzte die Limousine weiter zurück. Zum Glück sah er dabei jetzt auch endlich in den Rückspiegel und fand sofort das Bremspedal – sonst hätte das Wagenheck die blonde Gazelle voll erwischt, die gerade auf bemerkenswert hohen Absätzen in die Einfahrt stöckelte. Erschrocken hüpfte die junge Frau beiseite. Fredo nutzte die Gunst ihrer Schrecksekunde, um ihr im Vorbeifahren eine entschuldigende Kusshand zuzuwerfen. Dann war endlich die Straße erreicht. Er gab Gas und fühlte sich mit jedem Meter leichter, den ihn der Wagen vom Friedschen Anwesen entfernte.

Das Fell glänzte und fühlte sich weich an, als Karla behutsam darüberstrich. Auch unter dem Fell gab das Fleisch dem sanften Druck ihrer Fingerspitze nach. In dieser Hinsicht schien Speedy nach dem Auftauen wieder ganz der Alte zu sein. Leider nur in dieser Hinsicht. Die sonst so rot funkelnden Augen wirkten hinter halbgeschlossenen Lidern wie sandgestrahlte Glasperlen, trübe und erloschen. Die kleinen Nagezähne schimmerten knöchern, vergilbt, als entblößte sich hier bereits ein Teil des Skeletts. Und die einst flinken Füße mit den feinen Krallen, die unermüdlich das Laufrad getreten hatten, hingen nutzlos unter der Mauseleiche. Vergangen, aber doch noch da. Speedy war zwar nur eine Maus, aber selbst wenn er ein Löwe gewesen wäre – in diesem Zustand ließ er alles mit sich machen, er konnte nichts dagegen tun. Karla fand das beängstigend.

Es klingelte. Juliane war anscheinend pünktlich. Gut so. Ihre neue Klassenkameradin kam zum ersten Mal zu ihr nach Hause. Karla hatte darauf gebaut, dass ihr so kurz nach dem Mittagessen der Rest ihrer Familie nicht in die Quere kam, wenn sie Juliane empfing. Die war so cool … und dann die durchgeknallte Gesche oder der peinliche Tim mit seinem ewig durchgeschwitzten T-Shirt, das ging gar nicht. Behutsam schob sie die Schachtel mit dem toten Speedy zu und legte sie vorsichtig zurück auf den schmalen Mauersims unterhalb des Sonnendachs. Hier lag sie fast unsichtbar, geschützt und trocken. Karla trat aus dem Wintergarten zurück ins Wohnzimmer, strebte weiter in den Flur und öffnete die Haustür rechtzeitig beim zweiten Klingeln.

»Hi! Komm rein.«

»Karla. Hallooo.« Die junge Frau mit dem wallenden Blondhaar beugte sich elegant vor, stieß ihr Gesicht einmal links, einmal rechts neben Karlas Wange und ließ dabei Luftbusserl platzen. Karla erwiderte diese Begrüßung etwas unbeholfen.

»Ich zeige dir gleich das Wohnzimmer«, rettete sie sich in Aktionismus und verfolgte bewundernd Julianes lässigen und doch aufreizend berechnenden Hüftschwung, mit dem sie das Haus betrat wie eine Königin ihr angestammtes Schloss. Und das auf diesen Wahnsinnsabsätzen, fuhr es Karla durch den Kopf, auf den Dingern käme ich keine zehn

Meter weit. Karla litt eher selten unter Minderwertigkeitsgefühlen. Aber neben Juliane Färber fühlten sich vermutlich selbst egomanische Models blass. Wo Juliane auftauchte, stand sie im Mittelpunkt, so selbstverständlich wie ein Naturgesetz. Sie fiel in jede Gesellschaft wie ein Stein in spiegelglattes Wasser – sofort bildeten sich Wellen und zogen Kreise um sie. Wohin Juliane auch ging, ein unsichtbarer Scheinwerfer schien ihr zu folgen, um sie stets ins rechte Licht zu setzen. In ihrer Nähe beugten sich Männer wie Frauen kampflos ihrem Glanz. Das jedenfalls entsprach den Erfahrungen, die Karla bislang hinsichtlich ihrer neuen Klassenkameradin sammeln konnte.

Juliane Färber war erst vor drei Monaten nach Bornstedt gekommen. Ihre Mutter war eine Frau Professor Doktor an der Rehaklinik, dem größten Arbeitgeber des Städtchens, und galt als Koryphäe auf ihrem Gebiet – irgendwas mit Orthopädie, wusste Karla. Vorher war sie an einer Münchener Klinik gewesen. Und immer mal wieder im Ausland – Juliane war ganz schön herumgekommen und konnte lässige Anekdoten von ihren Aufenthalten an Orten erzählen, die der durchschnittliche Bornstedter im Leben nicht zu sehen bekäme. Juliane hatte auch schon diverse Privatschulen besucht, zuletzt eine in Kalifornien. Beim Wechsel zurück nach Deutschland hatte sie ein Schuljahr verloren. Sie sah also nicht bloß super aus, sondern war auch noch ein Jahr älter als Karla und die anderen. Siebzehn und unwiderstehlich. Juliane sah sich im Wohnzimmer um und schien nicht sonderlich beeindruckt zu sein. Sie wischte sich eine blonde Strähne aus der Stirn und bemerkte beiläufig: »Hier soll es sein?«

»Ich stell alles um«, erwiderte Karla und ergänzte hastig: »Es kommt auch was raus und dafür etwas Neues dazu!«

Juliane rümpfte nachdenklich das wohlgeformte Näschen.

»Den Tisch raus ... insgesamt ein anderer Style ... Könnte funktionieren.«
»Das funktioniert!«, bekräftigte Karla. »Den Wintergarten bauen wir loungig um, so als Chill-out-Zone. Falls man zwischendurch abhängen will.«
»Mit den Jungs, zum Beispiel?«
»Zum Beispiel.«
»Marcel, zum Beispiel?«
Nicht rot werden, verdammt, dachte Karla. Dann spürte sie die Hitze bis unter die Haarwurzeln aufsteigen und sah Juliane amüsiert grinsen.
»Ist ja auch ein ganz Süßer, unser Marcel! Aber meinst du, der kommt, wenn du ihn einlädst? Eine Mittelstufentussi hat der bestimmt nicht im Sinn ...«
»Dann lade du ihn doch ein«, tat Karla Julianes Bemerkung ab, als wäre ihr dieses Thema völlig egal. »Altersmäßig bist du doch so gut wie Oberstufe.«
»Touché«, schmunzelte Juliane. »Die Oma der 10 b.«
»Aber ganz gut erhalten«, grinste Karla zurück.
»Soll ich Marcel für dich einladen?«
Lässt die denn gar nicht locker, dachte Karla. »Lade ihn ruhig ein. Aber nicht für mich.«
»Hey – bist du etwa schon vergeben?«, bedrängte sie Juliane in unverhohlener Neugier. Derart in die Enge getrieben, reagierte Karla mit einem zaghaften Nicken.
»Wow. Aus unserer Schule?«
Karla schüttelte den Kopf.
»Gleichaltrig?«
Karla blieb einfach beim Kopfschütteln.
»Älter ...« Julianes Augen leuchteten plötzlich. »Etwa der Typ, der mich eben fast in eurer Einfahrt mit dem Wagen umgenietet hat? Wow!«

Karla lächelte unsicher. »Du bist Fredo begegnet?«
»Der? Echt?«
Juliane benahm sich plötzlich ganz anders, fand Karla. Endlich hatte sie ihre volle Aufmerksamkeit geweckt, und das genoss Karla. Da kam es ihr auf einen kleinen Schwindel nicht an. »Mmmh«, nickte sie bestätigend.
»Der sieht gut aus.« Keine Spur mehr von Überheblichkeit. In Julianes Stimme klang sogar so etwas wie Respekt mit. »Aber locker über dreißig, oder?«
»Fredo weiß wenigstens, wo es langgeht. Unsere pubertierenden Schulbubis sind doch öde«, versetzte Karla in gut gespielter Abgeklärtheit.
Juliane pfiff anerkennend leise durch die Zähne, trat zu Karla heran, legte ihr freundschaftlich einen Arm um die Schultern und zog sie mit sich zum Sofa. »Meine kleine Freundin Karla. Hat es faustdick hinter den Ohren und jede Menge Erfahrung – wer hätte das gedacht! Jetzt musst du mir aber alles ganz genau erzählen …«

Kühe. Wiesen. Etwas Wald. Noch mehr Kühe. Warum sagt mir das nichts?, fragte sich Fredo. Ich bin hier doch aufgewachsen. Damals sah es schon genauso aus. Hätte die Umgebung prägenden Einfluss auf die menschliche Entwicklung, müsste ich eigentlich ein echter Naturbursche sein. Mir sollte bei diesem Anblick das Herz aufgehen. Stattdessen freue ich mich, dass die Chaussee frei ist und ich mit dem Benz darüberbrettern kann. Dabei habe ich nicht mal ein Ziel. Muss nirgendwo hin. Vielleicht ist das ja das Problem, überlegte er weiter. Zu viel nirgendwo. Guck dir lieber den Ort an. Bist noch gar nicht richtig wieder durch Bornstedt flaniert. Fredo riss den Wagen in eine Abzweigung und folgte dem Richtungshinweis »Bornstedt«. Kühe, Wiesen, etwas Wald. Noch mehr Kühe.

Dann tauchten die ersten Häuser seiner alten Heimat vor ihm auf.
Heimatgefühle erweckte das allerdings immer noch nicht in ihm. Immerhin erinnerte er sich angesichts der Kirche an seine Konfirmationszeit. Weniger an die Feier an sich als vielmehr an die Konfirmationsstunden. Mittwochnachmittag, siebzehn Uhr. Fredo hatte sich immer neben Katrin Gehrke gesetzt, die schon als Fünfzehnjährige mit üppigen Rundungen glänzte und ihre körperlichen Attribute mit großzügig geschnittenen Dekolletés und neckisch geöffneten Blusenknöpfen gekonnt in Szene zu setzen verstand. Von allen erbaulichen Inhalten des Konfirmandenunterrichts war ihm nichts geblieben als die Erinnerung an Katrins sanft geschwungene Brusthügel und seine unentwegten, fiebrigen Wachtraumspekulationen darüber, wie es wohl weitergehen würde – dort, wo ihre Kleidung die zwar zumeist großzügig präsentierte, doch leider nur teilweise entblößte Verheißung bedeckte. Dabei über Kategorien wie Himmel und Hölle nachzudenken, wäre Fredo nicht eingefallen. Neben einem Geschöpf wie Katrin Gehrke konnte man dem Himmel nicht näher sein – nicht einmal in der Kirche.
Zur Religion hatte Fredo nie gefunden. Als er nun in seinem Wagen die alte Feldsteinkirche passierte, versuchte er, die Namen der zwölf Jünger Jesu zu rekapitulieren, und scheiterte kläglich. Das störte ihn nicht weiter. Bedenklicher fand er schon, dass er zweifellos auch bei der Aufzählung aller Frauen, die er seit seiner Konfirmandenschwärmerei angehimmelt hatte, unweigerlich scheitern würde.
Fredo schaltete hart einen Gang herunter und ärgerte sich ein wenig über seine Grübelei. Mach doch mal Urlaub, Fredo. Sei als Tourist hier. Hier ist der Marktplatz. An beiden Enden jeweils von einem Bankhaus flankiert, damit auch in dieser

Kleinstadt gleich jedem klar ist, wo der Hammer hängt. Marktfläche mit historisierendem Kopfsteinpflaster, auf einem Steinsockel in der Mitte eine Rolandfigur mit grimmiger Miene und erhobenem Schwert. Fredo parkte den Benz vor einem langgezogenen, doppelstöckigen Gebäude, dessen altes Mauerwerk von zwei Reihen hölzerner Sprossenfenster und einer gerundeten, zweiflügeligen Pforte durchbrochen war. Das Bornstedter Renommierbauwerk – das Schloss. Eigentlich kein Schloss, sondern ein Gut. Und eigentlich nicht einmal das ehemalige Gutshaus, sondern lediglich das einstige Torhaus des Anwesens. Aber immerhin, dachte Fredo. Und die Geschichte des Bauwerks hätte auch ein Drehbuchautor nicht besser hingekriegt: Eine kesse Bornstedter Bauerstochter hält im nahen Flüsschen ihren Waschtag, als ein edler Herr samt Gefolge über die nahe Brücke reitet, angesichts der Wonnemaid eine Vollbremsung hinlegt und auf der Stelle dem Charme der Wäscherin erliegt. Es handelt sich bei dem kecken Recken um keinen Geringeren als den dänischen König höchstselbst, und die propere Bornstädterin nutzt die Gunst der Stunde. Sie schafft es sogar, aus der Zufallsbekanntschaft eine langjährige Beziehung zu machen, die ihr zwar nicht den Trauschein, aber zwei Kinder und das ansehnliche Gut einbringt. Ein strammer Plot, überlegte Fredo. Veronica Ferres in der Hauptrolle, oder Sophie Schütt. Till Schweiger als königlicher Casanova. Aber du willst ja gar nicht arbeiten. Du hast Urlaub.
Er legte die Parkscheibe aufs Armaturenbrett und stieg aus. Ein Wunder, dass ich mich überhaupt noch an diese Geschichte aus dem Heimatkundeunterricht erinnere, dachte er. Liegt wahrscheinlich daran, dass ich mich in der Grundschule noch nicht von Frauen habe ablenken lassen.
Fredo schlenderte gemächlich durch den Ort. Weitläufig war

Bornstedt nicht. Eine gewachsene Ortsmitte gab es wenigstens. Im Umfeld von Kirche und Marktplatz stieß man nicht nur auf die ewig gleichen Filialen der in jeder deutschen Kleinstadt präsenten Handelsketten, sondern auch noch auf die Läden lokaler Geschäftsleute – die meisten davon seit Generationen im Familienbesitz. Fredo erkannte manche Namen über den Läden wieder. Bei einigen schienen sogar die Auslagen in den Schaufenstern unverändert geblieben zu sein. Ein Pulk schnatternder Schulmädchen zog auf Fahrrädern an Fredo vorüber wie ein zwitschernder Spatzenschwarm. Vor der Drogerie überboten sich drei junge Mütter mit Entwicklungsberichten ihrer Sprösslinge, während sich hinter ihren Rücken der hoffnungsvolle Nachwuchs wechselseitig in den Dreck schubste. Zwei Rentner diskutierten lautstark die Lage der Nation und befanden, dass früher alles besser gewesen war. Fredo fand, es war alles genau wie sonst – jedenfalls hier in Bornstedt. Sogar die drei abgerissenen Gestalten auf der Bank hinter dem Denkmal für den Befreiungskampf von 1848 sahen so aus, als würden sie sich genau hier gefühlt seit dem Schleswig-Holsteinischen Aufstand mit Billigbier die Kante geben, und zwar täglich. Alle kennen sich und grüßen sich, dachte Fredo. Oder grüßen sich nicht, eben weil sie sich kennen. Aber alle gehören dazu. Bloß ich schwebe hier durch die Gegend wie ein Marsmännchen. Obwohl, als Marsmensch würde er zumindest Aufsehen erregen. So beachtete ihn niemand. Bornstedt und er, das war so, als befänden sich Ort und Bewohner in einem Goldfischglas und gäben sich zufrieden damit, während er draußen vor dem Glas stand und längst auf Lungenatmung umgestellt hatte. Aber vielleicht war das im Glas ja das wahre Leben – und er lag draußen auf dem Trockenen und schnappte nach Luft?

Bornstedt deprimierte ihn. Hatte er ja geahnt. Ob es ihm

woanders besser ginge, bezweifelte Fredo allerdings auch. Hier gab es wenigstens einen gut bestückten Weinkeller. Was immer man Schlechtes über Markus sagen konnte – und dazu fiel Fredo so einiges ein –, als Weinkenner bewies sein Bruder Klasse. Also ab in den Keller und ein Therapietröpfchen für den Abend aussuchen. Beim Gedanken daran kam ihm Helena Anatol und ihre zerbrochene Weinflasche in den Sinn. Bestimmt fand sich unter Markus' flüssigen Schätzen passender Ersatz dafür. Diese schöne Idee versetzte Fredo umgehend einen Energieschub. Beschwingt spazierte er zurück zum Wagen und fuhr zur Villa.

Diesmal parkte er den Mercedes in der Garage. Tims Fahrrad stand nicht mehr dort. Dafür öffnete sich bereits die Haustür, als Fredo noch gute zehn Meter davon entfernt war.

»Adiós, Karlita«, verabschiedete sich Juliane Färber gerade von ihrer Klassenkameradin, als sie den herannahenden Fredo bemerkte. »Hey – da ist er ja ...!«

Die blonde Gazelle, die mir fast in die Karre gelaufen ist, erkannte Fredo und baute dem erwarteten Lamento vor: »Hallo. Tut mir leid, meine Unachtsamkeit vorhin. Ich war mit meinen Gedanken woanders.«

Juliane lachte geziert. »Ich kann mir schon denken, wo ...«

Die mustert mich sehr merkwürdig, fand Fredo. Irgendwo zwischen anzüglich und neugierig. Karla wirkte dagegen peinlich berührt, fast ertappt.

»Wir sehen uns dann ja morgen«, versuchte sie Julianes Abgang zu beschleunigen. Doch die dachte gar nicht daran, das Feld zu räumen, solange hier noch Sensationen in der Luft lagen. Sie zwinkerte Fredo vertraulich zu und reichte ihm die Hand.

»Ich bin die Juliane.«

»Fredo.«

»Weiß ich doch längst.« Noch ein neckisches Zwinkern.

»Aha. Na, dann schönen Tag noch. Hi, Karla.«

Gleich geht er an mir vorbei ins Haus, dachte Karla, und Juliane glotzt immer noch und hat schon dieses ungläubige Grinsen im Gesicht. Die nimmt mir das mit Fredo nicht mehr ab. Dann bin ich durch bei ihr. Und wenn sie das erst weitertratscht …

Fredo spürte plötzlich zwei Mädchenarme um den Hals, die seinen Kopf nach unten zogen, blickte in die Großaufnahme eines ängstlich aufgerissenen Augenpaares – hellblau mit Silberglanz – und fühlte, wie sich verkrampfte Lippen auf seinen Mund pressten. Bevor er seine Verblüffung überwand, war es schon wieder vorbei. Karla löste sich von ihm, strahlend. »Das ist sooo süß von dir, dass du schon wieder da bist! Komm rein. Ciao, Juliane!«

Damit zog sie ihren verdatterten Onkel mit sich über die Schwelle ins Haus und knallte die Tür hinter sich zu – nicht, ohne einen letzten Blick auf Juliane zu erhaschen, die mit offenem Mund dastand, sprachlos.

8.

Fredo brauchte ein paar Sekunden, bis er sich von der Überraschung so weit erholt hatte, dass er seine Nichte bei den Schultern packen und zu sich herumdrehen konnte. »Was war das denn?«

»Bilde dir bloß nichts darauf ein!« Damit riss sich Karla los, flüchtete durch den Flur und rannte die Treppe hinauf.

»Hau nicht einfach ab!«, rief Fredo ihr nach, aber da wurde oben schon geräuschvoll die Zimmertür zugedonnert und ein Schlüssel im Schloss gedreht. Fredo fragte sich immer noch, was er von dieser irren Aktion halten sollte, als ihn sein Mobiltelefon mit dem hämmernden Gitarren-Intro von »Highway to hell« aus allen Spekulationen riss.

Der Anrufer war sein Bruder Markus. Er klang ziemlich aufgeregt. »Was ist denn los bei euch, kein Schwein geht ans Telefon, keiner ruft hier an, ich habe die Telefonnummer unserer Suite längst gemailt, die Handynummern habt ihr auch, Nicole dreht schon am Rad …«

»Nun krieg dich mal ein! Hier ist alles okay. Kein Grund zur Panik.«

»Was ist mit Gesche?«

»Alles im Griff.«

»Die Kinder?«

»Alles bestens. Mir geht es übrigens auch gut.«

Ironie perlte an Markus grundsätzlich ab. »Haus steht noch?«

»Mmmh.«

»Auto fährt?«

»Na klar«, versicherte Fredo wahrheitsgemäß – sein Bruder hatte schließlich nicht nach irgendwelchen Schäden am Wagen gefragt. »Entspann dich endlich, Alter.«
Markus schien tatsächlich aufzuatmen. Vielleicht rauschte auch bloß die Verbindung. »Okay ... mach ich. Ist nur ... Nicole macht mich ganz irre mit ihren Bedenken. Du bist Kinder nicht gewöhnt. Und unsere sind beide in der Pubertät, da ist ja nicht immer alles so ganz einfach ...«
Schön, dass du mir das jetzt erzählst, dachte Fredo grimmig. Laut bemerkte er: »Sind gut drauf. Alle beide.«
»Pass gut auf sie auf, Fredo. Tim lässt sich manchmal ein bisschen hängen. Und Karla ist noch so ein kleiner Unschuldsengel ...«
Wenn du wüsstest, Bruderherz. Wann hast du deine Tochter zuletzt gesehen? »In der Tat. Ganz entzückend unschuldig«, bestätigte Fredo lahm und versuchte einen Themenwechsel. »Und – bei euch? Wie läuft's mit dem asiatischen Markt?«
»Jede Menge Konferenzen. Das erste Meeting lief schon eine Stunde nach der Landung in Shanghai.«
»Zu viel Arbeit ist nicht günstig für den Honeymoon.«
»Dann müsstest du ja permanent im siebten Himmel schweben.«
»Sind Ferngespräche aus Fernost nicht zu teuer für Bruder-Bashing?«
»Firma zahlt.«
Fredo simulierte ein Schnüffeln.
»Nicht weinen, Kleiner«, höhnte Markus.
»Ich weine nicht, ich schnuppere. Gesche kocht, und ich rieche Rauch. Ich glaube, da treiben sogar Schwaden ...«
»Was? Fredo! Sofort nachsehen! Feuerlöscher ...«
»Tschüs, Großer«, unterbrach Fredo sanft, »mach mal Urlaub.« Damit drückte er Markus weg und schaltete dann das

Handy ganz ab. Sekunden später begann der Apparat im Wohnzimmer zu klingeln. Unermüdlich. Immer wieder. Fredo wandte sich grinsend ab. Behält Markus mal wieder recht, dachte er. Kein Schwein geht ans Telefon.

Am Abend ging man sich aus dem Wege. Irgendwann kam Tim nach Hause, schob eine Tiefkühlpizza in den Backofen und verzog sich kurz darauf damit in sein Zimmer. Auch Gesche rumorte eine Zeitlang in der Küche, blieb aber nicht lange. Von oben drangen gelegentlich Geräuschspitzen aus ihrem ziemlich laut gestellten Fernseher durchs Haus. Die getragenen Dialoge, unterlegt von blechernen Fanfaren auf quäkender Tonspur, ließen auf eine Hollywoodproduktion der Vorkriegsära schließen.

Fredo hätte ganz gerne gewusst, was Karla zu ihrer Zärtlichkeitsattacke getrieben hatte. Doch da sich das Mädchen sowohl an diesem wie auch am nächsten Tag so gut wie nicht mehr blicken ließ, ergab sich keine geeignete Gelegenheit zur Nachfrage, bis Fredo der Angelegenheit schließlich keine besondere Bedeutung mehr beimaß.

Im Zusammenleben ihrer Hausgemeinschaft kehrte eine besondere Art der Stille ein, wie die Ruhe zwischen zwei Atemzügen. Tim radelte morgens zur Schule, und wenn er wiederkam, redete er so wenig wie möglich. Sein einziger Anspruch schien darin zu bestehen, dass Kühlschrank und Gefriertruhe ein ausreichendes Sortiment an Junkfood bereithielten. War das der Fall, war die Welt für ihn in Ordnung. Einige Male wurde er von Patrik abgeholt. Fredo hatte keine Ahnung, wohin die Jungen gingen oder was sie so trieben.

Karla dagegen redete den ganzen Tag. Bloß nicht mit ihrer Familie. Sie kommunizierte zumeist mehrgleisig – Handy, Chat, Festnetz – mit ihrer Community, mit der sich Fredo

allerdings nie persönlich konfrontiert sah, von der denkwürdigen Begegnung mit Juliane Färber einmal abgesehen.
Gesche hielt sich in allem sehr zurück. Mache nur das, wobei du dir sicher bist, sagte sie sich mehrmals täglich. Goldene Fredo-Regel. Sie hielt sich daran, und es schien zu funktionieren. Die Kinder beschwerten sich zwar weiterhin über das eintönige Essen, aber die hatten sowieso immer was zu meckern. Gesche verzichtete weitgehend auf Einkaufstouren. Alles, was fürs Kochen und für den Haushalt nötig war, schrieb sie auf. Das kostete sie oft Stunden, aber das bemerkte niemand. Die fertige Liste reichte Gesche dann an Fredo weiter, und der besorgte die Sachen umgehend. Es ist nur sinnvolle Arbeitsteilung, versuchte sich Gesche einzureden. Und dass sie sich auch sonst kaum noch aus dem Haus bewegte, lag bloß daran, dass ihr ein sinnvolles Ziel fehlte. Bornstedt kannte sie in- und auswendig, was sollte sie also vor der Tür? Ihre Freundinnen und Bekannten waren gebrechlich, falls nicht ohnehin längst verstorben. Für Ausflüge gab es also keinen Grund. Nur deshalb bleibe ich zu Hause, bestärkte sich Gesche. Und wenn die Unruhe über mich kommt, stelle ich einfach den Fernseher an und bleibe davor sitzen.
Die Vormittage verschlief Fredo. Danach ließ er es ganz langsam angehen und auch später keine Hektik aufkommen. Während der ersten Tage rief er noch regelmäßig seine E-Mails ab. Eine Mail kam von Sandra. Sie versuchte gar nicht erst, ihr Verhältnis mit Plöger zu verharmlosen, sondern hatte den Frontalangriff zur Verteidigungsstrategie erhoben: Fredo würde doch selbst ein Zusammenleben mit Besitzanspruch ablehnen – seine kommentarlose Flucht sei also nicht bloß inkonsequent, sondern sogar feige, und sie deshalb schwer enttäuscht von ihm. Sandras Mail endete mit dem Ultimatum, sie würde seine

Sachen von der Heilsarmee entrümpeln lassen, würde sich Fredo nicht binnen fünf Tagen bei ihr melden.
Fredo ließ diese Frist verstreichen. Er hatte keine Ahnung, was ihm wirklich fehlte. Allerdings war er sich ziemlich sicher, dass das nichts war, was Sandra ihm geben könnte. Und die Sachen, die noch von ihm in der Berliner Wohnung herumlagen, waren ihm ohnehin egal.
Mit einigen Leuten hatte er telefoniert, um – etwas halbherzig – beruflich die Angeln auszulegen und herumzuhorchen, wo vielleicht die Chance bestünde, als Schreiber in einer geplanten oder bestehenden Produktion Fuß zu fassen. Alle Versuche endeten in unverbindlichen Floskeln. Schwierige Zeiten, das wisse er ja. Ja, ja, das wusste Fredo. Es half ihm nur nicht weiter.
Irgendwann rief er sogar Bert Schmidtbauer bei der SIGMA an. Der fiel aus allen Wolken. Es tat Fredo trotzdem gut, die vertraute Stimme des Kollegen zu hören.
»Wo bist du? Bornstedt? Liegt das noch in Deutschland?«
»Warum glaubt ihr Berliner alle, dass man jenseits der Ringautobahn über den Rand fällt?«
»Weil es so ist. Ich kannte mal einen, der wollte bloß nach Norddeutschland und ist nie wiedergekommen.«
»Ich besuche meine Familie, du Spinner.«
»Berliner brauchen keine Familie. Die haben Freunde und Kollegen.«
»Meine Freundin hat mich rausgeschmissen, und meine Kollegen arbeiten lieber ohne mich weiter – schon vergessen?«
Bert Schmidtbauer überhörte den Vorwurf geflissentlich. »Deine Sandra ist übrigens bei uns eingestiegen. Du siehst sie demnächst auf dem Bildschirm.«
»Ehrlich?«, staunte Fredo. »Bei ›Lara – eine Unschuld in Berlin‹?«

»Die Chefetage wollte ein paar neue Gesichter in der Telenovela«, berichtete Bert. »Plöger hat das gedeichselt. Sandra spielt Laras neue Freundin. Eine Heilige, die trotz ihres sexy Aussehens allen unmoralischen Versuchungen der Großstadt widersteht. Macht ihre Sache ganz gut, das Mädchen.«

»Ist ihr ja auch wie auf den Leib geschrieben«, höhnte Fredo. »Du weißt doch wohl mittlerweile, was zwischen Plöger und Sandra läuft? Oder wusstest du es sogar schon eher als ich?«

»Ich war genauso überrascht wie du!«

Fredo nahm ihm das ab. Bert hätte ihm die Sensation niemals verschwiegen, dafür wäre er viel zu neugierig auf Fredos Reaktion gewesen. »Und wie läuft es mit den beiden neuen Dialoghühnern von der Filmhochschule?«

Schmidtbauer antwortete mit einem beredten Stöhnen. Fredo lachte bitter.

»Schon klar. Dann mach's mal gut, Bert.«

»Du auch. Soll ich Sandra von dir grüßen?«

»Ich seh sie ja bald im Fernsehen. Das reicht.«

Berlin war weit weg, fand Fredo. Jeden Tag mehr. Er unternahm einen halbherzigen Anlauf, ohne festen Auftrag etwas zu schreiben – irgendeine gute Story, in ein knackiges Exposé gepackt, mit der er dann bei den Produktionsfirmen hausieren gehen könnte. Es kam nichts dabei heraus. Musste ja auch nicht sein, beruhigte sich Fredo. Er las sich durch den gut bestückten Bücherschrank seiner Schwägerin, erledigte Gesches Einkäufe und plünderte Markus' Weinkeller. Zum Ausgleich joggte er, erst widerwillig, dann durchaus mit Freude. Die Tage zerrannen in Gleichförmigkeit, fügten sich zur Woche, dann zur nächsten.

Als Fredo an einem verregneten Dienstagvormittag auf Frühstückspirsch in die Küche schlurfte, erwartete ihn seine Großmutter mit einem frisch gekochten Kaffee – einem Service, den sie ihm für gewöhnlich nicht bot, wenn er so lange schlief wie heute. »Danke, liebe Gesche«, Fredo prostete ihr mit dem Becher zu und schlürfte genüsslich. »Womit habe ich das verdient?«

»Betrachte den Kaffee als Vorschuss. Du wirst ihn dir noch verdienen müssen. Damit.«

Gesche wies auf den Küchentisch. Dort lag ein Blatt Papier. Ein Brief, erkannte Fredo. Ein Schreiben mit dem offiziellen Briefkopf der Schule, unterzeichnet von Helena Anatol.

»Das hat Tim vorhin kommentarlos auf dem Tisch liegen lassen«, erklärte Gesche. Fredo begann zu lesen:

> Sehr geehrter Herr Fried,
>
> Ihr Sohn Tim ist während des laufenden Schulhalbjahrs wiederholt unentschuldigt dem Unterricht ferngeblieben. Überdies scheint Tims Versetzung zum Ende des Schuljahrs in die Klasse zehn aufgrund seiner Leistungen derzeit ausgeschlossen zu sein. Sie selbst sind meiner bereits geäußerten Bitte um ein klärendes Gespräch bislang nicht nachgekommen. Sollte es dabei bleiben, gehe ich davon aus, dass Ihrerseits für Tim bereits ein Schulwechsel geplant und somit kein Klärungsbedarf mehr gegeben ist.
>
> Mit freundlichen Grüßen …

Fredo legte den Brief zurück auf den Tisch. Gesche beobachtete ihn gespannt.

»Und? Was machst du jetzt?«

»Ist das mein Problem?«

Gesche zeigte ihm einen Vogel. »Wenn ich das früher auch gesagt hätte, hättest du wohl kaum das Abitur geschafft!«

Da ist was dran, gestand sich Fredo widerwillig ein und wunderte sich nicht zum ersten Mal darüber, wie Gesche immer

noch die Sache auf den Punkt bringen konnte. Manchmal.
»Wenn Tim möchte, dass ich noch mal mit seiner Lehrerin spreche, kann er mir das eigentlich selber sagen. Aber er redet nicht mehr mit mir.«

»Du redest ja auch nicht mit ihm.«

»Warum sollte ich?«

»Und da ist er wieder, mein Fredo – der kämpft nie! Denn warum sollte er?« Gesche ließ ihn stehen und ging aus der Küche. Fredo setzt sich an den Tisch, trank seinen Kaffee und starrte auf den Brief. Da hatte Markus ihm ja wirklich etwas eingebrockt. Fährt nach China und wälzt den ganzen Erziehungsmüll auf mich ab, dachte Fredo. Aber vielleicht ahnt Markus gar nicht, wie ernst die Lage für seinen Sohn ist. Ob Tim wenigstens klar war, wie ernst die Lage war? Wenn ja – warum schwänzte er dann auch noch die Schule?

Einer Spontaneingebung folgend ging Fredo in sein Zimmer und holte ein leeres Notizbuch. Diese Sorte – liniert, fester Karton-Einband, Spiralbindung – benutzte er bei der Arbeit als Ideenkladde. Doch dieses Exemplar sollte einem anderen Zweck dienen. Fredo suchte sich einen roten Filzstift und schrieb in zackigen Großbuchstaben aufs Deckblatt: *NEWSFLASH FAMILIE FRIED – bitte regelmäßig lesen.*

Auf der nächsten Seite fuhr er fort: *Selbst wenn man nicht miteinander redet, muss doch mal was gesagt sein.*

Nächste Seite, seine erste Botschaft: *Hey Timmie – wie soll ich auf Frau Anatols Brief reagieren?*

Fredo plazierte das Buch gut sichtbar auf dem Küchentisch. Der Schulbrief steckte gefaltet vor der Seite mit seiner Anfrage. Zufrieden betrachtete er sein Werk. Dann kehrte er in sein Zimmer zurück, zog die Laufklamotten an und ging joggen.

Nach dem Duschen setzte sich Fredo mit einem Buch auf die Terrasse seines Gästezimmers. Das Netz der Monsterspinne

hing immer noch verwaist unter dem Sonnendach. Da ließ sich die Ruhe im Deckchair ungestört genießen ... bis zum ersten PLOCK. Knödel, der Nachbarsjunge, malträtierte wieder den heimischen Holzschuppen mit seinem Lederball. Und schon setzte auch seine Livereportage ein: »Khedira auf Özil, der gibt hinaus auf die rechte Seite, da geht Thomas Müller in Position, ein Haken, dann die weite Flanke ...«
Fredo wartete auf den Abschluss und den trockenen Einschlag auf der Schuppenwand, aber es kam nichts. Stattdessen ein leichtes Rascheln, als etwas die Hecke überflog und die oberen Zweige touchierte. Der Ball prallte auf den Friedschen Rasen und hoppelte weiter, bis er nur wenige Meter vor Fredos Terrasse als unwiderstehliche Versuchung liegen blieb. Fast instinktiv riss es Fredo hoch. Kurz Maß genommen, angelaufen, Spannstoß durchgezogen, Abflug. Fredo sah das Leder im hohen Bogen über die Hecke entschwinden. Gerade, als er befriedigt abdrehte, klappte drüben irgendetwas scheppernd zusammen.
»Daniel! Meine Wäsche!«, schrillte es herüber. »Du sollst doch nicht ... Wie oft hab ich dir gesagt ...!«
Fredo legte die Hände trichterförmig vor den Mund und brüllte los: »Aus! Aus! Das Spiel ist aus! Wir schalten zurück in die angeschlossenen Funkhäuser!«
Die Reaktion von drüben wartete Fredo nicht ab. Fluchtartig verließ er die Terrasse und schloss die Tür hinter sich. Leise in sich hineinkichernd strebte er den Rückzug zur Küche an.
Das Notizbuch lag aufgeschlagen auf dem Tisch. Der Schulbrief zerknüllt daneben. Tim hatte sich nach Fredo im Notizbuch verewigt. Seine schlichte Antwort auf Fredos Frage lautete: *Tu, was du willst. Schlimmer kannst du es kaum machen.* Den Rest der Seite hatte Tim mit Zeichnungen gefüllt. Martiali-

sche Äxte, Drachenköpfe und Bandlogos der Gruppe Rammstein.

Die Folgeseite zierte eine ordentliche Mädchenhandschrift: *@ Tim: Du stinkst. Wie wär's mal mit einem T-Shirt-Wechsel?*

Darunter Gesches Kommentar in zackigen Buchstaben: *Wie wär's mal mit einem freundlichen Umgangston?*

Darunter wieder Karla: *Sehr geehrter Herr Tim, Ihr Gewand bedarf dringend einer Reinigung. Ihr edler Leib vermutlich auch. Hochachtungsvoll, Karla.*

Daneben Tim: *Leck mich!*

Karla: *Nein. Du stinkst.*

In Stil und Inhalt ausbaufähig, dachte Fredo, aber immerhin schon mehr Dialog, als ich seit Tagen von den beiden zu hören gekriegt habe. Er wertete das als Erfolg und ließ das Notizbuch deshalb auf dem Tisch liegen, nachdem er seine Antwort für Tim hineingeschrieben hatte: *Tim, ich werde mit Frau Anatol sprechen. Bitte bis dahin nicht die Schule schwänzen.*

Erst jetzt machte er sich Gedanken darüber, wie er denn Helena Anatol gegenüber agieren sollte. Die Lehrerin hielt ihn vermutlich immer noch für Tims Vater. Müsste er sie über seinen eigentlichen Status aufklären? Oder wäre das jetzt schon zu peinlich? Fredo beschloss, sich auf seine Intuition und auf seine bewährte Improvisationskunst zu verlassen. Das war auch viel weniger anstrengend, als sich jetzt schon den Kopf darüber zu zerbrechen. Erst mal musste ein Termin vereinbart werden. Die Nummer des Schulsekretariats stand im Briefkopf, vielleicht erreichte man dort noch jemanden. Fredo nahm den zerknüllten Brief vom Tisch, glättete ihn, ging hinüber ins Wohnzimmer und fläzte sich mit dem Telefon aufs Sofa.

9.

Etwas war anders als sonst. Sie spürte es. Fühlte innere Unruhe in sich aufsteigen, die sie von der Korrektur der Erdkunde-Klassenarbeiten ablenkte. Helena Anatol blickte auf und zuckte zusammen: Aus einem Fenster im Haus gegenüber starrte sie jemand an. Ein Mann. Nicht gut zu erkennen, aber eindeutig ein Mann.
Helena glitt vom Schreibtischstuhl und zog sich ein Stück vom Fenster zurück, gerade weit genug, dass sie selbst noch den Fremden beobachten konnte. Wohnung unterm Dach, in etwa auf gleicher Höhe wie die ihre. Da wohnte sonst eine alte Frau. Mit einer gerüschten Tüllgardine vor dem Fenster, aber jetzt war die Gardine weg. Helenas Puls pochte, gleichzeitig fühlte sie sich wie gelähmt. Plötzlich bückte sich der Mann und kam wieder hoch, in der Hand die geraffte Tüllgardine. Und da stand auch schon die alte Frau neben ihm und dirigierte ihren Helfer beim Aufhängen der frisch gewaschenen Vorhänge. Keiner der beiden würdigte Helena Anatol eines Blickes, die sich jetzt aus ihrer Erstarrung löste und auf den Schreibtischstuhl zurückkehrte. Wahrscheinlich hat mich der Mann vorhin nicht mal bemerkt, dachte Helena und versuchte, sich wieder auf die Korrekturen zu konzentrieren. Es ging um die Bodenschätze Sibiriens. Als Helena zum wiederholten Mal mit den von eiligen Schülerhänden hingekritzelten Antworten durcheinanderkam und die heftig variierenden Umrisskreationen des Kusnezker Kohlebeckens vor ihren Augen verschwammen, schob sie den verbliebenen

Stapel Klassenarbeiten von sich und beschloss, eine Pause einzulegen.
Sie kochte sich einen Kräutertee und fütterte die Musikanlage mit einer Vonda-Shepard-CD. Lange nicht gehört. Vonda, die Frau am Piano in Ally McBeals Feierabendbar. Damals, auf der Uni, Helenas Lieblings-TV-Serie. Wenn eine neue Folge »Ally« lief, traf sie sich meist mit Stefanie und Vera, ihren besten Freundinnen aus dem Grundstudium Pädagogik. Fingerfood, Prosecco und wildes Gekicher. Obwohl sie sich über die ewigen Liebeswirren der jungen Anwältin lustig machten – insgeheim wollten sie alle Allys Leben: schneidig im Beruf, coole Kollegen in cooler Umgebung, jede Menge Begegnungen mit jeder Menge schrägster Typen, liebenswert verrückt sein und dabei immer top in Schale und gut aussehen.
Helena setzte sich mit ihrem Teebecher in ihren Lieblingssessel, lehnte sich zurück und schloss die Augen. Begegnungen mit jeder Menge schrägster Typen hatte sie später wahrlich gehabt, im Nachhinein hätte sie gerade auf diese Erlebnisse nur zu gern verzichtet. Vor allem auf die, die dazu geführt hatten, dass – unter anderen – auch Stefanie und Vera aus ihrem Leben verschwunden waren.
Helena trank den Tee aus, stand auf und trat wieder ans Fenster. Drüben hingen die Gardinen akkurat und frühlingsfrisch, der junge Mann war nicht mehr zu sehen. Bestimmt ein netter, lieber Kerl, der nur schnell seiner Oma geholfen hatte. Warum lerne ich eigentlich nie die Netten kennen?, fragte sich Helena. Immer nur die komplett Durchgeknallten. Hier in Bornstedt auch schon wieder, zum Beispiel Tims Vater. Denk gar nicht erst an den, schalt sich Helena. Das ist der klassische Psychopath – sieht so jungenhaft gut aus mit seinem Wuschelhaar und den Lachfältchen, und dann haut er plötzlich und völlig unberechenbar so unfassbare Aktionen

raus wie das Ding mit der tiefgefrorenen Maus. Schmeißt mit Steinen und zerschlägt ihr die Weinflasche. Oder bespringt sie auf dem Sofa … Helena dachte wieder einmal an ihren verunglückten Elternbesuch im Hause Fried, an das Gewicht des Mannes auf ihrem Körper, und schmunzelte unwillkürlich. Näher an ungezügeltem Sex war sie in Bornstedt bislang noch nicht gewesen. Traurig genug. Hätte nur noch gefehlt, dass seine Frau ins Zimmer geplatzt wäre, als sie lang auf dem Sofa lagen. Nicole, Helena hatte in der Schulakte nachgesehen. Aber wahrscheinlich zählte Nicoles Meinung im Hause Fried sowieso nicht allzu viel, bei so einem Psychopathen als Ehemann … Markus hieß er. Hatte Helena natürlich auch nachgesehen. Eigentlich kein Wunder, dass Tim solche Probleme machte. Bei dem Vater …

Telefonklingeln riss Helena aus ihren Gedanken. Sie fischte das schnurlose Gerät vom Schreibtisch und meldete sich.

»Hallo, Frau Anatol, hier Fried, es geht um Ihren Brief …«

»Woher haben Sie diese Nummer?«, herrschte Helena den Anrufer an und fühlte gleichzeitig, wie ihr eine Panikattacke die Kehle zuschnürte.

»Na ja, von der Schule …«

»Von wem?«

»Hören Sie, das ist doch völlig egal …«

»Das ist nicht egal!«

»Also, mir ist das egal. Ich möchte nur wegen Ihres Briefes ein Gespräch mit Ihnen vereinbaren, okay?«

Dreh nicht durch, Helena, beschwor sich die Lehrerin. Alles normal. Mein Brief, und jetzt die Reaktion. Alles normal. Sie atmete einmal tief durch, dann antwortete sie: »Gut. Aber diesmal in der Schule.«

»Gern. Allerdings verpassen Sie dann das tiefgefrorene Mammut in unserem Garten.«

Sie hörte das Schmunzeln in seiner Stimme und stellte sich die verschmitzten Lachfältchen vor. Psychopath, trotzdem.
»Mir genügt schon das leibhaftige Trampeltier. Sie schulden mir noch eine Flasche Wein.«
»Darf man die in die Schule mitbringen? Oder treffen wir uns doch lieber woanders?«
»Schule, Elternsprechzimmer«, erwiderte Helena entschieden. »Leider ist mein Terminkalender diese Woche schon ziemlich dicht – es sei denn, Sie hätten vormittags Zeit.«
»Kein Problem, freie Auswahl«, kam die prompte Antwort.
In was für einer Bank arbeitet der denn, dachte Helena, kein Wunder, dass die reihenweise pleitegehen. »Morgen habe ich eine Freistunde. Elf Uhr?«
»Perfekt. Etwas Gebäck vielleicht?«
»Seien Sie pünktlich. Das reicht völlig. Guten Tag, Herr Fried.« Damit legte Helena auf.

»... und du mich auch«, murmelte Fredo und stellte seinerseits das Telefon zurück in die Ladestation. Diese Frau war ihm ein Rätsel. Immer, wenn er einen Funken Humor aus ihr schlug und so etwas wie aufkeimende Sympathie in der Luft lag, löschte sie sofort mit der kalten Dusche. Anstrengend. Umdrehen und in die andere Richtung laufen, das wäre die Fredo-gemäße Reaktion darauf. Leider in diesem Fall unmöglich, wollte er nicht Tim endgültig von der Schule auszählen lassen. Morgen also. Morgen ging es in die Höhle der Löwin. Fredo hielt es plötzlich doch nicht mehr für ausreichend, sich nur auf seine Improvisationskunst zu verlassen. Vor allem müsste er genauer wissen, worum es eigentlich ging. Und das konnte ihm in diesem Hause nur einer verraten.
Tim war in seinem Zimmer. Schon auf der Treppe vernahm Fredo den Rammstein-Brachialsound und den schnarrenden

Propagandasprechergesang des Frontmannes Till Lindemann: »Bei dir hab ich die Qual der Wahl/Stacheldraht im Harnkanal/legt dein Fleisch in Salz und Eiter/erst stirbst du, doch dann lebst du weiter …«
Wer hört sich so was freiwillig an?, dachte Fredo und klopfte fest an Tims geschlossene Zimmertür. Statt des Jungen antwortete nur Till Lindemann.
»Bisse, Tritte, harte Schläge/Nagel, Zange, stumpfe Säge/wünsch dir was, ich sag nicht nein/und führ dir Nagetiere ein …«
Das wäre auch eine originelle Verwendung für Speedy gewesen, überlegte Fredo, natürlich nur zu Lebzeiten. Er wartete nicht länger, sondern drückte die Klinke. Nicht abgeschlossen, immerhin. Der Junge bemerkte ihn erst, als Fredo schon in der Mitte des Zimmers stand und gegen die Musik anbrüllte.
»Geht's mal leiser?«
In einer Blitzreaktion schaltete Tim simultan die Lautsprecherboxen seines Computers ab und minimierte das Bild auf dem Monitor – Fredo erkannte gerade noch ein martialisches Schlachtenpanorama, dann füllte sich der Bildschirm mit einer harmlosen Desktop-Ansicht.
»Kannst du nicht anklopfen?« Tim zog sich unwillig ein Headset vom Kopf und musterte den Eindringling mürrisch. »Was ist denn?«
»Ich hätte die Tür einschlagen können. Hättest du nicht gehört.« Das Zimmer sah in etwa so aus, wie Fredo es sich vorgestellt hatte. Aus überbordenden Regalen und offenen Schubladen entlud sich pures Chaos und überwucherte den Fußboden wie der Dschungel eine vergessene Zivilisation. Eine Probebohrung durch die diversen Schichten würde vermutlich ein getreues Abbild der Tim-Evolution ergeben:

vom Kuscheltier früher Kindergartenjahre über Plastikdinosaurier aus Grundschultagen und halbfertige Flugzeugmodelle aus präpubertärer Ära bis hin zum Pizzarest von gestern.

Tim registrierte Fredos Rundumblick und baute vor. »Ich räum nicht auf, vergiss es.«

»Hauptsache, es wächst nicht aus dem Zimmer«, winkte Fredo ab, fegte ein paar Klamotten von einem Stuhl, setzte sich und kam gleich zur Sache. »Ich habe eben mit Frau Anatol telefoniert.«

Tim zuckte nur mit den Achseln und sah ihn verstockt an. Hellbraune Augen, dachte Fredo. Wie Markus. Und wie ich. Haben wir von unserer Mutter, Gesches Husky-Blau hat sich nur an Karla weitervererbt.

»Ich treffe sie morgen in der Schule …«

»Mach doch.«

»Wollen wir uns nicht zusammen überlegen, was ich ihr sagen soll? Irgendeine Strategie?«

»Bringt doch eh alles nichts.«

Hoffnungsloser Fall, dachte Fredo. »Okay. Dann will ich nur zwei Dinge von dir wissen. Erstens: Neulich im Supermarkt, als ich dich gesehen habe – hast du da ein PC-Spiel geklaut?«

»Was passiert, wenn ja?«

»Nichts. Ich will es nur wissen. Ehrenwort.«

Tim zögerte nur kurz. »Ja. Hab ich.«

»Kriegst du nicht genug Taschengeld oder was?«

»Doch.«

»Warum klaust du dann?«

»Das Spiel ist ab achtzehn. Die sind selber schuld! Würden die's mir verkaufen, würd ich's nicht klauen müssen.«

Fredo konnte nicht anders, er musste lachen. »Das ist mal ein zwingender Grund!«

»Für mich schon«, erwiderte Tim. Immerhin grinste er jetzt auch ein wenig.

»Aber das Spiel war ja gar nicht für dich«, bemerkte Fredo. »Du hast es deinem Freund geschenkt. Patrik.«

»Pat hat's verdient.« Tim brachte seine Universalgeste: Achselzucken. »Der hat nicht viel zu lachen.«

Fredo fischte wahllos ein paar zumeist leere CD-Hüllen aus dem Chaos. PC-Spiele. Call of Duty, Command & Conquer, Battlefield. »Das ist aber alles auch nicht gerade lustig.«

»Für uns schon«, mauerte Tim. »Und was willst du als Zweites von mir wissen?«

Wann hast du hier zuletzt gelüftet?, dachte Fredo. Aber das verkniff er sich. Lieber ein paar Grundinfos rauskitzeln, solange der Junge halbwegs zugänglich ist. »Damals im Supermarkt …«

»Hatten wir schon.«

Fredo ließ sich nicht aus der Fassung bringen. Wenn es auch schwerfiel. »Damals im Supermarkt, da hast du die Schule geschwänzt, oder?«

»Nur die eine Stunde.«

»In dem Brief von der Schule ist aber von ›wiederholtem Fernbleiben‹ die Rede.«

»Ne, echt mal, immer nur diese Stunde!«, widersprach Tim energisch. »Und die am Freitag.«

»Wieso ›immer nur die‹?«, wunderte sich Fredo.

»Immer nur Bio!« Tim schrie jetzt fast. »Ich geh da nicht mehr hin!«

»Bei mir früher war es Mathe«, versuchte Fredo ihn zu beruhigen. »Da hab ich einfach nichts gerafft, kann vorkommen …«

»Ich geh da nicht hin, verstehst du?«

Das war schon blanke Hysterie. »Schon gut, Timmie. Der eine kann kein Mathe, der andere kein Bio. Halb so wild.«

»Ich kann Bio!«, fauchte Tim. »Das war sogar mal mein Lieblingsfach!«
»Hey, ist doch super. Was macht ihr denn gerade?«
Tims Blick verschwamm merkwürdig. »Ach, hau ab, Onkel Fredo. Hat keinen Zweck.«
Fredo schüttelte nur leicht den Kopf und ließ den Jungen nicht aus den Augen. Als Tim sich von ihm abwandte, packte er ihn an beiden Schultern und zwang ihn so, ihm ins Gesicht zu sehen. Tim wollte sich losreißen, aber dann konnte er nicht mehr: Dicke Tränen liefen ihm übers Gesicht. Dabei zerbiss er sich fast die Lippen, nur um bloß jeden Schluchzer zurückzuhalten.
Es zerriss Fredo augenblicklich das Herz. Er schloss den Jungen in die Arme, spürte ihn vor unterdrückter Wut und Scham zittern und fühlte sich fast so hilflos, als sei er selbst erst vierzehn. Bis Tim endlich ruhiger atmete, weniger bebte und sich von Fredos Schulter löste. Der reichte ihm kommentarlos ein Papiertaschentuch, in das Tim geräuschvoll ausschnaubte, um es dann zerknüllt hinter sich zu werfen. Es fiel zu Boden und wurde Teil des Dschungels.
»Was macht ihr denn gerade in Bio?«, griff Fredo den Faden wieder auf, als sei nichts gewesen.
Tim schluckte noch einmal kurz. »Sexualkunde.«
»Ist doch ganz okay«, meinte Fredo. »Wenigstens was fürs Leben.«
»Wenn du meinst.«
»Wie läuft denn das heute so im Sexualkundeunterricht?«, erkundigte sich Fredo neugierig. »Bei uns war das, glaube ich, eine ziemlich verklemmte Veranstaltung. Aber eigentlich erinnere ich mich gar nicht mehr genau daran …«
»Ich bin nicht verklemmt«, fuhr Tim auf. »Glaub ja nicht, dass ich deswegen die Schule schwänze!«

»Dann sag mir einfach, warum du nicht mehr zu Bio gehst«, schlug Fredo vor.

Der Junge nagte nachdenklich auf der Unterlippe, schließlich gab er sich einen Ruck. »Wegen Köhler. Dem Lehrer.«

Und dann brach bei Tim endlich der Damm. Er erzählte, wie sie im Rahmen des Sexualkundeunterrichts auf das Thema »Verhütung« zu sprechen kamen und Herr Köhler die Aufgabe an alle stellte, zur nächsten Unterrichtsstunde ein Kondom mitzubringen.

»Und da hast du dich nicht getraut, eins zu kaufen«, spekulierte Fredo, aber sein Neffe schüttelte entrüstet den Kopf.

»Quatsch! Bei Papa im Nachttisch liegen immer welche, ich brauchte bloß eins zu nehmen.«

Gut zu wissen, merkte sich Fredo. Tim setzte seinen Bericht fort. In der folgenden Biostunde wurde ein hölzerner Penis durch die Reihen gereicht, und an diesem Modell übte jeder das unfallfreie Überstreifen des Kondoms. Das klappte im Allgemeinen recht gut. Bis Tim an die Reihe kam. Das mitgebrachte Präservativ aus Papis Schublade erwies sich als zu eng und zu kurz für den Holzpimmel in handelsüblicher Erektionsgröße und zerriss bereits beim ersten Versuch, es sachgemäß in Einsatzposition zu bringen.

»Ach du Scheiße«, entfuhr es Fredo, »da haben natürlich alle gelacht!«

»Das ging eigentlich noch. Aber dann schreit der Köhler durch die Klasse, ich bräuchte das nicht üben – bei meinem Minipimmel bekäme ich sowieso nie eine Frau ab!«

»Was ist denn das für ein Lehrer!«, empörte sich Fredo. »Was hast du gemacht?«

»Ich hab zu Köhler gesagt, er sei ein Wichser! Und bin raus aus der Klasse. Das war's dann für mich mit Bio.«

Das verstand Fredo nur zu gut. Es wären ihm, gestand er sich ein, an Tims Stelle auch noch ganz andere Schimpfworte für Köhler eingefallen. »Mach dir nichts daraus«, versuchte er seinen Neffen zu ermutigen. »Der Typ ist einfach nur lächerlich. Nicht wert, sich so über ihn aufzuregen. Und schon gar nicht, deswegen eine Sechs im Zeugnis zu riskieren. Dann hätte er doch gewonnen! Idioten sollte man nicht gewinnen lassen.«

Tim sah ihn traurig an. »Vielleicht ist Köhler ja gar kein Idiot. Die anderen glauben das eher nicht.«

Das ist es also, erkannte Fredo. Tim ist sauer auf den Lehrer, aber vor allem hat er Angst davor, Köhler könnte recht haben – und er wirklich ein Versager sein.

»Pfeif auf die anderen!«

Tim grinste bitter. »Genau das mach ich ja.«

Er wandte sich wieder seinem PC zu. Ein Mausklick, und der Monitor füllte sich mit martialischen Kriegsmaschinen, grellen Detonationsblitzen und fliegenden Trümmerteilen. Tims virtuell verlängerter Arm hielt ein monströses Maschinengewehr, das im Dauerfeuer leere Geschosshülsen seitlich ausspuckte, während Horden von Angreifern mit grotesk verzerrten Fratzen im Kugelhagel verröchelten, verreckten, zerplatzten.

Audienz beendet.

10.

Fredo fühlte sich zwanzig Jahre jünger. Vertraute Straßen, vorbei am kleinen Bahnhof. Sein alter Schulweg. Fehlte bloß noch eine Tupperdose mit Schulbrot, von Gesche fürsorglich zubereitet. Um so etwas von ihr zu bekommen, hätte er allerdings wohl schon morgens um sieben aus dem Haus gehen müssen. Jetzt zeigte die Uhr Viertel vor elf, und Spätaufsteher bekamen kein Frühstück von Gesche. Auch nicht zum Mitnehmen.
An der langgezogenen Steigung auf den letzten paar hundert Metern zur Schule ging einem auf dem Fahrrad schon mal die Puste aus, wenn man nicht gut drauf war. Und wer war das schon, morgens vor Schulanfang, erste Stunde? Heute konnte Fredo die Steigung egal sein. In Brüderchens Limousine war das alles kein Problem. Der Benz schnurrte den Hügel hinauf, dann lag die Schule vor ihm. Ziemlich unverändert, abgesehen von einem neu angebauten Seitenflügel. Sporthalle, Hausmeisterwohnung, der Parkplatz mit Extraabteilung für die Lehrer. Natürlich waren nur noch dort freie Plätze zu entdecken. Fredo zögerte keinen Augenblick und parkte den Mercedes neben einem Wagen, der ihm sehr bekannt vorkam. Tatsächlich war an der Frontscheibe von Helena Anatols Golf noch gut die Spur des Steinschlags zu erkennen, mit dem ihre Bekanntschaft am Bornstedter Ortsschild begonnen hatte. Fredo nahm eine Tüte vom Beifahrersitz, stieg aus dem Benz und ging über den Parkplatz, vorbei am Fahrradständer, auf den sie einmal mit mindestens zwanzig Schülern das Auto des

verhassten Lateinlehrers gewuchtet hatten. Ein Karmann-Ghia-Cabriolet, entsann sich Fredo jetzt genau, und dann fiel ihm auch das unendlich dämliche Gesicht des Lateinlehrers ein, als der nach Hause wollte und seine Karre aufgebockt vorfand – umzingelt von etlichen angeketteten Fahrrädern.

Pausenhof, Aula, Sekretariat. Aus jeder Ecke sprangen Fredo die Erinnerungen an. Sogar das Elternsprechzimmer fand er, ohne danach fragen zu müssen. Eben wollte er an die geschlossene Tür klopfen, da bog Helena Anatol um die Korridorecke und kam auf ihn zu. Dank des langen, schlauchartigen Flures konnte Fredo die Herannahende ausgiebig betrachten: Heute trug sie wieder Jeans, diesmal kombiniert mit einem eng geschnittenen, roten T-Shirt, darüber eine leichte Wolljacke und eine große Umhängetasche mit aufgedrucktem »Hard Rock Café«-Label. Ihr Gang war leicht, aber zielbewusst, und die schmalen Hüften schwangen dabei gerade so weit aus, dass Fredo den Blick kaum zu lösen vermochte. Von ihm aus hätte der Korridor gerne einen Kilometer lang sein dürfen.

»Guten Tag, Herr Fried«, begrüßte ihn Helena Anatol. Statt ihm die Hand zu reichen, schloss sie gleich die Tür zum Elternsprechzimmer auf. »Kommen Sie herein.«

Das Interieur versprühte den Charme einer Provinzamtsstube, aber Fredo erwartete auch nicht, in einer Schule jemals einen Stuhl zu finden, auf dem es sich bequem sitzen ließe. Er wartete ab, bis die Lehrerin am Besprechungstisch Platz genommen hatte, dann griff er sich einen der übrigen Stahlrohrstühle, die allesamt schon bessere Zeiten gesehen hatten. Warum sollte es denen auch besser gehen als ihm. Die Tüte stellte er neben sich am Boden ab.

»Sehr nett, dass Sie sich noch auf meinen Brief hin gemeldet haben«, eröffnete Frau Anatol. »Ich hatte nicht unbedingt damit gerechnet.«

»Mit mir sollten Sie immer rechnen.« Fredo riskierte ein neckisches Augenzwinkern. »Sogar im Supermarkt!«
Vor ihren graugrünen Augen ging schlagartig ein Schleier des Misstrauens nieder. »Sie waren absichtlich dort?«
»Na klar. Ich wollte einkaufen. Vorsätzlich. Warum geht man da sonst hin?«
Sie musterte ihn einen Moment lang prüfend, dann wechselte sie das Thema. »Herr Fried, es geht immer noch um Tim. Seine schulischen Leistungen sind nach wie vor völlig unzureichend. Und seine Aggressivität hatte ich ja bereits neulich angesprochen. Nun hat er sogar öffentlich einen meiner Kollegen obszön beschimpft! Wir können Tims Ausfälle nicht länger dulden. Es wird Konsequenzen geben …« Helena unterbrach ihre Anklage irritiert. Der Mann vor ihr sah weder zerknirscht noch wütend aus, nicht annähernd so wie jemand, dessen Kind gerade offiziell als Totalversager abgekanzelt wird. Er sah ihr versunken in die Augen, als säßen sie bei Vollmond am Palmenstrand.
»Herr Fried, geht es Ihnen nicht gut?«
Fredo lächelte träumerisch. »Ihre Augen sehen so wach aus, so konzentriert lebendig und funkelgrün. Zusammen mit dem dunklen Haar wunderschön. Ihr Mund …«
»Sind Sie irre?«, fuhr ihm Helena ins Wort, ziemlich fassungslos. »Oder ist das eine plumpe Anmache?«
»Weder noch.« Fredo ließ sich nicht aus der Ruhe bringen. »Es ist einfach und schlicht die Wahrheit. Können Sie die Wahrheit nicht vertragen?«
Helena Anatol erhob sich von ihrem Stuhl. »Herr Fried, ich schlage vor, wir beenden das Gespräch! Sie sind anscheinend ebenso wenig zugänglich wie Tim.«
»Bitte, Frau Anatol.« Fredo blieb freundlich lächelnd sitzen. »Wir reden immer noch über Tim. Sie werden gleich verste-

hen, wie ich das meine. Geben Sie mir ein paar Minuten. Sie haben doch ohnehin gerade eine Freistunde.«
Helena atmete tief durch und nahm wieder Platz, blieb aber auf der Hut. Wenn der gleich ein Beil aus seiner Tüte zieht, wundert mich das auch nicht mehr, dachte sie. Immer ich. Immer die Psychos.
»Ich war eben bloß ein Spiegel«, nahm Fredo seinen Faden wieder auf. »Ich habe nur das gesagt, was Sie sehen, wenn Sie in einen Spiegel schauen. Sie sind eine attraktive Frau, und das wird Ihnen selbst nicht ganz entgangen sein.«
»Worauf wollen Sie hinaus, Herr Fried? Was wird das hier?« Die Lehrerin verlor schon wieder die Geduld.
Fredo hob beschwichtigend die Hand. »Kann man davon ausgehen, dass Sie Ihr Aussehen selbst zumindest ganz okay finden? Bitte ganz ehrlich antworten, Frau Anatol. Nicken oder Kopfschütteln genügt.«
Helena zögerte kurz, dann nickte sie ergeben.
Fredo erwiderte das Nicken zufrieden. »Bestimmt gibt es aber irgendetwas an Ihrem Aussehen, mit dem Sie hadern. Ich will gar nicht wissen, was das ist. Und« – er riskierte einmal mehr ein Augenzwinkern – »ich verrate auch nicht, ob mir überhaupt ein Makel an Ihnen auffällt. Jedenfalls haben Sie längst gelernt, damit zu leben.«
»So geht das den meisten. Und?«
»Genau. So geht es den meisten. Die meisten erinnern sich auch gut daran, dass es ihnen als Teenager besonders schwergefallen ist, ihr eigenes Aussehen zu akzeptieren. Große Ohren, dicke Bäuche oder dünne Haare geraten da schnell zum Weltuntergang. Sich mit den Unzulänglichkeiten des eigenen Körpers zu arrangieren gehört zu den größten Herausforderungen der Jugendzeit – meinen Sie nicht auch?«
Ich rede wie ein Erziehungsratgeber, dachte Fredo, aber

Helena Anatol hörte endlich zu. Sie reagierte sogar auf die letzte Frage mit bestätigendem Nicken. Und deshalb kam Fredo jetzt zur Sache.

»Wenn dann ein Lehrer wie Ihr Kollege Köhler daherkommt und einen vierzehnjährigen Jungen wie Tim vor versammelter Klasse mit der Bemerkung lächerlich macht, sein Penis sei zu kurz und er würde deshalb nie eine Frau abkriegen – dann ist das nicht als pädagogische Glanzleistung zu bewerten. Gelinde ausgedrückt.«

Die Lehrerin starrte ihn ungläubig an. »Das hat Herr Köhler gesagt?«

Fredo deutete ein schwaches Nicken an. »Sexualkundeunterricht der besonderen Art. Es ist natürlich nicht in Ordnung, dass Tim sich bei seinem Lehrer daraufhin mit einem derben Schimpfwort revanchiert hat. Aber mal ehrlich – wie souverän hätten Sie mit vierzehn Jahren auf so etwas reagiert?«

»Das … das tut mir leid für Tim.« Die Lehrerin wirkte sichtlich aus dem Konzept gebracht. »Darüber wird zu reden sein. Mit Herrn Köhler, vielleicht auch mit der Direktion …«

Mission erfüllt, frohlockte Fredo. Jetzt gar nicht mehr auf Tims Aggressivität oder aufs Schuleschwänzen eingehen, dann ist sie beschäftigt, und es ist erst mal Zeit gewonnen.

»Ich wusste, dass Sie Verständnis für Tim haben würden, vielen Dank!« Fredo langte in seine abgestellte Tüte, zog eine Flasche heraus und stellte sie vor Helena auf den Tisch. »Und bitte entschuldigen Sie den kleinen Zusammenstoß im Supermarkt. Dieser Wein wird Ihnen hoffentlich schmecken. Ein Luberon.«

»Das ist nett … Aber ich denke, vom Vater eines meiner Schüler sollte ich keine Geschenke annehmen.«

Der Vater hat ja keine Ahnung, dass ich die Pulle aus seinem Weinkeller genommen habe, dachte Fredo. »Es ist kein Ge-

schenk. Es ist bloß der Ersatz für den Schaden, den ich angerichtet habe. Also: Bitte.«
Es geschah etwas Außergewöhnliches: Helena Anatol lächelte. Ein Anblick, bei dem Fredo das Herz aufging.
»Ich habe draußen neben Ihrem Wagen geparkt«, setzte er nach. »Dabei ist mir der Steinschlag an der Frontscheibe aufgefallen. Ich glaube, daran bin ich auch nicht ganz unschuldig! Vielleicht können wir das auch gleich noch klären?«
Ein Mann, der zu seinen Verfehlungen steht, dachte Helena. Zeichen und Wunder. Entgegen ihrer sonstigen Zurückhaltung ließ sie sich zu einem spontanen Vorschlag hinreißen: »Vielleicht erledigen wir das bei einem Kaffee? In der Konditorei am Markt? Tatsächlich habe ich sogar zwei Freistunden.«
»Gern!«, freute sich Fredo.
In der Aula und auf dem Pausenhof wimmelte es von Schülern. Große Pause. Fredo und Helena wühlten sich durch die Massen, von manchen neugierig beäugt, von den meisten unbeachtet.
»Fredo! Hey!« Ein Zweimeterhüne mit der Figur eines Schwergewichtsboxers pflügte durch die Menge auf sie zu. Sein fleischiges Gesicht strahlte, als er sie erreichte und Fredos Schulter unter einem gutgemeinten Hieb seiner Pranke zerbröseln ließ. »Fredo Fried, leibhaftig! Mann, ist das lange her …«
»Briegel?« Allmählich dämmerte es bei Fredo. »Briegel Schulz?«
»Sie kennen sich?«, kommentierte Helena Anatol überflüssigerweise, als der Hüne jetzt johlend Fredo spielerisch derart vor die Brust boxte, dass dem fürs Erste die Luft wegblieb. »Aber wieso ›Briegel‹? Sie heißen doch Lars mit Vornamen?«
Der Hüne lachte dröhnend. »Hans-Peter Briegel! Die Walz

aus der Pfalz! Nationalspieler der achtziger Jahre! Ehemaliger Zehnkämpfer, ungefähr meine Statur. Der Spitzname war natürlich Fredos Idee.«

Bevor Fredo dazu Stellung nehmen konnte, raubte ihm ein weiterer Knuff den Atem. Also schwadronierte der Hüne ungebremst weiter: »In so was warst du schon immer super, was, alter Geschichtenerfinder? Kein Wunder, dass du beim Fernsehen gelandet bist!«

»Moment mal.« In Helena Anatols Miene stand wieder unverhohlenes Misstrauen. »Sie arbeiten doch im Bankwesen, Herr Fried. Und wieso Fredo? Ist das auch ein Spitzname?«

Briegels Trompetenlache enthob Fredo einer Antwort. »Der Banker ist Markus. Fredos großer Bruder! Wie geht's dem denn, Alter?«

Fredo fühlte Helenas Blicke auf sich brennen wie die Scheiterhaufen der Inquisition. Unwillkürlich zog er den Kopf ein. »Tim ist mein Neffe! Seine Eltern sind tatsächlich in China. Und für das, was wir eben besprochen haben, ist es doch ganz egal, ob ich sein Vater oder Onkel oder sonst was bin!«

»Weil ich die Wahrheit nicht vertragen kann?«, fauchte Helena. »Sie sind einfach lächerlich, Herr Fried!«

Sie wandte sich abrupt ab und stampfte davon. Keine Spur mehr von Hüftschwung, bedauerte Fredo.

Briegel musterte ihn neugierig. »Tja. Ich fand dich auch immer ziemlich witzig. War das jetzt sehr schlimm?«

»Ich komm drüber weg. Bei ihr bin ich mir nicht sicher.«

»Als Spaßgranate ist mir die Kollegin bisher auch nicht gerade aufgefallen. Hat Haare auf den Zähnen.«

Beide sahen Helena Anatol nach, die eben auf der Treppe hinab zum Parkplatz aus ihrem Blickfeld entschwand. Fredo bediente sich der Lieblingsgeste seines Neffen – Achselzucken – und wandte sich seinem einstigen Mitschüler zu.

»Du bist hier wirklich Lehrer?«
»Sport und Religion«, bestätigte Briegel nicht ohne Stolz.
Fredo schmunzelte. »Das waren ja wohl auch die einzigen Fächer, in denen du nicht völlig durchhingst.«
»Eben«, räumte der Hüne gut gelaunt ein. »Das nennt man gut durchdachte Karriereplanung.«
»Respekt. Aber dennoch … Religion? Du?«
»Mein Reli-Unterricht würde dir gefallen.«
»Bestimmt.«
»Ich hab auch erst gedacht, das wird schwierig. Aber man kann fast alles dabei mit Fußball erklären.«
»Aha?«
»Na klar«, bekräftigte Briegel und untermauerte seine gewagte These umgehend. »Zum Beispiel die zwölf Jünger Jesu. Ist genau wie eine Fußballmannschaft mit Auswechselspieler. Jesus ist der Coach.«
»Und Gott macht das Management«, schmunzelte Fredo.
Briegel schoss ihn mit einer Pistole aus Daumen und Zeigefinger ab. »Du hast es begriffen! Die Jünger sind ganz unterschiedliche Typen. Judas ist Torwart, die sind ja immer leicht durchgeknallt, und als Torwart kann man das Spiel am leichtesten verschieben. Petrus lässt niemanden unkontrolliert durch – also Innenverteidiger …«
»… der ungläubige Thomas wird Sturmspitze«, ließ sich Fredo sofort auf das Briegelsche Glaubensmodell ein. »Weil er nicht mal an den Abseitspfiff glaubt …«
»Siehste, du hast es!«
»Und was machst du mit Matthäus?«
»Ehrenspielführer. Das muss reichen.«
Sie lachten über ihre hochgeschaukelte Blödelei, bis ihnen fast die Tränen herunterliefen. Schulhof und Flachwitze, das tut gut, dachte Fredo. So ein bisschen sinnentleerte Leichtig-

keit hatte ihm in der letzten Zeit gefehlt. Zu viel über die Probleme anderer Leute nachgedacht, das sollte man nicht. Ist ungesund.
Briegel wischte sich die Lachtränen aus den Augenwinkeln und fasste sich allmählich wieder. »Eigentlich hab ich mir das von dir abgeguckt.«
»Von mir?«
»Weißt du nicht mehr – so in der Zehnten, Elften? Da hast du alle Lehrer in den Wahnsinn getrieben, weil du die kompliziertesten Dinge radikal konsequent auf Fußball heruntergebrochen hast! Und weißt du was? Ein paar von deinen Sprüchen habe ich viel besser behalten als den Kram, den wir eigentlich lernen sollten.«
»Ich hab nicht mal meine eigenen Sprüche behalten.«
»Mit dem hier hast du im Philosophieunterricht aufgetrumpft: Das Leben ist wie ein Fußball – du hüpfst wie irre herum, und am Ende lässt man dir die Luft raus.«
»Mannomann. Minimalnihilismus.«
»C'est la vie.«
Sie wieherten ausgelassen, bis das Pausenläuten dem Frohsinn ein Ende setzte. Ganz wie früher, dachte Fredo wieder.
»Ich muss dann mal«, verabschiedete sich Briegel Schulz.
»Sport oder Religion?«
»Egal. Hauptsache, Fußball.«
Sie tauschten noch schnell die Handynummern aus, dann strebte Fredos einstiger Schulkamerad seiner Aufgabe entgegen: Leibes- und Geistesertüchtigung der Bornstedter Nachwuchselite. Ausgerechnet Lars »Briegel« Schulz in der Rolle eines Lehrers wiederzusehen, fand Fredo schon erstaunlich. Vielleicht hatte sich in Bornstedt ja doch mehr verändert als gedacht. Wenn er allerdings an Tims Biologielehrer Köhler dachte und an Helena Anatols beleidigten Abgang, fühlte er

sich eher an die Tage seiner eigenen Schulzeit erinnert. Damals schien Humorlosigkeit eine Pflichtbedingung im Anforderungsprofil für Pädagogen gewesen zu sein. Kein Wunder, dass er sich seinerzeit dazu herausgefordert gefühlt hatte, eine Überdosis Witz dagegenzusetzen. Leider hatte das bereits damals nicht gut funktioniert. Und jetzt versagte die Methode Fredo anscheinend noch immer. Was schade war. Vor allem für Tim. Aber auch, wenn Fredos geistiges Auge die Erinnerung an Helena Anatols schwingende Hüften heraufbeschwor …

Auf dem Parkplatz sah Fredo gleich, dass der Platz neben dem Mercedes jetzt leer war. Die Lehrerin hatte nicht auf ihn gewartet. Damit hatte Fredo zwar auch nicht gerechnet, aber die Hoffnung starb zuletzt. Mit einer ähnlichen Plattheit müsste er nun Tim vertrösten, es sei denn, ihm fiele noch ein genialer Dreh ein. Momentan sah es nicht danach aus. Fredo fühlte sich reichlich geschafft. So hatte diese Schule schon immer auf ihn gewirkt.

Mit müdem Blick klemmte sich Fredo hinters Lenkrad, startete den Motor, schaltete in den Rückwärtsgang und rotzte den Benz aus der Parklücke. Diesmal schaute er sogar in den Rückspiegel. Deshalb bemerkte er die Weinflasche erst, als sie vom Autodach rutschte, auf der Motorhaube einschlug und zerbarst. Dunkler Rotwein lief über cremefarbenen Lack. Es sah aus, als blute der Wagen.

Feinster Luberon.

Schönen Dank, Frau Anatol.

11.

NEWSFLASH FAMILIE FRIED:

Fredo: Hi Timmie: Habe mit Frau Anatol gesprochen. Alles wird gut. Geh mal wieder zu Bio.

Gesche: Gruß an alle von Nicole und Markus. Haben angerufen. Klang weit weg. Wo sind die eigentlich? Morgen Schweinebraten?

Karla: Keine toten Tiere!

Tim: Lieber Tiefkühlkost? (Daneben eine perfekte Bleistiftzeichnung von Speedy im Tuppersarg.)

Karla: Perverser Stinker!!!

Gesche: Pfannkuchen?

Tim + Karla: Neinneinnein!!!!!

Fredo: Alle zusammen ins Restaurant gehen?

Ein bleistiftskizzierter Tim mit erhobenem Protestschild: Nö.

Karla: Doch lieber Pfannkuchen.

Gesche: Fredo, bitte alles für Pfannkuchen einkaufen. Du weißt schon, was.

Die wärmende Maisonne brach Knospen auf, entfaltete Laubdächer und ließ Gras sprießen. Fredo wusste über Gartenarbeit so gut wie nichts, aber der Rasen schrie nach dem Platzwart – so viel erkannte sogar er. Leider schien sich niemand für diesen Job zu interessieren. Er auch nicht. Stattdessen genoss er die Ruhe auf seiner Terrasse und ließ sich von der Sonne kitzeln. Sein Deckchair stand weit genug vom Netz der Monsterspinne entfernt. Wenn sie sich die Terrasse teilten, gab es immer noch genug Platz für jeden, hatte Fredo pragmatisch entschieden. Die Spinne (oder eine Artverwandte) war längst in ihr Netz zurückgekehrt, in dem mittlerweile so viel Insektenbeute hing, dass es garantiert den Sommer lang reichte. Falls das Biest nicht vor Verfettung aus dem eigenen Netz fiel, gäbe es überhaupt keinen Grund für das Monster, seine Lauerstellung zwischen Hauswand und Sonnendach zu verlassen. Und Fredo würde sich hüten, noch einmal in die Nähe des Netzes zu geraten. Eigentlich konnte man von dem Vieh nur lernen, fand er. Sei nicht das Opfer im Netz, sondern der Nutznießer. Perfekte Nische suchen, Hängematte knüpfen, reinlegen und sich das Futter quasi in den Mund fliegen lassen. Dagegen ist selbst der Besuch eines Drive-ins noch anstrengende Nahrungsbeschaffung.

Fredo biss genüsslich in einen kalten Pfannkuchen – Überbleibsel vom Mittagessen – und spülte mit einem Schluck göttlichem Gesche-Kaffees nach. Dabei tropfte ihm etwas braune Brühe aufs Hemd. Was ihn schon deswegen nicht störte, weil das Hemd (freizeittaugliches Flanell) ebenso wie die Shorts, die er gerade trug (Leinen, bequem), seinem Bruder Markus gehörten. Fredo hatte ursprünglich erwogen, für einen Tag nach Hamburg zum Powershoppen zu fahren, um sich neu einzukleiden. Angesichts Markus' gut gefülltem Kleiderschrank hatte er diesen Plan umgehend verworfen. »Alles deins!«, war die unmissverständliche Ansage von Markus gewesen. Und wer will schon seinen großen Bruder enttäuschen?

Fredo griff zur Tageszeitung, übersprang alle anstrengenden Beiträge und blätterte sich rasch durch bis zum Sportteil. Normalerweise hätte dieser Lektüre seine ganze Aufmerksamkeit gegolten, aber irgendetwas störte sein Unterbewusstsein und ließ ihn immer wieder abschweifen. Monsterspinne? Fredo lugte vorsichtig hinüber zum Netz des Untiers – die

Spinne saß in ihrer angestammten Mauernische am Rande des Reviers aus Seidenfäden und verdaute. Doch ein Stück weiter links neben der Terrasse, in der Hecke – da hockte eine Gestalt, nur unzulänglich durchs Gebüsch verborgen. Was auch daran lag, dass die Gestalt zwar klein, aber ziemlich rund war. Fredo legte die Zeitung weg.

»Knödel? Was machst du da?«

Der pummelige Junge trat schuldbewusst einen Schritt nach vorn aus der Deckung, blieb dann aber stehen und sah Fredo trotzig an. »Ich heiße nicht Knödel!«

»'tschuldigung. Daniel, richtig?«

Der Junge nickte, blieb jedoch stehen und raffte sich auch sonst zu keiner Äußerung auf. Fredo griff eiskalt wieder zur Zeitung und spannte sie als Sichtschutz auf.

»Meine Mutter war echt sauer.«

Fredo ließ entnervt die Zeitung sinken und wollte schon derbe kontern, da sah er Daniels Gesicht. Der Junge grinste über beide Backen – bei Knödel also ein ziemlich breites Grinsen. Fredo grinste zurück.

»Das hat dir gefallen?«

Daniel nickte erneut, diesmal ganz entschieden. »Immer das Getue um ihren bescheuerten Wäscheständer!«

»Tja, um Wäsche sollte man wirklich nicht allzu viel Getue machen«, pflichtete ihm Fredo bei.

Nun traute sich Daniel endlich auf die Terrasse. »Hast du deshalb Flecken auf dem Hemd?«, erkundigte er sich.

»Das trägt man so in Berlin«, behauptete Fredo kühn.

Knödel-Daniels Augen rundeten sich bewundernd. »Du kommst aus der Hauptstadt? Na dann – wahrscheinlich deshalb …«

»Wahrscheinlich was?«

»Weißt du, wie weit es von hier bis zu Mamas Wäscheständer

ist? Das sind locker hundert Meter! Das war ein Hammerschuss! Hast du den immer drauf?«

»Aus dem Stand«, brüstete sich Fredo. »Jederzeit!«

Daniel staunte angemessen. »Wow. Hammer. Wenn ich das könnte …«

»So, wie euer Schuppen immer scheppert, würde ich sagen: Du schießt auch nicht schlecht.«

»Danke«, strahlte Daniel – aber dann verfinsterte sich seine Miene. »Mein Trainer meckert trotzdem immer nur an mir rum.«

»Hey, du spielst in einem Club? Hier in Bornstedt?«

»Mmh. Beim SCB. Aber meistens werde ich nur eingewechselt. Höchstens für ein paar Minuten. Manchmal auch gar nicht.« Knödel sah jetzt eher aus wie ein Trauerkloß. »Ich bin zu langsam, sagt der Trainer.«

So siehst du aus, dachte Fredo. »Ist eben nicht jeder ein Sprinter«, versuchte er zu trösten.

Daniel nickte. »Sag ich auch immer. Und überhaupt, wenn ich so weit schießen könnte wie du – dann bräuchte ich kaum noch laufen! Das wäre was …«

Fredo sah den unglücklichen Jungen an, dann schweifte sein Blick hinüber zum Garten. »Ich könnte es dir ja beibringen«, schlug er vor, einer plötzlichen Eingebung folgend.

»Echt? Jetzt gleich?« Daniels Strahlen schaltete sich an wie ein Halogenspot. »Ich hol den Ball!«

Der Junge wollte schon von der Terrasse hüpfen, als Fredo ihn zurückrief. »Moment noch, Daniel!«

Knödel blieb stehen und sah sich erwartungsvoll um.

»Wir sind Profis, Junge. Profis brauchen optimale Bedingungen. Und Profis machen nichts umsonst.«

»Willst du Geld dafür?«, erkundigte sich Knödel verunsichert. »Ich hab aber keins …«

Fredo erhob sich aus seinem Deckchair, reckte sich genüsslich und trat zu Daniel. »Siehst du den Rasen? Sehen so optimale Bedingungen für hohe Fußballkunst aus?«
Der Junge schaltete sofort. »Ich mähe den Rasen – du zeigst mir den Schuss?«
Dick, aber nicht dämlich, dachte Fredo zufrieden und nickte.

Speedys Fell sah gar nicht mehr gut aus. Keine Spur von Samt und Seide, eher wie ein räudiger Teppich vom Sperrmüll. Karla meinte zunächst, die kleinen Mauseaugen hätten sich geschlossen. Bis sie bemerkte, dass die jetzt fehlten – wie bei einem abgeliebten Kuscheltier. Überhaupt erinnerte der kleine Leichnam mittlerweile mehr an Abfall als an ein Lebewesen. Karla staunte über diese Verwandlung. Gleichzeitig ekelte sie sich davor. Trotzdem starrte sie gebannt auf die geöffnete Schachtel in ihrer Hand. Beim Menschen würde es genauso aussehen, bloß in größerem Maßstab. Das wird mal aus mir, dachte Karla schaudernd. Wohl nicht so bald, hoffentlich, aber irgendwann …
Das Nachher war genauso ein Rätsel wie das Vorher. Sie hatte mal eine Fotoserie über die menschliche Entwicklung von der befruchteten Eizelle bis zum Embryo gesehen. Diese merkwürdigen Glibberzombies im Frühstadium kamen Karla nicht so vor, als hätten sie auch nur ein bisschen mit ihr gemein. Und als verrottendes Stück Kompost konnte sie sich selbst auch nicht vorstellen. Wenn man aber doch die allermeiste Zeit noch gar nicht da war oder schon wieder weg und dabei so unvorstellbar *anders* – warum war das Leben dann nur so wichtig?
Und: *Was* war daran so wichtig?
Speedy roch nicht mehr gut. Karla schloss die Schachtel. Sie wollte nicht mehr hineinsehen. Zum Wegwerfen oder Vergra-

ben konnte sie sich aber auch noch nicht durchringen. Also holte sie eine Rolle Paketklebeband und umwickelte die Schachtel damit in dicken Lagen, jede Ritze abdichtend. Vielleicht ließ sich so der Verfall aufhalten. Aber das hat schon bei den alten Ägyptern und ihren Mumien nicht richtig funktioniert, dachte Karla. Trotzdem, so würde sie Speedy aufbewahren. Fürs Erste wenigstens.

Sie legte die Schachtel zurück auf den Mauersims und starrte durch die großen Wintergartenfenster nach draußen. Das Vorher und Nachher ist unbekannt, das Jetzt ist bekannt, also ist das Leben wichtig, folgerte Karla. Meins jedenfalls, für mich. Und andere sollen mich gefälligst auch wichtig finden. Mit Juliane hatte das super geklappt, für den Anfang wenigstens. Seit der Nummer mit dem Kuss war Karla die Einzige ihrer ganzen Klasse, die von Juliane wie eine Gleichgestellte behandelt wurde. Und Juliane hatte dafür gesorgt, dass die Geschichte bei den anderen durchsickerte. Eine Außenseiterin war Karla auch zuvor nie gewesen, aber jetzt strahlte ihr Stern in bislang ungekanntem Glanz. Die Frage war bloß, für wie lange noch. Juliane fing allmählich damit an, etwas lästig danach zu fragen, ob man nicht mal zu dritt etwas unternehmen könnte – vielleicht an die Ostsee fahren oder so, Fredo hätte doch ein schnelles Auto. Außerdem bohrte Juliane ständig nach neuen Einzelheiten über Karlas Beziehung zu ihrem Freund. Karla wusste schon kaum noch, was sie alles darüber erfinden sollte. In Julianes Ohren klangen diese Geschichten wohl auch ziemlich lau. Juliane verfügte eben über reichlich einschlägige Erfahrungen mit Männern. Da konnte Karla nicht gegenhalten. Und ihre Vorstellungskraft in dieser Hinsicht war trotz aller Liebesfilme, die sie bisher mit eher geringem Interesse im Fernsehen verfolgt hatte, nicht besonders ausgeprägt.

Mit dreizehn hatte sie zum ersten Mal ein Junge geküsst. Timo, ein Mitschüler. Bei einer Klassenreise. Nachtwanderung. Eigentlich war es mehr ein Überfall gewesen, Timo hatte hinter einem Baum gelauert. Aus der Deckung gesprungen, die überrumpelte Karla umfangen wie ein Schraubstock, ihr einen Kuss aufgedrückt und weggelaufen. Vom Kuss an sich blieb nur die Erinnerung an einen kurzfristigen Druck auf den Lippen, es fühlte sich tatsächlich so an wie: abgestempelt. Karla hatte sich nur geschämt, ihre Freundinnen gejohlt vor Neid und Empörung. Und Timo war ein paar Wochen später umgezogen oder sitzengeblieben oder beides, Karla wusste es nicht mehr. Es war auch egal. Genau wie die paar zittrigen, angstfeuchten Knutschereien auf irgendwelchen Klassenfeiern und Geburtstagspartys, die sie seitdem erlebt oder vielmehr über sich ergehen lassen hatte.
Mit Marcel wäre es bestimmt anders. Marcel ging in die Oberstufe, gewann jeden Leichtathletik-Wettkampf ebenso unangefochten wie die Wahl zum Schulsprecher, hatte in den meisten Unterrichtsfächern mehr drauf als die Lehrer und sah einfach zum Niederknien gut aus. Marcel könnte jedes Mädchen an der ganzen Schule haben. Aber bekommen soll er nur mich, prophezeite sich Karla wohl zum tausendsten Mal. Nur mich, weil ich interessant und geheimnisvoll bin. So interessant und geheimnisvoll, dass ich sogar für erwachsene Männer gut genug bin. Wenn Marcel davon erfährt, wird er mich auch interessant und geheimnisvoll finden. Bloß: Damit er es erfährt, muss ich alles noch ein bisschen höher kochen, überlegte Karla. Eine Schippe drauflegen. Die Frage war nur, wie.
Vom Fenster aus sah sie jetzt Fredo draußen über den Rasen zum Geräteschuppen gehen. Zum Glück hatte ihr Onkel sie nie wieder auf die Kuss-Szene angesprochen. Wahrscheinlich dachte der sich gar nichts dabei, schätzte Karla. Sie hielt Fredo

grundsätzlich nicht für einen Menschen, der sich sonderlich viel Gedanken machte. Immerhin war es gar nicht besonders schlimm gewesen, ihn zu küssen. Vielleicht sogar ganz nett, gestand sich Karla ein, und die Erinnerung an den spontanen Kuss zwischen Tür und Angel formte sich zu einer Idee, dann zu einem Plan.

Fredo zog den Rasenmäher aus dem Schuppen. Benzinmotor, alles vom Feinsten. Nichts anderes hatte er erwartet. Der Tank war gefüllt, die Maschine lief bereits nach dem ersten Startversuch rund. Und schon drängte sich Knödel wieder durch die Hecke, diesmal mit seinem Fußball in beiden Händen.

»Erst die Arbeit«, bremste ihn Fredo. Der Junge warf ihm den Ball zu und spannte sich bereitwillig hinter den röhrenden Mäher. Während Daniel blitzsaubere Bahnen zog, alle paar Minuten den Auffangkorb zum Komposthaufen wuchtete und den Rasenschnitt entleerte, breitete sich Fredo erneut im Deckchair aus und konzentrierte sich endlich auf den Sportteil der Zeitung. Der Motorenlärm störte etwas, aber angesichts des gestutzten Rasens nahm Fredo das billigend in Kauf. Er legte seine Lektüre erst beiseite, als der Junge den Mäher abstellte und lauthals »Fertig!« brüllte.

Sie verstauten den Mäher im Schuppen, dann legte Daniel seinen Ball erwartungsvoll aufs frisch gepflegte Grün. »In welche Richtung?«

»Auf die Hecke«, schlug Fredo vor. »Die schluckt die Pille, und wir müssen nicht so weit hinterherlaufen.« Er wies auf den Ball. »Wie schießt du normalerweise? Rechts oder links? Innen oder außen?«

»Rechts. Meistens mit Innenrist, außen kann ich nicht. Manchmal auch mit der Pike, aber dann motzt der Trainer immer. Da kontrolliert man den Ball nicht, sagt er.«

»Man kontrolliert ihn damit wirklich nicht besonders gut«, räumte Fredo ein. »Manchmal geht es jedoch nicht anders. Aber wenn du richtig Dampf hinter den Ball bringen willst, musst du ihn mit Vollspann erwischen. Genau hiermit.« Fredo bückte sich und strich sich mit dem Zeigefinger über den rechten Fußrücken.

»Hab ich schon gesehen«, erklärte Daniel. »Im Fernsehen.«

»Und heute live. Ich zeig's dir.«

Fredo rückte den Fußball zurecht, nahm einen kleinen Anlauf und zimmerte das Leder per Spannstoß flach in die Hecke. Die ließ ein paar Blätter, hielt aber sicher. Fredo klaubte den Ball aus dem Gesträuch und legte ihn dem Jungen auffordernd vor die Füße.

»Jetzt du.«

Daniel visierte in höchster Konzentration erst die Hecke, dann den Ball an. Setzte sich in Bewegung. Holte mit dem rechten Bein aus – und hackte mit der Fußspitze voll in den kurzgeschorenen Rasen, dass die Erde aufspritzte. Während Knödel auf einem Bein hüpfte und sich mit schmerzverzerrtem Gesicht alle Wehklagen verbiss, hoppelte der Ball gerade mal ein paar Meter weit und blieb liegen.

»Au Backe«, rief Fredo mitfühlend. »Tut es sehr weh? Soll ich was zum Kühlen holen?«

»Geht schon wieder«, ermannte sich Knödel und trat probeweise mit dem lädierten Fuß auf. Es schien tatsächlich nicht so schlimm zu sein. »Ich weiß bloß nicht, wie ich unter die verdammte Pille kommen soll, wenn ich den Fuß so steil stellen muss!«

»Wir brauchen eine Abschussbasis.« Fredo sah sich bereits suchend um und entdeckte das geeignete Material auf einem schmalen Pfad zwischen penibel beschnittenen Buchsbaumhecken: weiße, walnussgroße, runde Kiesel. Fredo sammelte eine Handvoll und legte sie auf dem Rasen zu einer kleinen Plattform zusammen. Den Fußball setzte er obenauf. Es sah aus wie eine kleine Torte mit überdimensionierter Cocktailkirsche, würde aber wohl den geplanten Zweck erfüllen, schätzte Fredo.

»Jetzt liegt der Ball nicht mehr so tief«, erklärte er die Konstruktion. »Du kannst den Schuss voll durchziehen und läufst nicht so leicht Gefahr, im Rasen hängenzubleiben.«

»Cool. Dann versuch ich's noch mal!«

»Und hau ordentlich drauf, Kleiner! Die allergrößte Wucht kriegt der Schuss, wenn du dir vorstellst, nicht bloß gegen den Ball zu treten, sondern volle Pulle durchs Leder hindurch.«

Knödel trat ein paar Schritte zurück, visierte den Ball an und verfiel angesichts der Dramatik dieses Moments augenblicklich wieder in die Kommentatorenrolle. »Letzte Spielminute, Freistoß an der Strafraumkante, halbrechte Position! Es steht null zu null, die Zuschauer halten den Atem an. Jetzt muss die Entscheidung fallen! Die Mauer formiert sich – Podolski läuft an, Lukas Podolski …«

Der Junge lief an und zog den rechten Fuß voll durch. Schaufelte den Ball in hohem Bogen gegen die Hecke. Noch im Flug überholte ein ebenfalls losgetretener Kiesel das Leder, sauste im Geschosstempo durchs Geäst und verschwand. Fredo hielt die Luft an.

Dann klirrte es vernehmlich.

»Daaanieeel!«

12.

»Daaanieeel! Komm sofort her!«
In der sich vor Erregung brechenden Frauenstimme lag eindeutig die Drohung von Mord und Totschlag. Knödel stand da wie ertappt, mit hängenden Schultern, ein Bild des Jammers.
»Ich muss dann wohl«, brachte er nur hervor und klaubte seinen Ball aus der Hecke.
»Den Kiesel hast du perfekt getroffen«, versuchte Fredo zu trösten. Knödel grinste schwach zum Abschied und drückte sich durch die Hecke.
»Warte, ich komme mit.« Kurzentschlossen quetschte sich Fredo hinter dem Jungen durchs Gebüsch. Daniel sagte nichts, aber die Schultern hingen plötzlich nicht mehr ganz so tief.
Nachbars Garten war nicht annähernd so großzügig wie das Friedsche Anwesen, doch immer noch groß genug für ein schmuckes, gutbürgerliches Eigenheim. Von der Geranie bis zum Terrassengrill perfekt. Die Dame des Hauses, blond und gut gebaut, fügte sich harmonisch in die Kulisse. Dissonant wirkten dagegen ein hässlich gezackter Sprung in der gläsernen Terrassenwindschutzwand sowie die grimmige Miene, mit der Daniels Mutter die herannahenden Sünder bedachte.
»Daniel, meine Geduld ist am Ende! Diesmal zahlst du das von deinem Taschengeld!«
»Wir haben doch nur trainiert«, jammerte Knödel. »Spannstoß!«

»Ist mir wurscht! Es reicht«, entschied seine Mutter resolut und wandte sich an Fredo. »Und Sie? Sie sind doch der, der neulich nebenan nackt herumgehüpft ist! Ich warne Sie, wenn Sie nicht sofort von meinem Grundstück verschwinden …«

»Verzeihen Sie«, versuchte Fredo zu beschwichtigen. »Darf ich mich vorstellen – Fried ist mein Name, ich bin der Bruder Ihres Nachbarn, Markus Fried …«

Er streckte zur Begrüßung die Hand aus, aber die blieb unbeachtet in der Luft hängen. Die Frau sah ihn forschend an, sichtlich überrascht – dann wischte ein breites Grinsen jeden Zorn aus ihrem Gesicht.

»Fredo? Fredo Fried?«

Fredo zog die ausgestreckte Hand verblüfft zurück und verspürte nun auch das Gefühl, Knödels Mutter schon früher begegnet zu sein. »Kennen wir uns?«

Ihr Grinsen wurde noch breiter. »Vielleicht hättest du im Konfirmandenunterricht auch mal auf mein Gesicht gucken sollen – nicht immer bloß in meine Bluse …«

Fredos Blick rutschte unwillkürlich eine Etage tiefer. Mehrere Blusenknöpfe standen offen, wie einst im Mai. »Katrin? Katrin Gehrke?«

Daniels Mutter legte ebenso instinktiv wie züchtig eine Hand aufs Dekolleté. Sanftes Erröten ersparte sie sich allerdings. »Gehrke war mal. Jetzt Weller. Geschiedene Weller.«

»Tut mir leid.«

»Wie sehr?«

»Fast gar nicht.«

Sie wechselten ein verständnisinniges Lächeln. Daniel blickte gespannt von einem zum anderen. »Ist jetzt alles wieder gut?«

Katrin gab ihrem Jungen einen unmissverständlichen Wink,

ohne Fredo dabei aus den Augen zu lassen. »Hau ab, mein Sohn. Hast noch mal Glück gehabt.«
Das ließ sich Knödel nicht zweimal sagen. Er machte ohne ein weiteres Wort kehrt und verschwand im Schweinsgalopp in der offenen Terrassentür. Doch gar nicht so langsam, das Kerlchen, registrierte Fredo. Hat ja auch eine flinke Mutter.
»Das hast du also damals gemerkt«, stellte er fest.
»Was?«
»Mit der Bluse.«
»Was meinst du wohl, warum die so weit offen stand«, gab Katrin freimütig zu.
Fredo schmunzelte. »Da hätte ich ja meinen Forscherblick gar nicht so verbergen müssen.«
»Hast du nicht, glaube mir«, schmunzelte Katrin zurück. »Bist du länger hier oder nur auf Kurzbesuch?«
»Noch eine ganze Weile. Markus und Nicole sind in China, ich hüte ein.«
Katrin schenkte ihm ein strahlendes Lächeln. Fredo fiel plötzlich Helena Anatol ein – wenn die nur einmal so breit lächeln würde …
»Dann sind wir ja wieder mal Nachbarn. Wie damals auf der Kirchenbank.«
»Bloß ohne Aufsicht, wie's scheint.«
»Mama?« Knödels rundes Gesicht erschien in der offenen Terrassentür. »Ich bin mit Joscha verabredet. Fährst du mich hin?«
»Nur fast ohne Aufsicht.« Katrin zuckte bedauernd mit den Schultern. »Aber Donnerstagabend ist Daniel immer bei seinem Vater. Ist mein Yogaabend. Aber ich könnte ja auch mal anders entspannen … Cocktails und ein paar Schnittchen?«
»Gern. So gegen achtzehn Uhr?«
»Happy Hour.« Sie zwinkerte ihm neckisch zu, wandte sich

dann ab und nahm die paar Stufen hinauf zur Terrasse wie eine Showtreppe – mit wiegenden Hüften. Wohl wissend, auf welchem Körperteil Fredos Forscherblick diesmal gebannt ruhte.

Die Gegner kamen von überall. Aus der amorphen Masse der Anrennenden lösten sich immer wieder einzelne Kämpfer, rückten mit ihren hassverzerrten, grotesken Fratzen gefährlich nah heran. So sehr er sie auch dezimierte – hinter jedem zerfetzten Leib materialisierten sich gleich wieder mehrere neue Schreckensgestalten scheinbar aus dem Nichts. Und seine Feuerkraft ließ nach. Noch schlimmer: Er war verletzt. Schwer angeschlagen. Wurde zum Opfer bluttriefender Klingen und schwirrender Projektile. Das signalisierte ihm die allmähliche Verfärbung des persönlichen Statusbalkens: von Sattgrün über Geht-noch-Orange bis Alarmrot. Tims Muskeln verspannten sich, ohne dass er es bemerkte. Gleich wäre es vorbei …

Plötzlich schob sich eine muskelbepackte Gestalt neben ihn und brachte ein schweres Geschütz in Anschlag. Die ultimative Riesenwumme spuckte Tod und Verderben, fraß die Reihen der Feinde, bis die letzten Detonationen im Lautsprecher verhallten. Pausentaste. Tims virtuelle Spielfigur verharrte im Standbild. Der Junge ließ sich gegen die Stuhllehne fallen und atmete tief durch.

»Hast du das gesehen? Ich hab sie einfach fertiggemacht! Allesamt!« Patriks hohe Stimme vibrierte vor Stolz und Adrenalin in Tims Headset.

»Wow, Pat, das war Rettung in letzter Sekunde«, zollte Tim dem Freund gebührenden Respekt. »Danke, Mann!«

»Noch 'ne Runde weiterzocken?«

»Nachher vielleicht. Muss noch was für Deutsch machen.«

»Okay, ich muss auch erst mal Schluss machen. Meine Mutter

dreht in fünf Minuten die Sicherung raus, wenn ich den PC nicht abschalte. Hat sie vor drei Minuten angedroht.«
»Deine Mutter bringt das glatt.«
»Die hasst mich eben. Hat leider nicht jeder das Glück, dass die Eltern in China sind.«
»Das bisschen Glück darfst du mir gerne gönnen.«
Patrik kicherte. »Ich gönne uns alles. Und das kriegen wir auch.«
Tim kicherte mit. »Na klar. Hoffentlich bald.«
»Ich arbeite daran.«
»Übst du nachher wieder?«, erkundigte sich Tim, nun wieder ernst.
»Ich übe jeden Tag.« Patriks ruhige Antwort klang fast wie eine Drohung. Irgendwo im Hintergrund vernahm Tim eine aufgebrachte Frauenstimme, dann hörte er den Freund brüllen: »Nur noch eine Minute, ich bin ja gleich fertig!«
»Machen wir lieber Schluss, Patrik. Die dreht dir den Saft ab!«
»Ach was, die Alte kann mich …«
Funkstille.
Tim nahm grinsend das Headset ab und reckte sich im Stuhl. Pat und seine Mutter, ein ständiger Bürgerkrieg im Hause Stenzel. Früher waren sie wohl gar nicht schlecht miteinander ausgekommen. Aber seit Patrik letztes Jahr sitzengeblieben war, gab es täglich Druck von oben, weil sich die Mutter einfach nicht mit der Schande abfinden konnte, dass ihr Sohn nun mal versagt hatte. Ausgerechnet in der SCHULE. Es gab ja wohl nichts Wichtigeres als die SCHULE. Mann, Mann. Dieses Erwachsenengetue um die SCHULE ging Tim extrem auf die Nerven.
Wenigstens hatte er Patrik als Gleichgesinnten, und Patrik hatte ihn. Als sie noch zusammen in eine Klasse gegangen waren, hatten sie kaum etwas miteinander zu tun gehabt.

Eigentlich hatte damals niemand etwas mit Patrik zu tun gehabt. Erst nachdem Pat einen Jahrgang zurückgestuft worden war und dort dank seiner Körperlänge und der schwarzen Klamotten noch mehr aus dem Rahmen fiel als bereits zuvor, hatten sie sich angefreundet. Sicher auch – dessen war sich Tim durchaus bewusst –, weil zu diesem Zeitpunkt längst auch mit Tim kaum noch einer der Klassenkameraden sprach. Tim fehlte seinerseits völlig das Bedürfnis, sich mit den Altersgenossen in seiner Klasse auszutauschen. Das waren wahlweise: Streber, Modetussis, Sportfreaks, Computernerds und sonst was. Nichts, was Tim interessierte. Er empfand sich selbst im tiefsten Innersten als anders – ohne genau zu wissen, auf welche Art anders. Da blieb als Freund eben nur jemand, der auch ziemlich anders daherkam.

Jemand stieg die Treppe vom Erdgeschoss aus hoch. Onkel Fredo? Tim hatte ihn vorhin vom Fenster aus gesehen, wie er im Garten mit dem Fettkloß von nebenan Fußball spielte. Zuvor hatte Knödel den Rasen mähen müssen. Das wäre normalerweise Tims Aufgabe gewesen, insofern fand er das natürlich nicht übel. Draußen ging jemand durch den Flur, an seiner Zimmertür vorbei und mit leichtem Tritt die Treppe hinauf ins Obergeschoss. Also nicht Fredo, sondern Gesche. War ja auch egal, Hauptsache, man ließ ihn in Ruhe.

Auf der Suche nach seiner Schultasche ließ Tim den Blick durchs Zimmer schweifen, ohne sich zu erheben. Tatsächlich ein bisschen unordentlich, gestand er sich ein und ergänzte innerlich: Aber aufräumen lohnt sich einfach nicht. Was lohnte sich überhaupt? Immerhin entdeckte er die Tasche auf dem Fußboden neben seinem Bett – nah genug, um sie sich mit dem Fuß angeln zu können, ohne aufzustehen.

Heute war er zum ersten Mal wieder im Biologieunterricht gewesen. Köhler, der alte Sack, hatte ihn konsequent ignoriert und sich auch jeden Kommentar über die geschwänzten Stunden verkniffen. Tim hatte sich auf seinen Stammplatz in die letzte Reihe gequetscht und die Zeit abgesessen. Sexualkunde war offenbar längst abgehakt, vom neuen Thema verstand Tim kaum etwas, weil ihm der versäumte Stoff fehlte. Egal. Hauptsache, Ruhe. Anscheinend hatte Onkel Fredo an dieser Front tatsächlich ein paar Wogen glätten können. Hätte Tim ihm nicht zugetraut.

Die überraschend konfliktfrei verlaufene Biostunde musste Tim irgendwie benebelt haben. Jedenfalls fühlte er sich im anschließenden Deutschunterricht beim alten Semmling plötzlich dazu animiert, bei der Verteilung einer Extraaufgabe den Finger zu heben. Da dies ein höchst außergewöhnliches Ereignis darstellte, erteilte ihm Semmling prompt den Zuschlag und überreichte ihm einen kopierten Text mit den Worten: »Durchlesen – Interpretation schreiben – übernächste Woche abgeben.«

Dumm gelaufen.

Tim kramte den Text seufzend aus der Schultasche und legte ihn vor sich auf die PC-Tastatur. Zwei DIN-A4-Bögen. »John Maynard«, las er laut. »Eine Ballade von Theodor Fontane. Na dann …«

Er nahm das erste Blatt in die Hand und begann mit Strophe eins.

»John Maynard!
Wer ist John Maynard?
John Maynard war unser Steuermann.
Aushielt er, bis er das Ufer gewann.
Er hat uns gerettet, er trägt die Kron'.
Er starb für uns, unsre Liebe sein Lohn.
John Maynard!«

Tim verdrehte die Augen gen Zimmerdecke und ließ das Papier aus kraftlosen Fingern zu Boden flattern. Dann sackte er nach vorn und bettete die strapazierte Denkerstirn auf die Schreibtischkante – ungeachtet eines matschigen, dort zwischengelagerten Pizzarests.

Gesche schälte sich aus ihrer leichten Übergangsjacke und hängte sie an den Garderobenständer. Bald wird man gar keine Jacke mehr brauchen, der Frühling kippt schon Richtung Sommer, dachte sie. Und ich brauche demnächst überhaupt nichts mehr. Eine Liedzeile ging ihr durch den Kopf: »Das letzte Hemd hat leider keine Taschen.« Hans Albers in »Das Herz von St. Pauli«. Hatte ihr Friedrich immer gesungen. Stimmte ja auch, mitnehmen kann keiner etwas ins Jenseits. Müsste Friedrich längst genauer wissen.
Sie nahm die kleine Plastiktüte mit dem Werbeaufdruck der Bornstedter Apotheke von der Kommode und ging damit ins Badezimmer zum Medizinschränkchen. Eine mickrige Kleinstpackung. Inhalt: ein läppischer Folienstreifen mit jämmerlich wenigen Tabletten. Davon würde sie höchstens gut schlafen, aber das konnte sie in der Regel auch ohne Tabletten ganz ausgezeichnet. Für diese minimale Ausbeute hatte sie nun das misstrauische Getue von Dr. Lorenz ertragen. Ein Blick in seinen elenden Computer und: »Frau Fried, ich habe Ihnen erst letzten Monat eine Großpackung verschrieben. Die können Sie doch unmöglich schon aufgebraucht haben!«
»Aus Versehen beim Aufräumen weggeschmissen«, hatte Gesche kühn behauptet, ohne mit der Wimper zu zucken. »Bin manchmal ein bisschen schusselig letzte Zeit.« Das zumindest war keinesfalls untertrieben.
»Dann schreibe ich Ihnen lieber nur die kleine Menge auf.«
Blöde Computer. Bei Lorenz' Vorgänger wäre das alles kein

Problem gewesen. Dr. Jurgeleit, alter Ostpreuße. War schon als Alkoholiker aus dem Krieg gekommen und führte grundsätzlich keine Aufzeichnungen. Einen Computer hätte der bestenfalls als Aschenbecher genutzt. Qualmte sogar während der Sprechstunde dicke Import-Zigarren. »Ich sehe Sie, Sie sehen mich – und wenn wir uns nicht mehr sehen, ist einer von uns beiden tot, oder es muss dringend mal wieder gelüftet werden«, war sein Standardspruch dazu gewesen. Aber bei Martins Geburt war Jurgeleit auf Zack. Die Straße zum zwanzig Kilometer entfernten Krankenhaus durch Schneewehen unpassierbar, und das Baby lag nicht richtig. Jurgeleit hatte die Zange angesetzt und Gesche hier, in ihrem Haus, von ihrem Sohn entbunden. In dem alten Haus, korrigierte sie sich, nicht in dieser Protzvilla. »Gelernt ist gelernt«, hatte sich der Arzt bei Martins erstem Schrei gefreut, und Gesche hatte sich in besten Händen gefühlt, obwohl sie wusste, dass Jurgeleit vor allem in diversen Lazaretten an der Ostfront gelernt hatte und Geburten dort eher nicht an der Tagesordnung gewesen sein konnten.

Ohne den alten Jurgeleit wäre ich schon bei Martins Geburt draufgegangen, dachte Gesche. Sie legte die kleine Tablettenpackung in den Medizinschrank, ging zurück ins Wohnzimmer und starrte aus dem Fenster in den Garten. Martin ist später trotzdem gestorben, war also vielleicht gar nicht sinnvoll, dass wir damals von der Schippe gesprungen sind.

Unten im Garten bewegte sich etwas. Sie erkannte Fredo, der sich gerade vom Nachbargrundstück aus durch die Hecke drängte. Was hatte er denn da zu suchen gehabt? Immer auf Abwegen unterwegs, der Junge. Bloß nie da lang, wo die anderen gehen, und wenn man dafür mit dem Kopf durch die Hecke muss! Trotzdem – Gesche brauchte ihren Enkelsohn nur zu sehen, und schon fühlte sie sich weniger bedrückt.

Und das warf ihre trübe Ansicht von der Sinnlosigkeit ihres Lebens sofort wieder über den Haufen. Sie hatte Martin geboren, und ohne Martin gäbe es keinen Fredo. Keinen Markus, keine Karla, keinen Tim. Es ist alles gut so gewesen, sagte sich Gesche. Ich muss es nur sauber zu Ende bringen.
Bloß, die Tabletten reichten noch lange nicht dafür. Bei Dr. Lorenz dürfte sie erst in ein oder zwei Monaten um Nachschub bitten, und dann bekäme sie garantiert auch wieder nur so eine Minipackung. Das reichte immer noch nicht. Und wer weiß, wie verblödet ihr verkalktes Gehirn bis dahin wäre. Am Ende wäre sie dann längst zu dämlich zum Schlucken.
Gab es denn keine andere Möglichkeit, in Würde abzutreten? Früher hätte man am Herd das Gas aufgedreht und den Kopf in den Backofen gesteckt. In der Protzvilla war natürlich alles elektrisch, und mit Strom kannte sich Gesche nicht gut aus. Gas, ja, das funktionierte wohl. Wenn man es denn hatte.
Gas. Vor Gesches geistigem Auge formte sich ein Bild: eine klobige, graue Stahlflasche. Der Wohnwagen von Martin und Sabine, mit dem sie ein paarmal ihren Familienurlaub verbracht hatten, damals, als Markus und Fredo noch klein waren. Den Wohnwagen gab es längst nicht mehr, aber Gesche erinnerte sich plötzlich genau an die stählerne Gasflasche aus dem Campinganhänger, die Martin im ehemaligen Hühnerstall aufbewahrt hatte. Möglicherweise befand sie sich sogar heute noch dort.
Gesche schlüpfte wieder in ihre Jacke, ging die zwei Treppen hinab und trat in den Wintergarten. Ein Hauch von Parfum hing in der Luft. Eindeutig Karla, sie musste vor kurzem hier gewesen sein. Gesche öffnete die Außentür und durchquerte den Garten. Am hinteren Ende des Grundstücks stand ein betagtes, von wildem Wein überwuchertes Backsteingebäude. Bis in die späten fünfziger Jahre hinein hatten sie hier tatsäch-

lich Hühner gehalten, später diente der Stall als Depot für Ausrangiertes. Markus hatte ihn beim Neubau der Villa nicht abreißen lassen, weil Dach und Gemäuer noch halbwegs in Schuss waren und man nie Abstellraum genug haben konnte. Drinnen knipste Gesche Licht an. Normalerweise fand man hier nicht so leicht etwas wieder. Doch diesmal steuerte sie mit Glück und einem vagen Plan im Kopf fast auf Anhieb die richtige Ecke an. Die Stahlflasche stand hinter einem Stapel hölzerner Obstkisten. Gesche zerrte sie mühsam hervor. Die bauchige Flasche hatte ein beträchtliches Gewicht und reichte ihr bis weit übers Knie. Ob überhaupt noch Gas darin war, nach all den Jahren? Am oberen Ende gab es ein Ventil und ein kleines Rädchen. Gesche spuckte darauf und rieb es mit dem Taschentuch blank. Buchstaben kamen zum Vorschein: »Zu« und »Auf« und zwei Richtungspfeile. Sie drehte probeweise das Rädchen in Richtung »Auf«. Es zischte vernehmlich, schnell schloss sie das Ventil wieder. Ist noch was drin, freute sich Gesche. Und so schwer, wie mir die Flasche vorkommt, ist sie noch so gut wie voll. Nur, wenn ich sie ungestört benutzen will, muss ich sie in meine Wohnung schleppen. Der Hühnerstall ist zu groß und zu undicht, das funktioniert hier bestimmt nicht. Ich weiß zwar noch nicht genau, wann und wo ich sterben will – aber jedenfalls nicht in einem Stall. Auch wenn's kein Stall mehr ist.

Gesche atmete tief durch, dann lupfte sie die Flasche vom Boden hoch und schwang sich den kompakten Behälter auf die Hüfte. Beinahe hätte sie das Gewicht in die Knie gezwungen, aber dann biss sie sich auf die Lippen, straffte sich und machte den ersten Schritt. Dann den nächsten. »Das letzte Hemd …«, keuchte Gesche leise und setzte im Takt des Liedes einen Fuß vor den anderen, »… hat leider keine Taschen … Man lebt nur … einmal, einmal, einmal auf der

Welt … Drum lasst uns schnell … den kleinen Rest vernaschen … Im Himmel braucht der Mensch bestimmt … bestimmt kein Geld …«

NEWSFLASH FAMILIE FRIED:

Fredo: Bin Donnerstagabend weg. Einladung. (Daneben eine unbeholfene Kugelschreiberzeichnung: Glas mit Strohhalm und Schirmchen.)

Karla: Wo ist die verdammte Mülltonne?

Tim: Fällt jemandem was zu ›John Maynard‹ ein? (Daneben Bleistiftskizze eines Steuerrads, gehalten von zwei Knochenhänden, darüber ein grinsender Totenkopf.)

Gesche: Herr von Ribbeck auf Ribbeck im Havelland.

13.

Obwohl es draußen gerade erst ein wenig dämmerte, ließ Helena Anatol in ihrer Wohnung alle Jalousien herunter, stellte die Lamellen senkrecht und zog davor noch die blickdichten Vorhänge zu. In der hereinbrechenden Dunkelheit würde sie so niemand zu sehen bekommen. Sie verbarrikadierte sich allerdings nicht bloß aus Sichtschutzgründen, gestand sich Helena ein. Bei geschlossenen Vorhängen fiel die Illusion leichter, es wäre schon spät und draußen längst Nacht. Dann konnte sie sich besser einreden, hundemüde zu sein und dringend ins Bett zu müssen. Vielleicht würde sie sogar früh einschlafen. Jetzt noch ein Glas Rotwein, das sollte funktionieren.

Helena holte sich Glas und Wein aus der Küche, öffnete die Flasche und studierte das Etikett. Luberon, Département Vaucluse. Gar nicht so kostspielig wie befürchtet, aber sie hatte eigens nach Hamburg fahren müssen, um sich den edlen Tropfen zu besorgen – und in die Großstadt fuhr sie sonst eher ungern. Sie goss ein, probierte und nickte anerkennend: Fredo Fried bewies Geschmack, zumindest hinsichtlich der Weinauswahl. Vielleicht hätte ich die geschenkte Pulle doch behalten und nicht auf sein Auto stellen sollen, dachte sie. Schade drum. Ich sollte überhaupt nicht so viel über diesen Mann nachdenken, rief sich die Lehrerin gleich wieder zur Ordnung. Das ist einfach nur ein Irrer mehr! Lars Schulz hatte ihr noch ein bisschen über Fredo Fried erzählt. Der Kollege hatte sie angesprochen, gleich am selben Tag nach der hässlichen Szene auf dem Schulhof. »Nehmen Sie es ihm bitte nicht übel, Frau Anatol! Fredo kommt manchmal etwas schräg rüber – das polarisiert dann oft, da ist man schnell Fan oder Feind. Ich sage Ihnen, früher in der Klasse – da waren wir meistens Fans!«

Das hatte Schulz noch mit einem albernen Kichern garniert und sie mit dieser weisen Belehrung stehenlassen. Helena hatte nicht vor, sich in der Fredo-Fried-Fankurve einzureihen. Feindschaft musste natürlich auch nicht sein. Und was Tims Biolehrer, Herrn Köhler, betraf – da war wohl tatsächlich nicht alles ganz sauber gelaufen. Von ihr mit Fredos Vorwürfen konfrontiert, hatte der sonst eher forsche Köhler ziemlich defensiv reagiert, alles relativiert und sich auf die kaum widerlegbare Behauptung zurückgezogen, er hätte ja längst alle Unstimmigkeiten mit Tim ausgeräumt, wenn der Junge denn wenigstens mal zum Unterricht erschienen wäre.

Tatsache war, dass man in der Schülerpersonalie Tim Fried keinen Deut weitergekommen war. Helena Anatol nahm einen weiteren Probierschluck aus ihrem Weinglas und schob alle Gedanken an berufliche Probleme beiseite. Tatsache war leider auch, dass sie hier zu einer Stunde, da Normalbürger gerade mal mit dem Abendbrot durch waren, bei abgedunkelten Fenstern mit einem Schlummertrunk im Sessel saß, um sich gleich für eine weitere, für gewöhnlich weitgehend schlaflose Nacht ins Bett zu begeben. Helena schlug dieses freudlose Dasein plötzlich enorm aufs Gemüt.

Ich muss mal raus, entschied sie augenblicklich. Es ist zwar bloß Bornstedt, aber sogar hier müsste es doch einen Ort geben, an dem man abends ein paar andere Gesichter sieht als tagsüber. Hunger hatte sie außerdem. Sogar ziemlich großen, wie sie nun erst feststellte. Kurzentschlossen sprang sie auf, schnappte sich Jacke und Handtasche und verließ die Wohnung. Bis zur Kirche waren es nur ein paar hundert Meter, dort im Umfeld gab es ein paar Restaurants. Nichts Großartiges, aber immerhin. Helena entschied sich für Pizza und einen rustikalen Laden namens »Feuerofen«.

Drinnen drückte sie sich hinter einen unbesetzten Ecktisch und sah sich um. Tatsächlich überwiegend unbekannte Gesichter, das war doch schon mal was. Nur ein ältliches Paar aus ihrer Nachbarschaft. Und ein Jugendlicher aus der Oberstufe, den sie aber noch nie unterrichtet hatte und der sie deshalb auch nicht weiter beachtete. Gerade als Helena ihr Essen bestellte – kleiner Bauernsalat, Pizza Frutti di Mare –, öffnete sich die Tür, der nächste Gast trat ein, stutzte nur kurz und steuerte dann gleich auf ihren Tisch zu.

»Frau Anatol! Guten Abend. Sie habe ich hier ja noch nie getroffen!«

Kollege Köhler. Ausgerechnet. Mit dem hatte sie eigentlich noch nie wirklich gesprochen, abgesehen neulich von der Problemdiskussion um Tim Fried. Na gut, dachte Helena, er wird ja wohl nicht ausgerechnet hier bei mir …

»Wenn Sie auch ohne Begleitung hier sind – vielleicht darf ich mich zu Ihnen setzen?«

Da war schlecht etwas zu machen, ohne grob zu sein, entschied Helena und wies auf die freien Plätze an ihrem Tisch. »Bitte. Freie Auswahl. Guten Abend, Herr Köhler.«

Der Kollege setzte sich und schien sich tatsächlich zu freuen. »Alleine essen gehen ist langweilig. Aber ich hatte Heißhunger auf Pizza. Und eine bringen lassen, so lauwarm in der Pappschachtel – also, nein. Am Ende balanciere ich die Pappe noch auf den Knien und futtere Pizzastücke mit bloßen Händen. Nein, dann lieber im Restaurant am Tisch essen. So viel Selbstdisziplin muss sein.«

»Wenn's zu Hause keiner sieht«, konnte sich Helena nicht verkneifen, »dann kommt es doch nicht so darauf an.«
»Finden Sie Disziplin unwichtig?«, hakte Köhler sofort nach. Helena zuckte nur andeutungsweise mit den Schultern und ärgerte sich bereits, dass sie sich überhaupt zu einer Äußerung hatte hinreißen lassen.
Köhler registrierte ihren Unwillen, reagierte aber überraschend zurückgenommen. »Ich möchte bloß keine Welt ohne Regeln. Und Regeln erfordern Disziplin. Auch Selbstdisziplin. Sonst gerät alles aus den Fugen, das ist nicht gut.«
»Wie wär's, wenn wir einfach Pizza essen?«, schlug Helena vor. »Und möglichst nicht über Disziplin, Regeln oder gar die Schule reden?«
Köhler lächelte – was überraschend charmant aussah, wie seine Kollegin feststellte. »Absolut einverstanden, Frau Anatol. Nur das will ich zuvor loswerden: Tim Fried nimmt wieder am Biologieunterricht teil, das Missverständnis ist aus der Welt. Und nun gehen wir zum Feierabend über. Ohne Schule, versprochen! Haben Sie schon etwas zu trinken bestellt? Ich bevorzuge italienische Rotweine. Der französische wird meines Erachtens überschätzt. Darf ich Ihnen den Montepulciano empfehlen?«
»Sie dürfen«, grinste Helena.
Ihr Kollege grinste entzückt zurück und winkte den Kellner heran.

Ich bin tatsächlich ein ganz kleines bisschen nervös, gestand sich Fredo ein. Ein Date mit der Flamme aus dem Konfirmandenunterricht, da flattert man doch wie mit fünfzehn. Zumal die Verabredung mit Katrin Gehrke/Weller/geschiedene Weller unter Aufbietung der Enthemmungsfaktoren Zweisamkeit und Cocktails stattfinden würde. Das hätten sie sich

vor zwanzig Jahren nicht getraut. Dafür lohnte es sich doch, erwachsen zu werden.
Heute war Donnerstag. Date-Day. Allerdings erst kurz vor Mittag. Er stand vor Markus' weit geöffnetem Kleiderschrank und wählte für den Abend ein flott geschnittenes Sportsakko und eine leichte Leinenhose, für jetzt sofort Jeans und Sweatshirt. Einen Blumenstrauß sollte er für Katrin besser auch noch besorgen, fiel Fredo ein. Das ließe sich gleich erledigen, wenn er Karla von der Schule abholte.
Um diesen Gefallen hatte ihn Karla gestern gebeten. Nach dem Mittagessen hatte sie gewartet, bis Gesche und Tim die Küche verlassen hatten, und Fredo dann angesprochen. »Ich muss morgen aus dem Kunstunterricht eine große Papprollenskulptur mit nach Hause nehmen. Auf dem Fahrrad kriege ich das nicht unfallfrei hin – kannst du mich fahren? Um vierzehn Uhr, Treffpunkt Schulparkplatz?«
Fredo hatte sofort zugesagt. Erstens war es ja keine große Sache. Zweitens freute es ihn, von Karla um Hilfe gebeten zu werden. Seit er in Bornstedt war, hatten sie kaum miteinander gesprochen. Fredo kam es sogar so vor, als ginge ihm seine Nichte ganz bewusst aus dem Weg. Im Prinzip störte ihn das nicht so sehr. Aber immer, wenn sie sich im Haus begegneten, fiel Fredo ein, wie wenig er eigentlich über Karla wusste. Allerdings begegneten sie sich nicht sehr oft. Und Karla schien ja auch keine großen Probleme zu haben. Immerhin war sie nun mit einem kleinen Problem zu ihm gekommen, da half er ihr gerne. Fredo sah auf die Uhr: Viertel vor zwei.
Zeit zum Abholen.

»Nein, die große Klassenarbeit schreiben wir frühestens Ende nächster Woche. Montag erst mal den Vokabeltest.«
Ein Haufen aufgeregter Fünftklässler bedrängte Helena

Anatol auf ihrem Weg durch die Aula. Für die Kinder war Englisch das neue Schulfach und daher noch eine große Sache. Jedenfalls für die Mädchen. Von den Jungen waren die meisten längst nach draußen gerannt, um die besten Plätze im Schulbus zu besetzen oder sich zu Fuß oder per Fahrrad schleunigst auf den Heimweg zu begeben. Die Mädchen wollten alles ganz genau wissen: Vokabeltest über alle Lektionen ihres Schulbuchs oder nur die letzten beiden? Wie viele Vokabeln werden abgefragt? Wie lange würden sie schreiben? Zählte der Vokabeltest nur halb so viel wie die Klassenarbeit? Ginge er in die schriftliche oder in die mündliche Bewertung ein? Die Lehrerin stand geduldig Rede und Antwort, bis die Meute endlich von ihr abließ. Fünftklässler sind anstrengend, fand sie – aber Mittelstufenschüler, die sich überhaupt nicht mehr für den Unterricht interessieren, sind noch anstrengender.

Sie rückte ihre Umhängetasche zurecht, die ihr im Eifer des Gefechts von der Schulter gerutscht war, und strebte dem Ausgang entgegen. Im Korridor zum Lehrerzimmer stand Köhler im Gespräch mit Kollegen, er entdeckte Helena und winkte ihr gut gelaunt zu. Helena winkte zurück, schob die große Glastür auf und trat ins Freie.

Der Abend gestern in der Pizzeria war wider Erwarten recht angenehm verlaufen. Köhler – Wolfgang, verbesserte sich Helena, man war nach der Flasche Montepulciano zum Du übergegangen – hatte sich von seiner besten Seite präsentiert. Vielleicht besaß er sogar gar keine schlechte. Er war noch keine vierzig Jahre alt, lebte unverheiratet und kinderlos in einer kleinen Eigentumswohnung, nahm seinen Beruf offenbar ernst und zeigte Interesse für moderne Kunst und Städtereisen – damit konnte er bei Helena schon mal punkten. Außerdem schien er Kinder tatsächlich zu mögen, denn in seiner

Freizeit trainierte er sogar noch eine Jugendfußballmannschaft. Die Art und Weise, in der Köhler – Wolfgang – ihr begeistert von »seinen Jungs« vorgeschwärmt hatte, fand Helena ganz niedlich. Wirklich, der Abend war überraschend angenehm gewesen. Weitaus angenehmer als die Pizza an sich, die mit einer Überdosis Billigkäse zugepappt gewesen war, an der Helena immer noch kaute.
Sie ging über den Schulhof und freute sich über die warmen Sonnenstrahlen. Eigentlich lief es für sie gar nicht so schlecht in Bornstedt. Als Helena die kleine Treppe zum Parkplatz hinabstieg, kämpfte sie sogar gegen das aufsteigende Hochgefühl an, die Stufen ganz albern herunterzutänzeln.
Bis sie einen verschrammten Mercedes E-350 sportlich in die Parkplatzeinfahrt brettern sah. Fredo Fried drehte eine quietschende Ehrenrunde ums Buchsbaumrondell herum und brachte seinen Wagen unmittelbar vor einem Pulk junger Schulmädchen zum Stehen.

Da steht sie ja, dachte Fredo, als er seine Nichte zwischen ihren Klassenkameradinnen entdeckte. Karla trug eine psychedelische Monsterkreation aus buntgefärbten Pappröhren in den Händen – Haushaltsrollen, Alufolie und Klopapier, erkannte Fredo – und schickte ihm ein strahlendes Lächeln entgegen, als er aus dem Wagen stieg und zu ihr ging. Die blonde Gazelle stand auch in dem Grüppchen und klimperte mit seidenweichen Wimpern. Juliane, erinnerte sich Fredo. Aufgebrezelt nach allen Regeln der Kunst, die anderen Damen überwiegend auch. Und alle sehen mich so merkwürdig an …
»Fredo, wie süß, dass du mich abholst!«, begrüßte ihn Karla überschwenglich und überreichte ihm gleichzeitig ihr fragiles Kunstwerk. »Bitte nicht fallen lassen«, vergatterte sie ihren

Onkel zu weitgehender Bewegungslosigkeit – und stellte Fredo damit vor erhebliche Probleme. Denn im gleichen Atemzug ereilte ihn ein Déjà-vu: Karlas schlanke Arme um seinen Hals, hellblaue Augen mit Silberglanz in Nahaufnahme, ihr Mund auf seinem. Mit dem Unterschied, dass ihre Lippen diesmal keineswegs verkrampft wirkten. Er spürte sogar eine vorwitzig sondierende Zungenspitze – dann war der Spuk vorbei, noch bevor Fredo sich für eine irgendwie angemessene Reaktion zu entscheiden vermochte. Angesichts der mit offenen Mündern staunenden Mädchenschar hoffte er zumindest, ein halbwegs souveränes Bild abzugeben.

»Hier rein, aber bitte vorsichtig!«

Karla riss bereits die hintere Seitentür der Limousine auf und dirigierte Fredo zum Wagen, wo sie ihm dabei half, das Monsterkunstwerk auf der Rückbank zu verstauen. Dabei verschwanden sie beide vornübergebeugt mit ihren Köpfen im Wagen.

»Was soll der Zirkus?«, zischte Fredo das Mädchen an.

»Bitte, halt die Klappe, mach einfach mit!«, zischte Karla flehend zurück. Bevor Fredo darauf antworten konnte, fühlte er, wie Karlas Hand über seinen rücklings aus der Limousine gereckten Hosenboden strich und neckisch den Bund seiner Jeans unterwanderte. Wie elektrisiert fuhr er hoch und knallte prompt unsanft mit dem Kopf gegen die Wagendecke.

»Einfach mitmachen«, hörte er seine Nichte noch einmal zischeln, dann zog sie sich wieder nach draußen zurück. Fredo rappelte sich hinterher und bekam gerade noch mit, wie sich Karla ausgesprochen lässig von ihren Freundinnen verabschiedete.

»Ciao, Juliane! Mädels … bis morgen dann …«

Okay, dachte Fredo, wenn du es so haben willst. Er öffnete in

großer Geste die Beifahrertür und lächelte Karla zuckersüß an. »Einsteigen, Liebling – sonst kommen wir zu spät zum Essen!«
Karla lächelte zurück und schickte sich an, in den Wagen zu steigen. Fredo passte den Moment ab, da sie leicht in die Knie ging, um ihre Schultasche vor dem Sitz abzustellen – und kniff ihr in die Hinterbacke. Diesmal war es das Mädchen, das raketengleich in die Höhe schoss. Die Wagendecke verfehlte sie zwar, dafür gellte ihr spitzer Schreckensschrei über den ganzen Parkplatz.
»Was für eine Versuchung.« Fredo zwinkerte der immer noch wie vom Donner gerührten Mädchenschar verschmitzt zu und deutete eine Verbeugung an. »Da kann ich einfach nicht widerstehen.«
Karla hatte sich bereits auf den Beifahrersitz geflüchtet und die Tür zugeknallt, also stieg Fredo nun auch ein und ließ den Motor an. Bevor er dem Benz die Sporen gab, sah er Helena Anatol quer über den Parkplatz auf sich zueilen, mit versteinerter Miene und langen Schritten. Mal wieder keine Spur von Hüftschwung, bedauerte Fredo, startete durch und rollte vom Hof. Im Rückspiegel beobachtete er, wie Helena neben der blonden Juliane stehen blieb und aufgeregt mit ihr debattierte. Dann fiel sein Blick auf das Papprollenkunstwerk im Fond, danach auf Karla, die stocksteif in den Sitzpolstern lehnte und stur geradeaus sah.
»Da hast du aber was Feines gebastelt«, lobte Fredo übertrieben onkelhaft.
Wortlos langte Karla nach ihrer Schultasche und feuerte sie auf die Rückbank, wo sich die Monsterkreation unter dem Granateneinschlag augenblicklich in sämtliche Einzelteile zerlegte.

»Blumen? Wie süß! Hach, wenn du an so etwas schon vor zwanzig Jahren gedacht hättest ...«

»Da hättest du mir auch keine Cocktails serviert.«

»Weil du nach dem ersten Drink schon zu blau zum Küssen gewesen wärest!«

»Jetzt bin ich stocknüchtern«, offenbarte Fredo treuherzig und hielt Katrin auffordernd die Wange hin. Sie lachte und küsste ihn sanft. Züchtig auf die dargebotene Wange. So züchtig, wie es eben möglich war, wenn man aussah wie Katrin mit Mitte dreißig und die Bluse so weit offen stehen ließ wie die Katrin mit fünfzehn. Außerdem trug sie Shorts. Und zwar, beurteilte Fredo mit Kennerblick auf die makellosen Beine, völlig zu Recht.

»Komm rein. Ich dachte, wir setzen uns noch auf die Terrasse.« Das »noch« hörte sich ziemlich bedeutungsschwanger an, fand Fredo, als er Katrin durch Flur und Wohnzimmer zur Terrasse folgte. So wie: noch mal kurz draußen durchlüften, und dann aber ab ins Haus und nix wie rein ins Bett. Aber vielleicht vernebelten Shorts, Dekolleté und eigene Hormone bloß seine Wahrnehmung. Wäre nicht das erste Mal. Lass den Kopf eingeschaltet, ermahnte sich Fredo. Bist doch keine fünfzehn mehr. Zum Glück.

Auf der großen Terrasse standen keine Stühle. Dafür gab es ein hölzernes Gebilde aus zwei doppelsitzigen Bänken, einander gegenüber hängend in einem Gestell, welches nach dem Prinzip einer Schiffsschaukel konstruiert war.

»Setz dich«, forderte Katrin ihn auf, »ich hole die Drinks. Magst du eine Caipirinha?«

»Sehr gerne«, sagte Fredo und bestieg eine der Schaukelbänke, während Katrin wieder im Haus verschwand. Fredo versetzte die Schaukel in sanfte Schwingung und atmete durch. Alles sehr friedlich. Und da Knödel nicht zu Hause war,

ballerte auch keiner gegen irgendwelche Schuppentüren. Sehr erholsam. Nebenan hatte er sich heute Nachmittag nicht so entspannt gefühlt.
Auf der Rückfahrt von der Schule hatte Fredo vergeblich auf eine erklärende Äußerung Karlas gewartet und sie schließlich selbst auf den Grund für die wiederholte Kuss-Attacke angesprochen. Es ginge um eine Wette, hatte das Mädchen endlich zögerlich erklärt. Die hätte sie verloren und deshalb einen Jungen küssen müssen. Irgendeinen. Einen Fremden oder gar einen Mitschüler habe sie nicht abknutschen mögen. Bei Fredo blieb es ja irgendwie in der Familie und deshalb harmlos, und da die anderen nichts von ihrer Verwandtschaft wussten, konnte sie so ihre Wettschuld elegant begleichen. Und warum, wollte Fredo wissen, gleich zweimal? Weil beim ersten Mal nur Juliane Zeugin war und die anderen ihr nicht glauben wollten. Aber nun sei alles erledigt – also bitte, Schwamm drüber.
Fredo hatte genug Telenovela-Folgen erfunden, um fast jede unsinnige Geschichte für potentiell möglich zu erachten. Karla in diesem Fall nicht zu glauben hätte ihm auch nicht weitergeholfen, denn seine Nichte signalisierte deutlich, dass damit alles gesagt sei. Nach dem Essen zog sie sich sofort in ihr Zimmer zurück und ward für den Rest des Tages nicht mehr gesehen. Fredo fand trotzdem keine Ruhe, denn zu Tim kam wieder mal Patrik Stenzel, der Fürst der Finsternis. Vermutlich zelebrierten die beiden schwarze Messen oder dergleichen, denn aus Tims Zimmer tönte an diesem Nachmittag zur Abwechslung mal nicht Rammstein, sondern ein teuflisch schrilles Violinenkonzert – auf voller Dröhnung, wie üblich.
Doch jetzt, hier auf Katrins Terrasse, war alles gut. Fehlte nur die Dame des Hauses, aber die ließ nicht lange auf sich war-

ten. Katrin erschien mit zwei perfekt gemixten Caipirinhas und setzte sich damit ganz unkompliziert neben Fredo auf die Bank. Der interpretierte das als Steilvorlage und legte ihr spielerisch die Hand um die Schultern. Katrin ließ das nicht bloß zu, sondern kuschelte sich behaglich bei Fredo an, während sie sich zuprosteten und tranken.

»Hier sitzt man gut«, stellte Fredo fest. »Nette Schaukel.«

»Kommt aus Finnland«, meinte Katrin. »Beutestück von Paul. Mein Ex.«

»Dein Beutestück? Oder Pauls?«

»Erst Pauls, jetzt meins. Paul hat die Lebendbeute behalten. Eine Finnin, auf Geschäftsreise kennengelernt. Leben jetzt keine zehn Kilometer entfernt, in Brokhusen.«

»Oha, in dem Kaff ist ja noch weniger los als hier«, entfuhr es Fredo.

Katrin lachte und nippte an ihrem Glas. »Kann ich nicht beurteilen, ich fahre da nie hin. Höchstens, um Daniel bei seinem Vater abzuwerfen.«

»Wie lange bist du mit dem Jungen schon allein?«

»Zwei Jahre. Ist nicht immer einfach.«

»Kann ich mir vorstellen.«

Sie stellte ihr Glas auf die freie Bank. »Du kannst dir vieles vorstellen, was? Ein Mann mit Phantasie. War schon immer deine Stärke.« Spielerisch strich Katrins Hand durch Fredos Frisur. »Und wie nett du mit Daniel gespielt hast … Er hat noch tagelang von dir geschwärmt.«

Das ging in die falsche Richtung, fand Fredo. Schließlich wollte er nicht mit Knödel in die Kissen. Er stellte ebenfalls sein Glas ab.

»Wenn hier jemand geschwärmt hat, dann ich früher von dir.«

Sie blinzelte neckisch. »Bloß früher?«

»Kaum sehe ich dich wieder, springe ich vor Freude nackt durch den Garten. Das ist wohl kaum zu überbieten!«
Katrin lachte herzlich. »Höchstens zu wiederholen!«
»Wenn du mitmachst …«
»Damit wäre ich überfordert«, wehrte sie ab, immer noch lachend.
»Bornstedt vermutlich auch«, zuckte Fredo die Achseln.
»Was im Haus passiert, sieht Bornstedt nicht.« Ihr Lachen wich einem forschenden Blick aus blauen Augen. Fredo wurde augenblicklich die Kehle trocken.
»Dann sollten wir besser reingehen«, brachte er gerade noch hervor – schon fielen sie übereinander her, als hätte jemand den Startschuss zur Akkordknutsch-WM abgefeuert. Erst als die Schaukel in wilde Schwingungen geriet und die Caipirinhagläser über die Terrasse rollten, ließen sie atemlos voneinander ab.
»Komm mit.«
Katrin nahm Fredo bei der Hand und führte ihn ins Haus. Ihr Schlafzimmer lag im Obergeschoss, doch auf der Treppe kamen ihr plötzlich Bedenken. Sie schlang die Arme um Fredo und fragte: »Es ist immer noch mein altes Eheschlafzimmer … Das nervt. Können wir zu dir?«
»Sicher. Ich hab sogar ein eigenes Bad. Und ein Doppelbett.«
»Dann los.« Sie wirkte erleichtert.
Im Hause Fried lag das Erdgeschoss verwaist im Halbdunkel. Patriks Fahrrad stand nicht mehr vor der Tür. Aus den oberen Etagen drang nur ein dezenter Mix aus TV-Gedudel und Rammstein – sowohl Gesche als auch Tim hatten die Lautstärke ausnahmsweise moderat heruntergeregelt. Von Karla hörte man, wie üblich, nichts. Fredo und Katrin schafften es mit nur zwei Knutschpausen durch den Flur bis in die Gäste-Suite. Den Weg von der Tür bis zum Bett pflasterten sie mit

den Klamotten, die sie sich gegenseitig vom Leib zerrten. Katrin sah nackt genauso knusprig aus, wie er sie sich schon dereinst in seinen verwegensten Konfirmandenunterrichtsphantasien ausgemalt hatte, stellte Fredo vorfreudig fest. Doch kaum lagen sie unter der Decke, trat Katrin auf die Bremse.

»Verhütest du gar nicht?«

»Ähm …« Kalt erwischt.

»Ich habe die Pille schon vor der Scheidung abgesetzt. Und seitdem …« Sie lupfte die Decke und quietschte vor Wonne. »Hast du denn gar nichts hier? Kein Kondom weit und …«, sie riskierte noch einen Tieftaucherblick unter die Decke und tauchte grinsend wieder auf: »… breit?«

Kein Kondom, dachte Fredo verzweifelt, weder weit noch breit – und dann hörte er im Geiste plötzlich Tims Stimme sagen: Bei Papa im Nachttisch liegen immer welche, ich bräuchte bloß eins zu nehmen.

»Bin gleich wieder da!«, verkündete er, sprang aus dem Bett und rannte hinüber in das Schlafzimmer seines Bruders. Nachttisch. Schublade. Kondome, eine fast volle Packung. Markus, der Gott der Familienplanung. Halleluja. Nacktflitzersprint zurück ins Gästezimmer. Vor dem Bett präsentierte er der erwartungsvoll aufblickenden Katrin seine Beute mit einem Triumphtusch.

»Tätääă!«

Katrin quietschte vor Begeisterung. »Soll ich dir beim Überziehen helfen?«

Fredo fischte bereits ein Präservativ aus der Packung und streifte die Verpackungsfolie ab. »Mach ich selbst. Geht schneller.«

Was sich als Trugschluss erwies. Fredo pfriemelte umständlich an sich und dem widerspenstigen Gummi herum und hatte dabei das fatale Gefühl, als versuche er, einen Medizinball im Minigolfcourt einzulochen.

»Ich mach mal Licht.« Katrin langte nach der Nachttischlampe und knipste sie an.

In diesem Moment zerplatzte die Scheibe der Terrassentür und regnete in tausend klirrenden Splittern auf den Teppich.

14.

Fredo starrte entgeistert auf den Mann, der durch die nicht mehr vorhandene Scheibe ins Zimmer sprang, beidhändig den Betonfußständer eines Gartenschirms schwingend. Einen Sekundenbruchteil später folgte eine zweite Gestalt und bremste den Berserker mit beherztem Schultergriff.

»Bist du irre – stehen bleiben, Wolfgang!«

»Verdammter Kinderschänder!« Köhler riss sich heftig los.

Beim Klang dieser Stimme kam Katrin überrascht unter der Decke hervor, die sie sich im ersten Schock über den Kopf gezogen hatte. »Köhler? Coach Köhler?«

»Frau Weller?« fragte Köhler und stellte verblüfft die Betonkeule ab.

»Frau Anatol?«, staunte Fredo und wurde sich erst jetzt seiner Blöße bewusst. »Bleiben Sie nur kurz oder wollen Sie auch ablegen?«

»Ziehen Sie sich gefälligst an!«, brauste Köhler wieder auf, bevor Helena Anatol darauf antworten konnte. »Wo ist das Mädchen?«

»Was für ein Mädchen, Fredo?«, erkundigte sich Katrin, plötzlich etwas misstrauisch.

»Tja – was für ein Mädchen?«, wiederholte Fredo ratlos.

Helena Anatol schob sich energisch zwischen Köhler und Fredo. »Karla. Ihre Nichte. Die Sie vorhin auf dem Schulhof abgeknutscht haben.«

»Du hast die kleine Karla abgeknutscht?« In Katrins Stimme klang jetzt mehr Abscheu als Erstaunen.

Allmählich wurde Fredo sauer. »Haben Sie etwa angenommen, ich liege hier mit Karla im Bett?«
Helena Anatol wirkte nur leicht verunsichert. »Nach allem, was sie ihren Klassenkameradinnen erzählt hat …«
»Ist ja nicht zu fassen!«, fauchte Katrin, sprang aus dem Bett, raffte blitzschnell ihre notdürftigsten Kleidungsstücke vom Boden, hüpfte geschickt über die Scherben hinaus auf die Terrasse und verschwand splitternackt in der Dunkelheit.
Fredo trat zum Kleiderschrank, zog seinen Bademantel heraus und schlüpfte hinein.
»Sprechen wir doch gleich selbst mit Karla. Aber Rambo geht vor die Tür.« Fredo wies auf Köhler, der ihn noch immer grimmig anstarrte. »Und seien Sie froh, dass ich nicht die Polizei rufe!«
Köhler wollte erneut aufbrausen, da schaltete sich Helena energisch ein. »Wolfgang, es reicht! Du wolltest mich begleiten, und ich habe das angenommen – vielen Dank. Aber jetzt mache ich besser alleine weiter. Geh nach Hause. Wir sehen uns morgen, okay?«
Ihr Kollege atmete tief durch – dann wandte er sich wortlos ab, ging nach draußen und entfernte sich. Fredo wartete ab, bis der Mann außer Sicht geriet, und wandte sich dann an die Lehrerin. »Wer ist das eigentlich?«
»Wolfgang Köhler. Mein Kollege.«
»Der Bio-Köhler? Unser Superpädagoge? Herzlichen Glückwunsch.« Fredo schlüpfte in ein Paar Sandalen, wuchtete den Sonnenschirmständer hoch und stellte ihn nach draußen vor die Terrassentür. Unter seinen Schuhen knirschten Glassplitter wie verharschter Schnee. »Warum haben Sie nicht einfach an der Tür geklingelt?«
»Habe ich. Sie waren wohl zu … beschäftigt.«
»Allerdings. Aber nicht mit Karla.«

»Offensichtlich nicht.«
»Was dagegen, wenn ich mich lieber ganz anziehe? Nicht, dass Sie mir noch vorwerfen, ich würde mich meiner Nichte im Bademantel nähern!«
»Nur zu.«
Helena Anatol wandte sich diskret ab und gab Fredo so Gelegenheit, den Bademantel fallen zu lassen und stattdessen in seine Kleidung zu schlüpfen. Dabei trat sie fast auf eine kleine Pappschachtel am Boden. Sie ging kurz in die Hocke und angelte sich die Schachtel. Fredo, nun vollständig bekleidet, schnappte ihr die Kondome aus der Hand. Ihre Blicke kreuzten sich, dann sah Helena auf die bunte Schachtel. »Super Small?«
»Sind nicht meine.«
»Hat man gesehen.«
»Das konnte man sehen?«
Helena nickte, scheinbar todernst – doch dann entdeckte Fredo ein verräterisches Zucken um ihre Mundwinkel herum. Das gab ihm augenblicklich den Rest: Er platzte vor Lachen – bestenfalls eine Zehntelsekunde vor Helena Anatol, für die es nun auch kein Halten mehr gab. Sie verausgabten sich in ungezügelten Heiterkeitseruptionen, bis sie beide nichts mehr konnten als nur noch nach Luft schnappen. Fredo wischte sich die Lachtränen aus dem Gesicht und feuerte die Kondome auf den Nachttisch.
»Mannomann! Jedenfalls wissen wir jetzt, warum Tim im Biounterricht so kläglich an dem Holzpenis gescheitert ist …«
Auch Helena sammelte sich und wurde schnell wieder ernst. »Was ich noch nicht weiß, ist, was tatsächlich mit Ihnen und Karla los ist.«
Fredo schüttelte missmutig den Kopf. »Wie Sie wollen. Kommen Sie mit.«

Er ging voran, Helena folgte ihm die Treppe hinauf. Hier vernahm man immer noch moderate Hintergrundgeräusche im TV-und-Rammstein-Mix, aber in Karlas Zimmer herrschte offenbar Ruhe – bis Fredo vernehmlich an die Tür klopfte und das Mädchen tatsächlich nach einigen Momenten der Stille öffnete.

»Ja? Oh – Frau Anatol …?«

»Guten Abend, Karla«, übernahm Helena sofort die Initiative. »Entschuldige bitte die Störung, aber ich muss dringend mit dir sprechen. Darf ich einen Moment hereinkommen?«

»Okay …« Karla trat überrumpelt beiseite und ließ die Lehrerin ins Zimmer. Fredo folgte ungefragt nach. Zum Glück sah es bei Karla nicht so chaotisch aus wie in Timmies Bude, dachte er. Bei dem würde die Anatol garantiert gleich Kammerjäger und Gesundheitsamt alarmieren.

Helena kam gleich zur Sache. »Karla, ich habe da heute Mittag auf dem Schulparkplatz etwas gesehen. Du warst dabei, und dein Onkel auch.«

Karla wurde rot.

»Verstehe mich bitte richtig«, setzte die Lehrerin nach. »Liebe ist etwas ganz Wundervolles. Aber du bist erst fünfzehn, dein Onkel ist ein erwachsener Mann. Und so, wie er dich geküsst hat, war ich etwas … besorgt. Und deshalb habe ich bei deinen Klassenkameradinnen nachgefragt.«

»Etwa bei Juliane?«, entfuhr es Karla erschrocken.

»Fragen Sie lieber mal nach, wer hier wen geküsst hat«, grätschte Fredo dazwischen. »Ich bin sozusagen vergewaltigt worden!«

»Ach ja?«, herrschte ihn Helena jetzt aufgebracht an. »So wie bei Ihrem Ausflug neulich nach Sylt, wo Sie mit Karla in den Dünen gelegen haben, an der Haut – ich zitiere die von Karlas Freundinnen überlieferte Formulierung – ›nur Wind und

Sand‹? Oder während der romantischen Frühlingsnacht mit zärtlichen Liebesspielen an der Elbe, erst vor ein paar Tagen? Oder …«

Helena Anatol hielt inne. Karla ließ sich auf ihr Sofa fallen, krampfte sich zusammen und vergrub das Gesicht in den Händen. Gleichzeitig bot Fredo ein Bild völligen Erstaunens: Brauen hochgezogen, Blick verständnislos, Kinnlade abgesackt – das personifizierte Fragezeichen.

»Ist nicht wahr, oder?«, fragte Helena nach, nun doch ziemlich erschüttert.

Fredo brauchte ein paar Sekunden, bis er sich zur Antwort aufrappelte. »Nein. Ist kein Stück wahr.«

Helena trat zum Sofa und setzte sich neben das Mädchen, deren Schultern verdächtig zuckten. Doch als die Lehrerin tröstend den Arm um sie legen wollte, sprang Karla wie angestochen auf, zornbebend.

»Was mischen Sie sich da ein, verdammt! Können Sie mich nicht einfach in Ruhe lassen!«

»Kann sie nicht«, schaltete sich Fredo ein. »Und ich kriege den Ärger, hast du ja gesehen! Also bitte – erklär das mal!«

Karla schnaubte. »Schon gut! Ja, ich hab gelogen! Weil es nun mal nervt, wenn alle anderen – vor allem Juliane – andauernd von ihren heißen Jungsgeschichten reden und einen dabei so mitleidig ansehen, als hätte man keine Ahnung. Als gehöre man noch in die Sandkiste. Als wäre man eigentlich überhaupt nicht vorhanden!«

Helena nickte verständnisvoll. »Und damit sie dir deine Berichte von den heißen Ausflügen mit deinem Onkel abnehmen, bist du ihm heute öffentlich um den Hals gefallen.«

»Na und?«, schrie Karla verzweifelt. »Das tut ihm doch nicht weh! Mir auch nicht! Aber Sie mischen sich ein, und jetzt

habe ich mich komplett lächerlich gemacht! Die machen mich fertig, Juliane und die anderen …«
»Die wissen doch immer noch nicht, ob du gelogen hast«, gab Fredo zu bedenken. »Wir sagen denen nichts, und fertig.«
Über Karlas Gesicht huschte eine Spur von Hoffnung, bis Helena Anatol diese Anwandlung mit ihrem Einwand abwürgte: »Ich habe Juliane gegenüber bereits offenbart, dass Herr Fried dein Onkel ist, Karla. Außerdem ist auch mein Kollege Köhler über die Angelegenheit informiert. Wir werden also schon darüber sprechen müssen.«
Karla schlug wieder verzweifelt die Hände vors Gesicht.
»Falls das hilft«, versuchte Fredo zu trösten, »ich könnte deinen Freundinnen gegenüber bezeugen: ein Kuss aus dem Sandkasten war das heute nicht.«
»Ach, halt die Klappe, Fredo …«, schluchzte Karla.
Helena Anatol erhob sich vom Sofa. »Mit Lügen reitet man sich nur immer weiter in den Sumpf, Karla. Glaub mir – ich weiß, wovon ich spreche. Aber du musst Juliane und den anderen nicht alleine gegenübertreten. Ich komme morgen in der großen Pause zu euch. Dann verziehen wir uns in eine stille Ecke und klären das. Und nach ein paar Tagen ist alles durch, ganz sicher. Abgemacht?«
Karla schluchzte still vor sich hin, raffte sich aber zu einem schwachen Nicken auf. Ist sowieso nichts mehr zu machen, dachte sie. Hauptsache, die lassen mich endlich allein.
Und das taten sie.
Fredo ging wieder voran. Die Lehrerin folgte ihm schweigend die Treppe hinunter, durch den langen Flur und bis zur Haustür. Fredo wollte schon öffnen, aber dann ließ er die Klinke wieder los, lauschte ins Leere und sah Helena dann fragend an. »Hören Sie?«
Sie horchte überrascht auf. »Nein.«

»Dieser Abend schreit nach einem Cognac.«
Sie konnte nicht anders – sie musste einfach schmunzeln.
»Machen Sie auch mal Pause, Sie Charmebolzen?«
»Nur, wenn man mir die Scheibe einschlägt.«
»Hat ja nicht lange geholfen.«
»Ich bin eben nicht nachtragend.«
Helena Anatol lächelte. »Nein, ich glaube, das sind Sie wirklich nicht. Sie haben weder Ihrer Nichte noch mir Vorwürfe gemacht, obwohl wir Ihnen ganz schön den Abend versaut haben. Danke.«
»Also doch Cognac?«, erkundigte sich Fredo hoffnungsfroh. »Ich finde, den hätten wir uns beide verdient.«
»Gerne«, willigte Helena ein. Sie folgte ihm ins Wohnzimmer und nahm auf dem Sofa Platz, während Fredo geschäftig eine CD mit sanfter Pianomusik auflegte, das Licht dimmte, einen edlen Tropfen aus der gut bestückten Hausbar in nicht minder edle Schwenker einschenkte und mit beiden Gläsern zu ihr kam. Helena nahm ihm ein Glas ab, als er sich neben sie setzte, und erkundigte sich launig: »Ihre Großmutter liegt hoffentlich an der Leine?«
»Gesche ist nur bei Vollmond gefährlich. Dann wachsen ihr Reißzähne.«
Helena schwenkte bedächtig den Cognac im Glas und schnupperte daran. »Ich möchte mich bei Ihnen entschuldigen. Es war ein übler Verdacht von mir.«
»Der Kuss war nun mal eine Tatsache. Dass ich den zugelassen habe, war mein Fehler. Sie mussten ja irgendetwas tun.«
»Nach dem Gespräch mit Juliane und den anderen Mädchen war ich trotzdem ganz schön ratlos.«
»Warum haben Sie sich ausgerechnet an Köhler gewandt?«
»Habe ich nicht. Zunächst jedenfalls. Erst wollte ich mit unserem Direktor reden, aber dann hatte ich doch leise Zweifel an

Karlas Geschichten. Mit meinen anderen Kollegen bin ich noch nicht sehr vertraut …«

»Aber mit Köhler?«

Helena zuckte die Achseln. »Wir sind uns neulich zufällig beim Essen begegnet. Man kann sich durchaus nett mit ihm unterhalten. Und er wirkt ziemlich prinzipienfest. Nachdem ich mich den ganzen Nachmittag alleine mit dem Problem herumgeschlagen hatte, was nun wohl zu tun sei, habe ich Wolfgang angerufen.«

»Und den genialen Plan ausgeheckt, bei mir wie ein SEK einzufallen?«

»Unsinn«, winkte Helena ab. »Ich wollte Sie zur Rede stellen. Das hätte ich auch allein getan, aber Wolfgang bestand darauf, mich zu begleiten. In Anbetracht meiner bisherigen Begegnungen mit Ihnen wusste ich das zu schätzen. Wir haben geklingelt, niemand hat geöffnet – und dann kam Wolfgang auf die glorreiche Idee, mal ums Haus zu gehen und in die Fenster zu schauen. Die Frau im Bett war im Dämmerlicht nur ansatzweise zu erkennen …«

»Ich schon«, grinste Fredo.

»Das sah alles ziemlich eindeutig aus. Da gab's dann kein Halten mehr bei meinem Kollegen. Ich hab's ja versucht, aber es ging nicht. Entschuldigen Sie bitte – ich übernehme selbstverständlich die Rechnung für die zerschlagene Scheibe.«

»Ist ja so gut wie Sommer. Ich schlafe sowieso bei offenem Fenster.« Fredo prostete der Lehrerin zu. »Trinken Sie auch oder schnüffeln Sie nur dran?«

Helena hob ihr Glas. »Versöhnung?«

»Give peace a chance«, antwortete Fredo bereitwillig und stieß sein Glas sachte an ihres. Für einen Moment genossen sie schweigend den Cognac, die sanfte Musik und die Magie der späten Stunde.

Helena brach die Stille zuerst. »So, wie ich meinen anderen Kollegen Lars Schulz … wie nannten Sie den noch?«

»Briegel. Briegel Schulz.«

»So, wie ich Briegel Schulz verstanden habe, sind Sie zwar in Bornstedt aufgewachsen, wohnen aber schon lange nicht mehr hier. Wo leben Sie denn sonst, Herr Fried?«

»Eigentlich in Berlin«, erklärte Fredo ausweichend. »Die letzten Jahre jedenfalls. Eventuell orientiere ich mich demnächst neu.«

»Und Sie schreiben wirklich fürs Fernsehen?«

»Eventuell orientiere ich mich da demnächst auch neu.«

»Hört sich etwas vage an.«

»Ist mein Sternzeichen. Vage.«

Sie prustete unwillkürlich los, Fredo lachte mit. »Flauer Witz, aber mit Cognac geht's. Noch einen?«

Sie vertilgten die Reste aus den Schwenkern, dann besorgte Fredo Nachschub. »Reden wir doch mal über Sie«, sagte er nach dem ersten Schluck. »Sie sind erst ein paar Monate in Bornstedt, kennen hier niemanden, und Ihrem fast kaum noch hörbaren Dialekt nach zu urteilen, kommen Sie nicht aus Norddeutschland. Ich tippe mal auf Hessen?«

»Frankfurt«, gab Helena zu.

»Wie kommt man da ausgerechnet auf Bornstedt?«

Ihre Hand flatterte. »Hat sich so ergeben …«

»Auch ziemlich vage.«

»Dabei bin ich Jungfrau.«

»Wenn Sie es sagen.«

»Schenken Sie noch mal nach, dann lache ich vielleicht.«

Fredo gehorchte artig und kehrte mit gut gefüllten Schwenkern zum Sofa zurück. Irgendwie ist der süß, dachte Helena, mit seiner Wuschelfrisur und diesem spitzbübischen Grinsen. Wie Harrison Ford in jung, bloß mit braunen Augen. Verrückt, aber süß. Pass bloß auf, Helena. Sie rückte bewusst etwas tiefer in ihre Sofaecke, um zu viel Tuchfühlung zu vermeiden.

Die weiß gar nicht, wie gut sie aussieht, dachte Fredo. Diese Augen. Es tat einfach gut, da hineinzuschauen. Obwohl man dann ja den ganzen spektakulären Rest von Helena Anatol verpasste. Erst mal erneut mit den Gläsern anstoßen. Dabei konnte er ihr auch ein wenig näherrücken …

»Sind Sie wegen der Frau zurück in Bornstedt?«

»Welcher Frau?«, zeigte sich Fredo irritiert.

»Sie lag vorhin in Ihrem Bett. Falls Sie sich daran noch erinnern.«

»Katrin? Nein, ihretwegen bin ich nicht zurückgekommen. Ich wusste bis vor ein paar Tagen nicht einmal, dass sie noch hier ist.«

»Sie kennen sie also von früher?«

»Wir sind zusammen konfirmiert worden.«

Helena kniff amüsiert die Augen zusammen. »Sie in der Kirche. Kann ich mir nur schwer vorstellen.«

»Die Kirche konnte sich das auch nicht gut vorstellen. Im Wesentlichen war ich damals auch bloß wegen Katrin dabei. Hab mich aber nie getraut, sie anzusprechen.«

»Das hat sich anscheinend grundlegend geändert.« Helena nahm noch einen tiefen Schluck. Trink langsamer, ermahnte sie sich. Schmeckte aber auch zu gut, das Zeug. Außerdem langt er ja genauso zu.

»Na ja, viel gesprochen haben wir diesmal eigentlich auch nicht«, bekannte Fredo freimütig. »Es hat sich so ergeben …«

Helena verschluckte sich fast an ihrem Cognac. »Es hat sich so ergeben? Sie gehen einfach so mit einer Frau ins Bett und wissen nicht mal, wie sie so ist, was sie so denkt, was sie so treibt?«

»Haben Sie nicht gesehen, wie Katrin aussieht?«

»Ach ja, hätte ich fast vergessen«, höhnte Helena. »Männer denken mit dem Schwanz!«
»Der Penis ist die Antenne des Herzens«, behauptete Fredo treuherzig.
Worauf sich Helena tatsächlich prompt verschluckte, weil sie spontan losprusten musste. Sie lachte Cognac, sozusagen. Bis Fredo ihr erleichternd auf den Rücken klopfte und sie sich beruhigte. Das Gefühl genoss, das seine warme Hand auf ihrem Rücken erzeugte, weil er sie dort einfach beließ. Ihre Stirn an der seinen rieb, weil das guttat und Cognacnebel die Sichtweite einschränkte.
Und dann fanden sich ihre Lippen. Kein Kuss aus dem Sandkasten, dachte Helena noch. Irgendwer hatte das heute schon gesagt. Ihr fiel bloß nicht mehr ein, wer. Es war auch nicht wichtig.
Überhaupt gar nichts war wichtig, nur jetzt.

Sehr viel später erwachte Helena Anatol im vertrauten Gefühl eines Alptraums. Doch während sie sich sonst stets als hilflose Zeugin schrecklicher Vorkommnisse erlebte, wähnte sie sich jetzt als Teil der Handlung. Sie hatte etwas Schlimmes getan, auch wenn ihr nicht gleich bewusst wurde, was es gewesen sein könnte. Dann erschreckte sie ein leises Schnarchen, nur Zentimeter neben ihr. Und ein leiser Windhauch wehte ungebremst durch die glasfensterlose Terrassentür herein, den Helena umso mehr verspürte, da Fredo sich in diesem Moment von ihr weg auf die Seite wälzte und die Decke mit sich zog.
Helena nutzte die Gelegenheit, um vorsichtig vom Bett zu gleiten. Auf dem Fußboden lag ein Haufen Kleidung, aus dem sie leise ihre Sachen herauspickte. Mit dem Packen auf dem Arm verließ sie das Zimmer durch die Terrassentür,

wobei sie sich äußerst behutsam vorantastete – einerseits, um den Schläfer nicht zu wecken; andererseits, um nicht auf die Scherben zu treten, die noch immer den Teppich übersäten. Erst draußen zog sie sich Hose, Sweatshirt und Schuhe an. Und obwohl sie dabei die Deckung eines ausladenden Ginsterbusches nutzte und über dem Garten nachtschwarze Stille lag, fühlte sich Helena Anatol beobachtet.

Ein Gefühl, das sie während ihres ganzen Fußmarsches zurück zu ihrer Wohnung nicht mehr losließ.

15.

NEWSFLASH FAMILIE FRIED:
Tim: Warum fällt keinem was zu ›John Maynard‹ ein? (Bleistiftskizze eines im Meer versinkenden Totenkopfs, dem Tränen aus den nicht mehr vorhandenen Augen rinnen.)
Karla: Alle doof.
Fredo: Dafür weiß ich, wo die Mülltonne ist. Kennt jemand einen Glaser?
Gesche: Erich Glaser. War mein Kollege bei der Post. Ist schon lange tot.

Müsste er den Glaser eben googeln. Aber das hatte Zeit. Fredo klappte das Mitteilungsbuch zu und legte es zurück auf den Küchentisch. Auf dem Weg zum Kühlschrank fiel er fast über drei randvolle, übelriechende Abfallsäcke, auf denen ein großer Zettel lag: »Für den Mülltonnen-Checker«. Karlas Handschrift. Fredo seufzte, nahm die Säcke und schleppte sie vor die Haustür. Die Mülltonne lag noch genau dort, wohin Fredo sie per Benz geschossen hatte: hinter den Büschen neben der Auffahrt. Er zog sie aus dem Gesträuch, brachte die Tonne zu ihrem angestammten Platz zurück und stopfte die Müllsäcke hinein. Dann kümmerte er sich endlich um seinen Beutezug zum Kühlschrank.
Erst nach dem Frühstück stellte sich Fredo dem Chaos in seinem Gästezimmer. Als erste Amtshandlung kehrte er alle Scherben auf dem Teppich zusammen und brachte sie zur Mülltonne. Die feinen Splitter entsorgte der Staubsauger. Vor dem Bett lagen noch ein buntgeringeltes Sockenpaar und ein schwarzer Büstenhalter, beides von Katrin, schätzte Fredo

und erinnerte sich an den fluchtartigen Abgang seiner schönen Nachbarin. Nur mit kurzem Bedauern, denn danach hatte ihn das Schicksal ja reichlich entschädigt, wie er fand.

Helenas Leidenschaftlichkeit hatte ihn dabei weniger überrascht als die Tatsache, dass er sich selbst so bereitwillig auf sie eingelassen hatte. Helena Anatol war eine reizvolle, kluge Persönlichkeit, sah umwerfend aus und fühlte sich noch besser an – aber sie verbreitete auch die Aura einer wandelnden Problemzone, und um Probleme schlug Fredo für gewöhnlich einen Bogen. Außerdem fand er es selbst nach seinen eher lockeren Moralbegriffen etwas seltsam, innerhalb einer guten Stunde von einer Frau auf die andere umzuschwenken. Wäre Katrin nicht weggelaufen, wäre das mit Helena nicht passiert, sagte sich Fredo. Ist sie selbst schuld. Helena war auch nicht geblieben, aber das verstand er ganz gut. Schließlich war sie Tims und Karlas Lehrerin, da gäbe es zu viel Erklärungsbedarf, wenn man sich beim Frühstück über den Weg lief. Nur, einen kleinen Zettel oder so hätte Helena schon für ihn hinterlassen können, fand Fredo.

Er klaubte die Ringelsocken und den BH auf und sah sich um: alles sauber, Mission beendet. Allerdings nur hier im Zimmer. Bei Katrin gab es noch einiges zu bereinigen. Und damit sollte er nicht lange warten, überlegte sich Fredo. Es zog ihn zwar längst nicht mehr so zu Katrin wie noch gestern vor der Cocktailstunde, aber für einen Kinderschänder wollte er von ihr nun auch nicht gehalten werden. Wer weiß, welche Geschichten Katrin über ihn verbreiten würde, wenn er das nicht mit ihr klärte. Und wie schnell sich Geschichten in Bornstedt verbreiteten und sich dabei unweigerlich aufblähten, daran erinnerte sich Fredo nur zu gut. Als man ihn während eines Klassenausflugs nachts im Mädchenzimmer erwischt und nach Hause geschickt hatte, wussten das die meisten Eltern der Klassenkameraden schon, bevor der Lehrer Fredo in den Zug gen Heimat gesetzt hatte – obwohl damals noch kein Schüler ein Handy besaß. Und bis er dann zu Hause ankam, war aus seinem – in Wahrheit ziemlich unschuldig verlaufenen – nächtlichen Ausflug der gerade noch rechtzeitig gestoppte Jungfrauenbeutezug eines gierigen Sexmonsters geworden. Trotz zahlreicher Richtigstellungen hatte es Monate gedauert, bis die Gerüchte verstummten. Damals hatte Fredo es sogar zeitweise ganz spannend gefunden, mit diesem unfreiwillig erworbenen Image zu spielen. Aber heute konnte er auf solche Turbulenzen gut verzichten. Also beschloss er, Katrin sogleich einen Besuch abzustatten. Socken und BH nahm er mit – dann präsentierte er gleich einen guten Grund dafür.

Er hatte Glück: Katrin war zu Hause. Allerdings blieb sie in der geöffneten Haustür stehen und bat ihn nicht herein. Offensichtlich war auch sie gerade mit Hausarbeit beschäftigt gewesen, sie trug alte Jeans und ein schlabbriges, verwaschenes Sweatshirt. Im Hintergrund erkannte Fredo einen herumliegenden Staubsauger, dessen Röhren gerade erst in dem Moment verstummt war, als er bei seiner Nachbarin geklingelt hatte.

»Ach … Sieh an, der Fredo«, begrüßte sie ihn knapp.

Er winkte mit den Wäschestücken. »Guten Morgen, Katrin. Ich wollte dir deine Sachen bringen … Und etwas erklären.«

Katrin verschränkte die Arme und lehnte sich abwartend in den Türrahmen. »Da bin ich ja gespannt.«

»Also, Karla hat Stress mit den Mädels aus ihrer Klasse. Weil die schon alle Freunde haben und mit ihren Jungsgeschichten angeben. Denen wollte sie es mal zeigen. Und deshalb hat sie mich gebeten, sie von der Schule abzuholen …«

»Und abzuknutschen?«

»Das war ein Überfall von Karla! Ich konnte gar nichts machen, hatte beide Hände voll mit so einem komischen Kunstwerk – zack, fällt sie mir um den Hals!«

»Alles nur Show, hmm?«, bemerkte Katrin skeptisch.

»Alles nur für die Mädels«, bestätigte Fredo eifrig. »Die wussten ja nicht, dass ich Karlas Onkel bin. Leider wusste das die Lehrerin, diese Frau Anatol. Die hat Karlas Knutschattacke gesehen und ihren Kollegen alarmiert – diesen Köhler. Überhaupt, woher kennst du den eigentlich?«

»Coach Köhler? Der trainiert Daniels Fußballmannschaft.«

»Beileid. Wenn der da auch so cholerisch drauf ist …«

»Lenk nicht vom Thema ab. Wie ging es gestern weiter? Die Polizei war ja wohl nicht da – das hätte ich gehört!«

»Köhler hab ich rausgeschmissen. Dann haben wir uns Karla vorgeknöpft …«

»Wir?«

»Frau Anatol und ich. Die Frau ist eine echte Nervensäge. Aber Karla hat ihr erzählt, wie's wirklich war. Und damit war ja alles geklärt.«

Katrin löste sich vom Türrahmen, nahm Fredo Socken und BH aus der Hand und lächelte rätselhaft. »Und du konntest endlich ins Bett.«

»Genau. Katrin, es tut mir wahnsinnig leid. Aber vom Ende abgesehen, war es gestern doch wirklich ein toller Abend mit uns.«

»Wenn wir bei den Cocktails geblieben wären.«

»Vielleicht fangen wir an der Stelle noch mal an?«, schlug Fredo hoffnungsvoll vor – was bei Katrin nur ein weiteres Sphinxlächeln auslöste.

»Fredo, Fredo. Du bist ja so süß und unermüdlich. Aber ich muss dir auch etwas sagen.« Sie sah ihm tief in die Augen, rollte aufreizend mit dem Becken und schob ihr Sweatshirt nach oben – langsam, aber so stetig, dass Fredo der Atem stockte. Der Vorhang hob sich, enthüllte Katrins makellosen, sanft gerundeten Bauch und schließlich die pralle Schönheit ihres eindrucksvollen, vom Büstenhalter kaum gebändigten Busens. Dann fiel der Vorhang wieder.

»Das ist Körbchengröße Doppel-D«, zischte Katrin, jetzt unverhohlen aufgebracht, und warf Fredo den mitgebrachten schwarzen BH vor die Füße. »Der hier ist gerade mal B. Ich hoffe bloß, er gehört der Nervensäge. Und nicht Karla!«

Damit verschwand Katrin im Haus und knallte die Tür zu. Fredo starrte betreten auf das filigrane Textil zu seinen Füßen.

Dumm gelaufen.

»Fredo ist mit dir verwandt? Dein *Onkel?*«

So, wie Juliane Färber die Worte betonte, klang es zutiefst schockiert. Aber in den Augen des Mädchens erkannte Helena Anatol ein sensationslüsternes Funkeln, gemischt mit kalter Berechnung – als überlege sie bereits, wie sich dem Skandal der größtmögliche Unterhaltungswert abgewinnen ließe. Vielleicht schimmerte auch ein gewisser Respekt vor dem Kaliber der Intrige durch, die ihre Klassenkameradin Karla da angezettelt hatte. Die saß mit gesenktem Kopf auf ihrem Stuhl wie auf der Anklagebank.

»Bevor du dich so darüber aufregst, Juliane, solltest du darüber nachdenken, warum Karla keinen anderen Weg gesehen hat, als diese Geschichte vom coolen Lover auszuspinnen«, wandte Helena ein. Sie hatte die beiden Mädchen, wie angekündigt, zu Beginn der großen Pause abgefangen und in ein leeres Klassenzimmer gebeten, wo Helena der staunenden Juliane in kurzen Worten die Wahrheit über Karlas Beziehung zu Fredo Fried erklärt hatte.

»Wieso? Ich hab sie doch nicht dazu gezwungen!«, höhnte Juliane mit Blick auf die immer noch schweigende Karla.

»Wisst ihr, warum ich jetzt gerade dieses Gespräch mit euch führe, anstatt Pause zu machen? Obwohl mich Karla sogar darum gebeten hat, mich aus der Sache herauszuhalten?«

»Wäre wirklich besser gewesen«, murmelte Karla jetzt leise.

»Ich hatte keine Wahl, Karla«, erwiderte Helena Anatol. »Man handelt nämlich so, wie man es von sich selbst erwartet – und wie es von einem erwartet wird. Wenn ich einen zwanzig Jahre älteren Mann mit einer minderjährigen Schülerin herumknutschen sehe, erwarte ich von mir, dass ich mich einmische. Als Lehrerin erwarten das im Übrigen auch die Eltern und mein Arbeitgeber von mir.«

»Ich sage ja gar nichts dagegen, dass Sie sich einmischen, Frau Anatol! Aber was soll das damit zu tun haben, dass Karla mich und die anderen so verarscht hat?«, schaltete sich Juliane wieder ein.

»Manchmal handelt man eben nicht nur so, wie es von einem erwartet wird«, erklärte Helena geduldig. »Sondern so, wie man *glaubt*, dass es von einem erwartet wird. Erzählst du nicht selbst öfter mal Geschichten über deine Liebesabenteuer?«

»Ja«, erwiderte Juliane hochnäsig. »Aber die stimmen dann auch!«

»Und alle finden es toll, stimmt's? Und wer auch so toll sein will, muss dann noch eine Schippe drauflegen, nicht wahr? Das sollte aber keiner nötig haben. Karla, bitte sieh mich an …« Helena wartete ab, bis das Mädchen widerwillig den Kopf hob, und fuhr dann fort: »Du bist klug, eine sehr gute Schülerin und in deiner Klasse beliebt. Da muss man keine Liebhaber erfinden. Juliane …« Die Lehrerin wandte sich dem anderen Mädchen zu. »Du bist ein Star in deiner Klasse und sprichst perfektes American English. Dafür hast du von anderen Dingen nicht so viel Ahnung. Mathe und Physik zum Beispiel, wie ich gehört habe. Macht nichts. Keiner kann alles, keiner hat alles. Akzeptiert euch selbst und macht euch selbst nicht zum Maßstab für alle. Das wollte ich euch nur sagen. Denkt darüber nach. Und vielleicht könnt ihr dann Freundinnen bleiben. Okay?«

Zum ersten Mal während ihres Gesprächs mit der Lehrerin sahen sich die beiden Mädchen in die Augen – Karla unruhig und flattrig, Juliane sehr beherrscht und verschlossen. Schwer zu sagen, ob sie bereits das Messer wetzt, dachte Karla. Vorsichtig streckte sie die Hand aus.

»Entschuldige, Juli«, bat sie stockend. »Ich wollte dich nicht verarschen. Es ist so, wie Frau Anatol sagt. Ich hab gedacht, ohne Freund nimmst du mich nicht für voll.«

Juliane lächelte mild. »Du Schaf. Würde ich doch nie machen. Außerdem werden Männer überschätzt. Wer braucht die schon? Freundinnen dagegen …«

Sie nahm Karlas Hand und schüttelte sie kurz. Karla riskierte ein zaghaftes Lächeln. Helena registrierte die versöhnliche Geste zufrieden und erhob sich. »Dann wäre das ja geklärt. Schöne Restpause noch.«

»Ihnen auch«, lächelte Juliane zuckersüß, und Karla brachte sogar ein »Danke, Frau Anatol« hervor, bevor die Lehrerin den Raum verließ. Dann waren die Mädchen unter sich.

»Wollen wir uns vielleicht heute Nachmittag treffen?«, schlug Karla vorsichtig vor. Juliane erdolchte sie mit einem Blick aus purem Eis, strebte zur Tür und rempelte sie im Vorbeigehen empfindlich mit der Schulter an.

»Geh mir aus dem Weg, Schnepfe.«

Akzeptiert euch selbst, macht euch nicht zum Maßstab für alle. Ich hab gut reden, dachte Helena Anatol, aber es ist scheinbar ganz anständig gelaufen. Vielleicht wäre die Angelegenheit zwischen Karla und Juliane damit tatsächlich geklärt. Für sie selbst noch lange nicht, aber daran trugen die Mädchen ja keine Schuld.

Auf ihrem Weg durch die langen Flure zum Lehrerzimmer gähnte Helena ebenso ausgiebig wie ungeniert. Nach ihrer nächtlichen Bettflucht bei Fredo hatte sie sich zu Hause zwar noch mal hingelegt, an Schlaf war jedoch nicht mehr zu denken gewesen. Zu viel Kopfkino. Angst vor der Nähe, auf die sie sich so unkontrolliert eingelassen hatte. Und trotzdem auch Freude über das Gefühl, doch noch genug vom unbekümmerten Ally-McBeal-Lebensgefühl ihrer Studententage bewahrt zu haben, um ein solches Abenteuer wie das mit Fredo zuzulassen. Dafür war sie ihm durchaus dankbar. Das war nicht wenig, und mehr sollte nicht sein. Sicherheitshalber. Irgendwann zwischen Morgengrauen und Weckeralarm hatte Helena beschlossen, diese Nacht als prickelndes, aber singuläres Erlebnis zu betrachten und sich nicht um Fortsetzung zu bemühen. So wie sie ihn einschätzte, lag das sicher auch in Fredos Sinne. Aber schön war es gewesen. Die Erinnerung daran formte unwillkürlich aus ihrem nächsten Gähnen ein Grinsen.

Als Helena eben am Kopierraum vorbeikam, grätschte ihr jemand verbal in die Gedanken.

»Guten Morgen, Helena – hast du einen Moment Zeit für mich?«

Wolfgang Köhler stand allein vor einem Kopiergerät, das gerade geräuschvoll einen Klassensatz Arbeitsbögen ausspuckte, und sah sie erwartungsvoll an. Sie waren sich natürlich schon vor Schulbeginn im Lehrerzimmer begegnet, aber da waren viele andere Kollegen um sie herum gewesen. Und Helena war bewusst einem Vier-Augen-Gespräch mit ihm ausgewichen. Die plötzliche Aggressivität, mit der Köhler gestern Fredos Terrassentür zerlegt hatte, erschreckte sie etwas. Andererseits hatte er sie gestern bereitwillig begleitet und war nach Fredos Aufforderung und ihrer Bitte anstandslos gegangen. Dafür schuldete sie ihm zumindest ein paar erklärende Worte über den Ausgang der Geschichte. Natürlich nur über deren schulrelevanten Teil.

»Hallo, Wolfgang.« Helena trat zu ihm in den Kopierraum. »Ich möchte dir noch mal herzlich für deine Hilfe gestern danken.«

Er winkte ab. »Bist ja wohl auch ohne mich zurechtgekommen. Oder?«

»Doch, ja.«

»Hast du denn mit Karla gesprochen?«

Helena nickte. »Sie hat zugegeben, dass sie die wüsten Geschichten über ihre Liebesbeziehung nur erfunden hat, um die Mitschülerinnen zu beeindrucken.«

»Aber du hast doch selbst gesehen, wie sich dieser Herr Fried und das Mädchen geküsst haben?«

»Schon. Aber das hat Karla auch inszeniert. Hat ihren Onkel gebeten, sie von der Schule abzuholen, dafür gesorgt, dass alle Freundinnen versammelt sind – und sich ihm an den Hals geschmissen.«

»Trotzdem. Man kann sich als erwachsener Mann auch beherrschen!«

»So wie du bei der Glastür?«, konnte es sich Helena nicht verkneifen.

»Immerhin stand die Unschuld eines Kindes auf dem Spiel! Es sah zumindest für mich danach aus.« Köhler wandte sich beleidigt ab und hantierte am Kopiergerät, das zwischenzeitlich verstummt war, nun aber weitere Papierseiten auszuwerfen begann.

»Entschuldige, Wolfgang.« Das hatte er wirklich nicht verdient. »Jedenfalls ist nun alles geklärt. Ich habe eben auch

schon zwischen Karla und ihrer Freundin Juliane vermittelt. Das mit der Glastür regele ich mit meiner Versicherung. Damit können wir die Affäre auf sich beruhen lassen.«
»Wenn du meinst«, grummelte Köhler, offenbar noch nicht ganz versöhnt.
»Und vielleicht darf ich dich für deine Hilfe zum Essen einladen?«, ließ sich Helena vom schlechten Gewissen hinreißen. »Es gibt im ›Feuerofen‹ bestimmt noch etwas anderes als Pizza …«
Ihr Kollege fand auf der Stelle sein charmantestes Lächeln wieder. »Dann übernehme ich den Montepulciano!«

Im Netz der Monsterspinne zappelte eine halbtote Fliege, aber das Biest persönlich ließ sich nicht blicken. Wahrscheinlich schon maßlos überfressen und wählerisch, dachte Fredo. Rührt sich wohl nur noch für ganz edle Leckerbissen, was immer das aus Sicht einer Spinne sein mochte. Sicher nichts, worüber man als Kulturmensch gerne verschärft sinnieren wollte.
Helena Anatol rührte sich auch nicht. Fredo hatte schon mehrfach versucht, sie telefonisch zu erreichen. Niemand nahm ab, es schaltete sich auch kein Anrufbeantworter ein. Fredo fand die Lehrerin zwar ungleich attraktiver als die Monsterspinne, doch es drängte sich der Verdacht auf, er bedeute für Helena kaum mehr als eine weitere Fliege im Netz. Das könnte durchaus auch die solide Basis für eine unkomplizierte Beziehung sein. Aber so sehr Fredo sonst unkomplizierte Beziehungen schätzte – in diesem Fall störte ihn die Vorstellung von Unverbindlichkeit, ohne dass er zu sagen vermocht hätte, warum eigentlich. Und deshalb versuchte er, diese Unverbindlichkeit zu brechen. Leider vergeblich, wie sich herausgestellt hatte.
Er könnte natürlich versuchen, Helena in ihrer Wohnung zu

besuchen oder ihr eine Nachricht in den Briefkasten zu stecken. Leider gab sich die Schulsekretärin auf Nachfrage verschlossen wie die Bank von England und verweigerte kategorisch die Herausgabe von Frau Anatols Adresse, die im Übrigen auch nicht im Telefonbuch oder im Internet zu finden war. Erstaunlich. Und ärgerlich für Fredo.

Vielleicht, fiel ihm plötzlich ein, wüsste Briegel die Adresse seiner Kollegin. Fredo ging von der Terrasse zurück in sein Zimmer. Ohne die Tür öffnen zu müssen, einfach durch die nicht mehr vorhandene Glasscheibe. Enorm praktisch, er hatte sich schon daran gewöhnt. Nur zum Sitzen war es jetzt etwas zu frisch im Gästezimmer, weshalb er sein Handy mit ins Wohnzimmer nahm und sich dort aufs Sofa fläzte. Briegel Schulz meldete sich auf Anhieb, gut gelaunt wie zumeist.

»Schulz, Leibesertüchtigung und Seelenheil, guten Tag!«

»Ich möchte hundert Jahre alt werden und brauche den ultimativen Gesundheitstipp.«

»Fredo? Du brauchst keinen Gesundheitstipp. Bei deinem Lebenswandel wirst du sowieso nicht alt.«

Fredo wollte schon mit einem launigen Spruch kontern, aber dann wurde er hellhörig. »Was weißt du denn von meinem Lebenswandel?«

»Hab irgendwas läuten hören von dir und deiner fünfzehnjährigen Nichte …«

»Ach du Scheiße«, entfuhr es Fredo.

»Hab ich auch gedacht«, bekräftigte Briegel fröhlich. »Aber dann hab ich meiner Mutter erklärt, das ist totaler Schwachsinn – Fredo Fried hat immer freie Auswahl, da muss nicht die Familie herhalten!«

»Deine *Mutter* hat dir das mit Karla und mir erzählt?«

»Jo, Mann. Hat sie beim Bäcker gehört, von den anderen Oldies, die da immer beim Kaffee rumsitzen.«

»Mannmannmann«, stöhnte Fredo.

»Ach, mach dir nichts draus. Hier kennt dich doch kaum noch ein Schwein. Obwohl, meine Mutter erinnert sich noch an dich.«

»Wie nett«, bemerkte Fredo lahm.

»Nicht wahr?«, trompetete Briegel. »Sie sagte, Fredo Fried? Das ist doch der Junge, der damals auf der Klassenreise über die Mädchen hergefallen ist! Saukomisch, was?«

»Ha. Ha.«

»Nichts für ungut, Alter.«

»Ich muss dir doch wohl hoffentlich nicht erklären, dass das mit Karla eine reine Luftnummer ist!«

»Nein, musst du nicht.«

»Dann ist ja gut. Das musste ich nämlich gestern schon beim Besuch der Inquisition. Deine Kollegen Helena Anatol und Wolfgang Köhler.«

»Die waren bei dir?«, staunte Briegel. »Zusammen? Ist ja glatt die Paarung des Jahres!«

Die Paarung lief in anderer Konstellation, dachte Fredo. Was Briegel wohl dazu sagen würde?

»Kann man so sehen. Jedenfalls konnten wir unter uns dieses böse Gerücht über mein angebliches Verhältnis mit Karla aus der Welt schaffen.«

»Aus der Welt vielleicht. Aus Bornstedt – schon schwieriger.«

»Hilfreiche Bemerkung, Briegel.«

»Jederzeit. Gerne.«

»Okay, du Leibes- und Seelenertüchtigungshelfer. Hast du die Adresse von Helena Anatol?«

Briegel musste nicht lange überlegen. »Veilchenweg 27. Ich hab sie da mal nach einem Schulausflug abgesetzt. Ist von der Kirche aus …«

»Ich weiß, wo das ist. Danke.«

»Bitte. Was willst du denn noch von der?«, erkundigte sich Briegel neugierig.
»Sie hat ihren BH bei mir vergessen«, erklärte Fredo launig.
Briegel schüttelte es vor Lachen. »Oh Mann, du haust vielleicht Sprüche raus! Na ja – du musst es mir ja auch nicht erzählen. Aber lass uns mal ein Bier trinken gehen, okay? Mach's gut!«
»Du auch«, beendete Fredo das Gespräch. Die Wahrheit glaubten die Leute einem eben nie.
»Wer hat ihren BH bei dir vergessen?«
Fredo hatte Gesche nicht hereinkommen hören. Ins Wohnzimmer kam sie überhaupt selten, aber jetzt trat sie heran, setzte sich zu ihm und musterte ihren Enkelsohn amüsiert. »Und hat das vielleicht etwas damit zu tun, dass in deiner Terrassentür die Scheibe fehlt?«
War ja klar, dass Gesche das bemerkt hatte. Die sah alles. Immer.
»Irgendwie schon«, gab Fredo zu. »Aber irgendwie auch nicht ...«
»Hauptsache, es war schön, nicht wahr? War es das?«
Die Frage hatte sich Fredo so noch gar nicht gestellt. Dabei war das eigentlich die wesentliche Frage, fand er nun selbst. Und er musste über die Antwort nicht lange nachdenken.
»Wunderschön«, strahlte er seine Großmutter an.
Die strahlte zurück. »Du bist ein Glücksmagnet, Fredo. Warst du schon immer.«
»Ach, Gesche.« Fredo lächelte, beinahe verlegen. »Bei mir läuft auch nicht immer alles nach Plan, kannst du mir glauben.«
»Sei froh. Deine Pläne sind bestimmt nicht immer die besten.«
Bevor Fredo antworten konnte, klappte die Haustür. Karla

stürmte durch den Flur, stutzte an der offenen Wohnzimmertür genau so lange, dass Fredo und Gesche ihr tränenüberströmtes Gesicht sehen konnten – dann hastete das Mädchen die Treppe hinauf und verschwand türknallend in ihrem Zimmer. Eine Sekunde später flog unten erneut die Haustür auf. Diesmal schwirrte erst ein wutgeschleuderter Schulranzen quer durch den Flur, im nächsten Moment stampfte Tim mit der hassverzerrten Miene eines amoklaufenden Axtmörders grußlos an der Wohnzimmertür vorbei und die Treppe hinauf. Weitere drei Sekunden später erbebte das Haus unter Rammstein-Eruptionen.

»Und was haben die wieder für Probleme?«, stöhnte Fredo, wohl wissend, dass ihm Gesche diese Frage kaum würde beantworten können. »Können die nicht einfach mal ihre glückliche Kindheit genießen?«

Gesche lächelte fein. »Man denkt immer, man hat Probleme, und die sind die wichtigsten auf der Welt. Und dann wachsen irgendwelche Rotznasen nach und denken von ihren Problemen das Gleiche.«

»Also: Gar nicht drum kümmern?«

»Wer sich nicht kümmert, wird nicht erwachsen und bleibt eine Rotznase«, erklärte Gesche feierlich, erhob sich vom Sofa und strebte zur Tür.

16.

»Die ›Schwalbe‹ fliegt über den Eriesee,
Gischt schäumt um den Bug wie Flocken von Schnee …«

Tims Stirn ruhte auf der Schreibtischplatte, exakt: auf dem Papier mit dem Fontane-Gedicht »John Maynard«. Ballade, korrigierte sich Tim. Semmling, sein Deutschlehrer, bestand auf dieser Bezeichnung. Unter Ballade verstand Tim normalerweise einen weichgespülten Engtanzsong, den man am Ende seiner Hitparadenlaufzeit auf einem Kuschelrock-Sampler wiederfand. Nicht wirklich seine Musik. Mit der Gedicht-Ballade konnte er auch nicht viel anfangen. Er verstand es selbst nicht, wieso er den Mist nicht einfach in die Ecke schmiss – zu den anderen Schularbeiten, die er ebenfalls nicht erledigte. Vielleicht seinem Deutschlehrer zuliebe? Der alte Semmling hatte zwar eine Vollklatsche wie die meisten Lehrer, aber Tim empfand ihn wenigstens als gerecht. Und Semmling zeigte fast immer Begeisterung für das, was er im Unterricht durchnahm. Sogar, wenn seine Schüler deutlich zu verstehen gaben, dass es sie total langweilte. Das fand Tim irgendwie rührend – ein Mann auf verlorenem Posten, da konnte er sich ganz gut hineindenken. Ein Mann, dem Untergang geweiht. Wie John Maynard eigentlich:

»›Noch da, John Maynard?‹ Und Antwort schallt's
mit ersterbender Stimme: ›Ja, Herr, ich halt's!‹
Und in die Brandung, was Klippe, was Stein,

jagt er die ›Schwalbe‹ mitten hinein.
Soll Rettung kommen, so kommt sie nur so.
Rettung: der Strand von Buffalo!«

Ganz schön gruselig, dachte Tim und stellte sich zum wiederholten Mal vor, er müsse am Steuerrad des brennenden Dampfers Kurs halten. Das Ruderhaus total verqualmt, keine Luft zum Atmen. Unerträgliche Hitze. Flammen, die immer näher kommen, glimmende Kleidung, versengte Haut, Schmerzen, Schmerzen, Schmerzen. Könnte glatt ein Songtext von Rammstein sein. Und dann:

»Das Schiff geborsten. Das Feuer verschwelt.
Gerettet alle. Nur einer fehlt!«

Tim war sich nicht ganz sicher, ob er John Maynard, den Steuermann, nun als Held oder als Idiot betrachten sollte. Durch eine heldenhafte Tat Menschenleben zu retten, war die eine Sache, aber was hatte man davon, wenn man den Ruhm als Held des Tages nicht mehr miterlebte?

»Sie lassen den Sarg in Blumen hinab,
mit Blumen schließen sie das Grab,
und mit goldner Schrift in den Marmorstein
schreibt die Stadt ihren Dankspruch ein:
›Hier ruht John Maynard! In Qualm und Brand
hielt er das Steuer fest in der Hand,
er hat uns gerettet, er trägt die Kron,
er starb für uns, unsre Liebe sein Lohn.‹«

So was ist nur cool, wenn man es miterleben kann, dachte Tim, setzte sich auf und schob das Papier beiseite. Interpretation der Ballade. Ihm fiel nichts dazu ein. Also erst eine Runde »Command & Conquer« zocken – da verfügte Tim wenigstens über klare Strategien. Er wollte eben seinen PC aus dem Stand-by-Schlummer erwecken, als es an der Tür klopfte. Dann schob sich Fredo ins Zimmer.

»Hallo, Tim. Alles klar?«

»Jo«, antwortete Tim knapp. »Wieso nicht?«

Fredo bahnte sich vorsichtig einen Weg durchs Chaos und zog sich einen Stuhl zum Schreibtisch heran, was der Junge argwöhnisch beobachtete. Scheint was Längeres zu werden, dachte Tim.

»Ich wollte nur mal hören, was aus deinem Streit mit dem Biolehrer geworden ist«, erkundigte sich Fredo, nachdem er entspannt Platz genommen hatte.

»Köhler? Der ist immer noch ein Blödmann, aber er lässt mich in Ruhe. Vorerst jedenfalls.«

»Dann hat es ja etwas gebracht, dass ich mit Frau Anatol darüber gesprochen habe«, freute sich Fredo.

Tim zuckte mit den Schultern. »Kann sein. Danke auch. War okay.«

Mehr kann man wohl nicht erwarten, dachte Fredo. Sein Blick fiel auf das Papier mit der vielstrophigen Fontane-Ballade. »Und was hast du für Probleme mit Fontane und John Maynard?«

Tim musterte seinen Onkel misstrauisch. »Du willst mir wirklich helfen? Warum?«

»Weil ich keine Rotznase bin«, erklärte Fredo leichthin und überflog die Verse. »Was musst du denn damit machen?«

»Interpretation«, stöhnte Tim.

»Und dazu fällt dir nichts ein?«

»Ich komm da nicht rein«, beschwerte sich der Junge. »Ich meine, das ist ja eine ganz nette Geschichte …«

»Nett, na ja …«
»Spannend, dramatisch, so meine ich das«, ereiferte sich Tim ungeduldig. »Aber da steht ja schon alles! Dampfer fährt, fängt Feuer, einzige Chance für die Passagiere: ans Ufer, so schnell wie möglich. Das haut hin, aber nur, weil John Maynard so lange am Steuer bleibt, bis er selbst zum Grillhähnchen wird. Dafür kriegt er ein Denkmal. Steht alles im Gedicht, schön gereimt. Was gibt es da denn noch zu interpretieren?«
»Was weißt du denn über das Gedicht?«
»Ich kann's schon auswendig, so oft hab ich's gelesen!«
»Das meine ich nicht«, erklärte Fredo geduldig. »Weißt du zum Beispiel, ob eine wahre Geschichte dahintersteckt? Hat es John Maynard wirklich gegeben? Wann hat der Dichter Fontane gelebt? Wie ist er auf diese Geschichte gekommen? Und warum steht die heutzutage immer noch in den Schulbüchern?«
»Woher soll ich das wissen?«, maulte Tim.
Fredo wies lapidar auf den Computermonitor. »Lass die Suchmaschine los. Und gib dich nicht gleich mit den drei ersten Einträgen bei Google zufrieden.«
»Ist doch voll öde.«
»Das nennt man Recherche. Und die ist selten öde, kannst du mir glauben. Du kennst dich doch aus am PC! Nun zeig mal, was du draufhast.«
Tim klapperte wortlos auf der Tastatur herum, der Monitor erwachte aus schwarzer Lethargie. Wenige Mausklicks später tobte bereits wieder wildes Schlachtgetümmel und erfüllte den Bildschirm mit Mord und Totschlag. Hoffnungsloser Fall, dachte Fredo entnervt, aber immerhin habe ich es versucht.
Tim beobachtete aus den Augenwinkeln, wie sich Fredo den

Weg zurück zur Tür bahnte. Kaum war sein Onkel aus dem Zimmer, minimierte der Junge die Schlachtfeld-Ansicht und rief die Suchmaschine auf den Monitor.

»Thema der Fortbildung: ›Freies Spiel‹! Ich bitte dich, was soll das sein, ›Freies Spiel‹? Ein ganzes Wochenende ohne Inhalt?« Wolfgang Köhler gestikulierte so raumgreifend, dass Helena Anatol sicherheitshalber ihr Rotweinglas vom Tisch nahm und in der Hand behielt. Die Tagliatelle hatte sie schon restlos verputzt, da konnte nichts mehr passieren, auch wenn sich ihr Kollege noch weiter aufregte.
»Das ist doch keine Pädagogik! Freies Spiel ist Müßiggang. Angeblich kreativitätsfördernd. Aber wie denn?«
»Vielleicht hättest du doch zur Fortbildung gehen sollen«, bemerkte Helena. »Da hätte man dir das bestimmt beantwortet.«
»Ich will dir mal was sagen.«
Köhler versuchte, seinen Blick mit größtmöglicher Intensität in Helenas graugrüne Augen zu bohren. Sein Ausdruck erinnerte an Schlangenbeschwörer und Sektengurus, fand Helena und unterdrückte nur mühsam ein albernes Kichern. Was natürlich auch am Montepulciano liegen mochte. Schon die zweite Flasche, rekapitulierte sie. Oder die dritte?
»Lebenszeit ist kostbar«, verkündete Köhler mit bedeutungsvoll gesenkter Stimme. Seine vom Alkohol abgeschliffene Artikulation machte aus »kostbar« ein schlampig ausgespucktes »kossbar«, was den salbungsvollen Inhalt seiner Aussage erheblich karikierte. »Viel zu kostbar für Dinge ohne Sinn!«
»Genau. Dinge ohne Sinn sind nämlich sinnlos!« Was für ein Gelaber, dachte Helena. Ich will ins Bett.
»Richtig!«, stimmte ihr Köhler erfreut zu. »Gott hat für jeden von uns eine Aufgabe. Die müssen wir erfüllen, jeden Tag …«
Bitte, nein, jetzt nicht auch noch Gott, flehte Helena inner-

lich. Bislang war der Abend langweilig, aber korrekt verlaufen. Tagliatelle und Rotwein im »Feuerofen« und ein Gespräch, das sich ausschließlich um unverfängliche Banalitäten und harmlose Schulfragen gedreht hatte. Köhler hatte sich sehr zurückhaltend, fast steif gegeben, was Helena durchaus recht gewesen war. Aber jetzt schien sich beim Kollegen die Bremse gelockert zu haben. Leider, fand die junge Lehrerin.

»Jeden Tag ruft uns Gott, und an jedem Tag könnte es so weit sein, dass er uns zu sich beordert und uns fragt: Was habt ihr mit dem Leben getan, das ich euch gegeben habe?«

»Freies Spiel?«, entfuhr es Helena wider Willen. Dann raffte sie ein spontaner Kicheranfall dahin, bis sie bemerkte, dass Köhler nicht mitlachte und sie nur betrübt anstarrte. Sie sammelte sich – mit Mühe, aber immerhin. »Entschuldige, Wolfgang. Ich wollte dich nicht verletzen.«

»Schon gut«, entgegnete er verschnupft.

»Wir machen jetzt Schluss, okay? Es war genug Wein und ein netter Abend. Aber es ist spät, und gestern war ich auch nicht früh im Bett ...«

»Ich weiß.«

Der Blick, mit dem ihr Kollege sie bei dieser Bemerkung streifte, ließ Helena aufmerken. Aber im nächsten Moment winkte Wolfgang schon den Kellner herbei. Sie zahlten und verließen das Lokal. Draußen atmeten sie die verheißungsvoll milde Nachtluft. Helena reichte Köhler die Hand zum Abschied.

»Bis morgen dann.«

Köhler zögerte, und einen Moment lang befürchtete Helena, er würde den Versuch starten, sie zu umarmen. Aber dann ergriff er doch bloß ihre Hand.

»Bis morgen.«

Sie trennten sich, und Helena genoss den kleinen Spaziergang zurück zu ihrer Wohnung. Sosehr sie zuletzt unter ihrer selbst auferlegten Einsamkeit gelitten hatte, den Trubel der letzten Tage empfand sie auch als anstrengend. Gott hat eine Aufgabe für uns, jeden Tag. Hoffentlich nicht, kicherte sie in sich hinein. Aus Wolfgang Köhler wurde sie einfach nicht schlau. Als religiöser Eiferer war ihr der Kollege bislang nicht aufgefallen. Andererseits entpuppten sich Menschen manchmal als echte Überraschungseier. Vor allem Männer.

Vor Helenas Haus lag die Straße in friedlicher Stille. Umso mehr erschrak die Lehrerin, als sich plötzlich ein Schatten aus dem Eingangsbereich löste und direkt auf sie zusteuerte. Ein Mann.

»Hallo. Wie schön.«

Helena erkannte die Stimme und überwand ihren Fluchtreflex.

»Hallo …«

Fredo trat jetzt zu der jungen Frau, die im Licht der nächstgelegenen Straßenlaterne abwartend stehen geblieben war. Die dunklen Haare verschatteten Helenas Gesicht, so dass ihre Miene für ihn weitgehend unsichtbar blieb.

»Ich bin etwas verunsichert«, offenbarte Fredo lächelnd.

»Wegen … gestern?«

»Siezen wir uns noch, oder sagen wir schon Du zueinander?« Helena lächelte zurück. »Mit ›Herrn Fried‹ käme mir das Erlebnis noch irrealer vor als ohnehin schon.«

»Also: Guten Abend, Helena.«

»Guten Abend, Fredo. Woher weißt du, wo ich wohne?«

»Briegel. Lars Schulz. Du hattest was bei mir vergessen. Ich hab's in deinen Briefkasten geworfen. Hast du eigentlich keinen Anrufbeantworter?«

Sie schüttelte den Kopf. Dabei fiel das Laternenlicht auf ihr Gesicht. Helena sah müde aus. Trotzdem schön, fand Fredo.

»Wäre das hier nicht Bornstedt, würde ich ja vorschlagen, noch irgendwo einen Schlummertrunk zu nehmen. Aber ich fürchte, hier sind überall die Luken dicht.«
»Bei mir auch«, lächelte Helena. »Außerdem weiß man ja nun, wie es läuft, wenn wir einen Schlummertrunk zusammen nehmen.«
»Eben drum«, stellte Fredo hoffnungsvoll fest. »War doch schön!«
Helena nahm ihm umgehend den Wind aus den Segeln. »Sogar einmalig schön. Betonung auf einmalig. Und müde bin ich auch.«
»Na dann ... gute Nacht, Helena.«
»Gute Nacht, Fredo.«
Er wandte sich ab und schritt davon. Einfach so. Das fand Helena irgendwie enttäuschend. Obwohl sie wirklich hundemüde war und es sie garantiert schrecklich genervt hätte, wenn Fredo mit weiteren Überredungsversuchen gekommen wäre. Er ist eben bloß auf schnelle Beute aus, dachte sie. Nicht zu viel investieren, kommt die eine nicht, kommt eben die nächste. Für Männer wie Fredo Fried sind Frauen austauschbar. Ganz gut, da auf Distanz zu gehen. Alles richtig gemacht, Helena. Ab und zu machst du auch mal etwas richtig.
Sie wartete ab, bis Fredos Schritte verklungen waren, ging zu ihrer Haustür und schloss auf. Dann fiel ihr ein, dass Fredo etwas in den Briefkasten geworfen haben wollte. Helena sah nach und fand eine kleine Plastiktüte. Darin eine frisch erblühte Rose, ihren sauber zusammengelegten Büstenhalter und ein Pappkärtchen mit der handschriftlichen Botschaft: »Vielen Dank für das bezaubernde Geschenk. Die Verpackung mit herzlichsten Grüßen zurück.«

17.

NEWSFLASH FAMILIE FRIED:
Gesche: Wer hat meine Lieblingsrose im Garten abgeschnitten?

Es läutete gerade zur ersten Schulstunde, als Karla den Chemiesaal erreichte. Punktlandung. Normalerweise erschien sie immer mindestens zehn Minuten vor Unterrichtsbeginn, um noch den neuesten Klatsch mit ihren Freundinnen durchzuhecheln. Heute hatte sie sich nicht getraut. Das mulmige Gefühl im Bauch, das sich gestern nach dem Zusammenstoß mit Juliane dort ausgebreitet hatte, war auch nach der – weitestgehend durchwachten – Nacht nicht von ihr gewichen. An Frühstück war nicht zu denken gewesen. Und obwohl sie nichts gegessen hatte, fühlte sich Karla wie knapp vorm Erbrechen.

Rosendahl, der Chemielehrer, stand schon vorn, nestelte aber noch umständlich an einem Beamer herum. Demzufolge herrschte noch jede Menge Unruhe unter den Schülern – allerdings nur, bis Karla den Raum betrat. Jedes Gequatsche, jeder Laut erstarb so abrupt, dass Rosendahl irritiert seine Tätigkeit unterbrach und verstört über den Rand seiner Brille auf sein Publikum blinzelte.

Karlas Füße wurden schwer, als stakste sie mit vollgelaufenen Gummistiefeln durch immer tieferen Morast. Sie zwang sich dazu, nicht einfach umzudrehen und davonzulaufen, konzentrierte sich auf jeden Schritt, bis sie endlich ihren angestammten Sitzplatz neben Juliane erreichte. Erst als

sie davorstand, bemerkte sie, dass dort bereits jemand saß. Annalena, ein klapperdürres Zicklein mit Magersuchtpotenzial.
»Besetzt«, zwitscherte Annalena in die atemlose Stille – und die Spannung entlud sich in kollektivem Gelächter, als hätte Annalena den Witz des Jahrhunderts gerissen. Karla hätte einfach abtreten und einen freien Tisch wählen können. Aber irgendwo in ihr regte sich Kampfgeist.
»Verzieh dich, du Lachtaube«, fuhr sie die zusammenzuckende Kontrahentin barsch an, als allmählich wieder Ruhe einkehrte.
»Wie wichtig sich manche Leute nehmen«, zickte Annalena, sammelte aber ihre Sachen ein und räumte das Feld. Karla beachtete sie nicht weiter, sondern richtete ihre Aufmerksamkeit auf Juliane Färber, die als Einzige im ganzen Saal bislang erfolgreich simulierte, die Ankommende gar nicht bemerkt zu haben. Sogar noch, als Karla sich jetzt anschickte, neben ihr Platz zu nehmen. Doch kaum saß Karla, rümpfte Juliane übertrieben irritiert das hübsche Näschen und schnüffelte nach allen Seiten. Um dann angeekelt das Gesicht zu verziehen, wortlos ihre Sachen zusammenzuraffen und schleunigst Annalena nachzueilen, die weit abseits an einem freien Tisch Platz bezogen hatte. Die komplette Klasse feierte ihre Darbietung mit ungezügelter Heiterkeit, bis Rosendahl dem Treiben ein Ende setzte, indem er den Beamer endlich zum Laufen brachte und einen staubtrockenen Vortrag über das Periodensystem der Elemente abzuspulen begann. Karla versuchte, stur geradeaus zu blicken und nicht zu zwinkern. Ich weine nicht, dachte sie. Keine Tränen.
Das sind bloß Wasser, Salz und ein paar Proteine.

»Echt, Mann, alles nur Fake! Die völlige Verarschung!«
Tim stand mit Patrik Stenzel in ihrer gemeinsamen Lieblingsecke hinter der Turnhalle. Hier gab es einen Dachüber-

stand, der vor Regen schützte – wenn es denn regnete. Außerdem war man abseits vom Trubel des Pausenhofs und wurde weitgehend in Ruhe gelassen. Nicht, dass man Tim und Patrik noch großartig mit Sticheleien quälte. Sie beide waren so was von außen vor, dass man sie nicht einmal mehr mobbte. Das Pariadasein hatte eben auch seine guten Seiten.

Patrik, wie üblich in Schwarz und mit fettigem Pferdeschwanz, las sich eben die Ballade durch, deren Text ihm sein Freund auf einem Blatt Papier in die Hand gedrückt hatte, und brummelte vor sich hin: »Ist doch ’ne starke Story. Schiff brennt, Superheld am Steuer, großes Kino!«

»Alles Verarschung«, beharrte Tim. »In Wirklichkeit hieß das Schiff ›Erie‹, nicht ›Schwalbe‹!«

»Na und? Eminem heißt eigentlich Marshall Bruce Mathers, das stört doch auch keinen.«

»An Bord befanden sich zwischen zwei- und dreihundert Passagiere«, erklärte Tim, ungeachtet des Einwands. »Als das Schiff in Brand geriet, hat man nicht auf den heldenhaften John Maynard gewartet. Der Name taucht auf der Besatzungsliste überhaupt nicht auf …«

»50 Cent ist Curtis James Jackson«, deklamierte Patrik mit seiner hellen Eunuchenstimme, »Fergie ist Stacy Ann Ferguson, Symbol ist ›The Artist Formerly Known As Prince‹ …«

»… und John Maynard war in Wirklichkeit ein Rudergänger namens Luther Fuller!«

»Sag ich doch. Namen sind Schall und Rauch. Das macht aber die Story nicht schlechter.«

»Lässt du mich endlich ausreden, du Kasper?«, stöhnte Tim genervt.

»Okay.«

»Hör zu«, nahm Tim den Faden wieder auf. »1841 gerät der Dampfer auf der Fahrt von Buffalo nach Erie in Brand. Löschversuche sind unmöglich, man kommt nicht an den Brandherd heran. Man versucht, Rettungsboote auszusetzen, aber alle bis auf eines kentern sofort.«

Patrik spitzte die schmalen Lippen über dem zauseligen Ziegenbärtchen und pfiff mit verklärtem Blick eine Tonfolge. Tim identifizierte die Titelmelodie des Kinofilms »Titanic«, zeigte dem Freund einen Vogel und dozierte weiter.

»An Bord gibt es nur knapp hundert Rettungswesten. Wer kann, schnappt sich eine. Der Kapitän gibt den Befehl zum Umkehren – wieder zurück nach Buffalo, so nah und so schnell wie möglich zurück ans Ufer. Luther Fuller, der Mann am Ruder, zieht das Ding durch!«

»Und zwar mit qualmenden Socken!«, kommentierte Patrik, nun doch gepackt von Tims dramatischem Bericht.

»Nach und nach springen fast alle über Bord. Die Leute klammern sich an den gekenterten Booten oder an irgendwelchen Trümmerteilen fest. Oder ersaufen einfach. Zwei Schiffe kommen dem brennenden Wrack zu Hilfe, fischen ein paar Leute aus dem Wasser und nehmen die ›Erie‹ an die Schleppleine …«

»Wie – was? Die fährt nicht aus eigener Kraft?«

»Der Kahn brennt ab bis zur Wasserlinie, noch lange bevor man Land und Hafen erreicht. Die Bergungsmannschaft kappt die Seile, und das Wrack säuft auf der Stelle ab.«

»Keine Rettung auf dem Strand von Buffalo? Keine Brandung? Keine Klippen und mit Vollgas drauf?«

Tim schüttelte langsam den Kopf.

»Das ist ja original Beschiss.« Patrik wirkte regelrecht enttäuscht.

»Sag ich ja.«

»Und der Steuermann? Der Superheld, formerly known as John Maynard?«

»Luther Fuller? Bleibt wohl bis zum Untergang auf seinem Posten und überlebt, wenn auch mit ziemlich heftigen Verbrennungen. Kann man sich ja vorstellen. Und von den zwei- bis dreihundert Passagieren überleben bloß neunundzwanzig. Vielleicht nur zehn Prozent aller Leute an Bord. Schon nicht mehr ganz so hitverdächtig, was?«
»Aber das schöne Denkmal? Goldene Schrift, Marmorstein? Alles gelogen?«
»Noch viel schlimmer als das, sag ich dir!«
»Noch schlimmer?«
»Diese Ballade steht seit über einem Jahrhundert in deutschen Schulbüchern. Was meinst du, wie viele deutsche Touristen auf ihrem USA-Trip durch Buffalo getrabt sind und vergeblich den verdammten Grabstein von John Maynard gesucht haben?«
»Reichlich, schätzungsweise.«
»Kannst du sicher sein. Und weil man seine Gäste ja nicht enttäuschen will und nebenbei auch gerne Souvenirs vertickt, haben die Amis 1997 am Hafen von Buffalo ein Maynard-Denkmal hingesetzt.«
Patrik raufte sich empört das spärliche Bärtchen. »Aber, wenn die Geschichte überhaupt einen Helden hat, dann ist das doch Luther Fuller. Warum hat der kein Denkmal bekommen?«
Tim grinste bitter und tippte seinem Freund mit dem Zeigefinger vor die Brust. »Das, lieber Patrik, ist die Pointe dieser ganzen Lügennummer: Fuller erlitt infolge seines Verbrennungstraumas einen Dachschaden, wurde Alkoholiker und starb im Armenhaus.«
Patriks Gesicht verzog sich in die Länge. Ein langgezogenes Dreieck sozusagen. Trotzdem noch asymmetrisch. »Das ist ja mal wieder typisch. Die wahren Helden werden immer verkannt!«

»Eine Havarie mit einem Schiff namens ›Schwalbe‹ hat es in den USA etwa zur gleichen Zeit übrigens doch gegeben«, trumpfte Tim weiter auf. »Das war 1845. Aber auf dem Hudson River, nicht auf dem Eriesee. Und dabei ging es schon mal gar nicht heldenhaft zu, sondern bloß um ein Wettrennen zwischen zwei Kapitänen, die sich gegenseitig aufgestachelt haben wie zwei BMW-Fahrer vor einer Ampel!«

»Wow«, staunte Patrik angemessen. »Woher weißt du das alles, Mann?«

»Recherche«, erklärte Tim stolz. »Man darf sich bloß nicht gleich mit den ersten drei Einträgen bei Google zufriedengeben.«

»Wissen ist Macht«, bestätigte Patrik altklug, um dann ratlos zu ergänzen: »Und was machst du nun mit diesem Wissen?«

»Ich bastele eine Bombe daraus.« Tims Augen glänzten vorfreudig. »Die Zeit ist reif für eine Bombe.«

Patriks Lippen verzogen sich zu einem schmalen Grinsen. »Absolut. Erst du, dann ich!«

Die Schulglocke unterbrach ihr konspiratives Gelächter. Bis zum Schulhof gingen sie noch gemeinsam, dann trennten sich ihre Wege: Patrik Stenzel nutzte einen Nebeneingang, um zu seiner Klasse zu gelangen, die er verächtlich als »Hobbithaufen« bezeichnete. Doch bevor er im Gebäude verschwand, drehte er sich noch einmal zu Tim um, reckte die Fäuste gen Himmel und schrie furchterregend laut über den Schulhof: »Go, Timmie, go! Bombe! BOOOOOOM!« Einige jüngere Schüler, ebenfalls auf dem Weg zum Nebeneingang, wichen erschrocken zurück und drückten sich mit weitem Sicherheitsabstand um Patrik herum. An einem offenen Fenster direkt über dem Nebeneingang erkannte Tim seinen Biologielehrer Köhler, der die Szene kopfschüttelnd beobachtete.

Pat, der Fürst der Finsternis. Da hatte Onkel Fredo ein griffiges Bild formuliert, fand Tim. Grinsend steuerte er den Haupteingang an. Etwas abseits davon stand seine Schwester, mit dem Rücken zu ihm. Alleine, was ungewöhnlich war. Normalerweise sah er Karla in der Schule, wenn überhaupt, immer nur inmitten einer Traube palavernder Mädchen, die, was immer sie zu besprechen hatten, dies mit maximalem Aufwand an Gestikulation und Lautstärke erledigten. Und so interessant einige dieser Mädchen auch aussahen – Tim schlug stets einen Bogen um sie. Das war nicht seine Liga. Und Karla fand ihn sowieso bloß peinlich, das gab sie ihm ja oft genug zu verstehen. Zu Hause hatten sie nichts miteinander zu tun, in der Schule deshalb konsequenterweise auch nicht. Eigentlich blöd, dachte Tim, da hat man eine Schwester, sogar in derselben Schule, und ist trotzdem alleine. Im Vorbeigehen sah er noch einmal zu Karla hinüber: Ihr Rücken zuckte so merkwürdig – weinte sie etwa? Für einen Moment erwog Tim, zu ihr zu gehen und sie anzusprechen. Aber dann dachte er an die dummen Sprüche, die von seiner Schwester zu erwarten waren, weil natürlich gar nichts mit ihr los war und sie bloß die letzten Reste eines albernen Lachkrampfs ausgackerte, den sie sich während der Pause geholt hatte. Dumme Gans.

Und er ging an Karla vorbei, hinein ins Schulgebäude.

Karla riskierte einen vorsichtigen Blick zurück über die Schulter: War Tim weg? War er, ebenso wie alle aus ihrer Klasse. Zusammen mit den letzten Nachzüglern schleuste sie sich durchs Entree in die Aula und weiter durch den langen Flur bis in den Kunstraum, wo sie sich in die hinterste Ecke an einen Einzeltisch verkrümelte. Zum Glück für sie hieß das Thema der nächsten Wochen »Videokunst«. Als Einstimmung führte die Kunstlehrerin die ganze Stunde lang rasant

geschnittene Clips auf einem aus dem Medienraum entliehenen Großbildmonitor vor. Da hatten alle genug Ablenkung von der eigentlichen Sensation des Tages.
Alle hatten sie in der Pause links liegenlassen. Dabei waren die, die Karla einfach ignorierten, wohl noch die Harmlosesten. Andere versuchten, sie mehr oder weniger offen zu provozieren – durch spitze Bemerkungen, anzügliche Gesten und andere Gemeinheiten. Karla hatte es den ganzen Vormittag über ertragen, aber als eben in der großen Pause Carina Wähling, dieser fette Bauerntrampel, einen ätzenden Spruch über »Lügenbaronin Karla von Frigid« abgelassen hatte, war es um ihre Fassung geschehen gewesen. Gar nicht mal, weil sie dieser spezielle Spruch so verletzte. Die schiere Menge der ihr entgegengebrachten Verachtung erdrückte sie einfach. Wenigstens war keine der Dumpfkühe hinter ihr hergekommen, um sie weinen zu sehen. Karla hatte sich für den Rest der Pause verkrochen und sich noch nie in ihrem Leben so einsam gefühlt wie hier auf dem altvertrauten Schulhof. Und dann wäre sie beinahe noch beim Hineingehen nach der Pause ihrem Bruder über den Weg gelaufen. Zum Glück hatte sie Tim zuerst entdeckt, wie er in seinem spackigen T-Shirt und mit seinem ungelenken Gang über den Hof schlurfte – und sich rechtzeitig abgewendet. Das hätte noch gefehlt, dass Tim ihre Tränen gesehen hätte! Meistens checkte ihr kleiner doofer Bruder ja überhaupt nichts. Aber wenn, dann bohrte er so lange herum, bis man völlig die Nerven verlor. Eigentlich schade, dachte Karla, da hat man einen Bruder, sogar in derselben Schule, und ist trotzdem alleine. Nutzloser Bengel. Ein älterer Bruder, ein Beschützer, ja, das wäre was. Wenn Tim so jemand wäre wie Marcel: Schulsprecher, Oberstufe, breite Schultern, schmale Hüften, ein Gesicht wie Robert Pattinson – ja, dann …
Marcel kannst du ein für alle Mal vergessen, sagte sich Karla

und unterdrückte ein Schluchzen. Dieser Traum ist sowieso bloß ein Traum, und wenn Marcel diese Geschichten über mich hört – falls er Mittelstufengeschwätz beachtet und falls er überhaupt weiß, wer ich bin –, dann redet er niemals mit mir. Was, genau genommen, keinen großen Unterschied machte – denn bisher hatte er das auch noch nie getan. Obwohl, einmal auf der großen Treppe zwischen der Oberstufenetage und den Fachräumen, da waren sie sich vor ein paar Wochen begegnet. Allein. Karla war prompt die Umhängetasche von der Schulter geglitten, und das ganze Chaos aus Heften, Büchern, Stiften hatte sich über die Treppe verteilt. »Hoppla«, hatte Marcel gemurmelt und sie süß angelächelt. Dann war er weiter die Treppe hinaufgestiegen, und Karla hätte ihm gerne noch ein paar Sekunden länger auf die knackige Kehrseite geguckt, aber ihre Sachen lagen bis hinunter zum Erdgeschoss, und es hatte bereits zur nächsten Stunde geläutet.

Es läutete auch jetzt. Nun brauchte Karla nur noch eine Schulstunde zu überstehen, dann wäre es geschafft, wenigstens für heute.

Auf dem Stundenplan stand Sport. »Spießrutenlauf« wäre für Karla die treffendere Bezeichnung gewesen. Ihre Hoffnung auf ein ruhiges »Jeder für sich« mit ein paar Runden Laufen oder anderer einzelsportlicher Aktivität erfüllte sich leider nicht. Ausgerechnet heute wollte der Sportlehrer durch den Teamsport Völkerball die gruppendynamischen Kräfte bündeln. Die gruppendynamischen Kräfte bündelten sich prompt – alle gegen Karla. Eine Stunde lang flog ihr fast jeder Ball um die Ohren, der ins Feld ihrer Mannschaft gezielt war. Steinigung, durchzuckte es Karla, als ihr ein aus kürzester Entfernung abgefeuerter Ball klatschend an den bloßen Oberschenkel schlug und ein fieses Brennen hinterließ. Am Ende der Stunde fühlte sie sich, als hätte sie etliche Runden

im Betonmischer gedreht. Und musste sich vom Lehrer, diesem Oberchecker, auch noch anhören: »Karla, du bist ja ein richtiger Ballmagnet!«
Aber sie hatte nicht gejammert. Nicht vor den anderen, schwor sie sich. Im Umkleideraum herrschte gespannte Stille. Irgendetwas lag in der Luft, spürte Karla. Das war zwar schon den ganzen Tag so, aber hier lauerte eine neue Gemeinheit. Als sie ihr Duschzeug aus dem Sportbeutel nehmen wollte, sah sie es: Der ganze Beutelinhalt schwabbelte im Duschgel, obenauf die leere Plastikflasche.
»Ausgelaufen?«, ließ sich Juliane neben ihr in schlecht gespieltem Bedauern vernehmen. »Du bist aber auch ein Tolpatsch!«
Karla hatte genug. Sie raffte ihre Kleidung zusammen, stopfte das meiste davon notdürftig in ihre Umhängetasche und den Rest, ungeachtet des flüssigen Inhalts, in den Sportbeutel. Dann stürmte sie im Tiefflug aus dem Umkleideraum, begleitet vom hämischen Gelächter der Mitschülerinnen.
Wenigstens habe ich nicht geweint, und ich reiße mich auch zusammen, bis ich hier weg bin, beschwor sich Karla. Backen zusammenkneifen und durch! Alter Spruch von Gesche. Komisch, dass ihr jetzt ausgerechnet die irre Uroma einfiel. Wahrscheinlich ein gutes Beispiel, wenn's ums Kämpfen ging. Backen zusammenkneifen war gut. Steif wie ein Zinnsoldat marschierte Karla zum Fahrradständer. Gleich rauf aufs Rad und ab nach Hause, Tür zumachen …
Zuerst sah Karla das platte Hinterrad. Als sie das Schloss lösen wollte, um ihr Fahrrad aus dem Ständer zu ziehen, entdeckte sie auch das platte Vorderrad. Zuletzt bemerkte sie die fehlenden Ventile. Pumpe nutzlos, Fahrrad nutzlos. Karla ließ Tasche und Sportbeutel fallen und heulte ungebremst los.
»Sieht so aus, als bräuchtest du ein Taxi.« Fredo hob Karlas

Sachen auf und zwinkerte ihr aufmunternd zu. »Und dein Fahrrad kriegen wir sicher auch noch in die Karre rein.« Dabei wies er auf den Mercedes, der gleich vorn am Parkplatz bereitstand.

»Fredo?« Karla liefen immer noch Tränen die Wange herunter, aber sie fühlte sich schlagartig besser. »Was machst du denn hier?«

»Ich verbrenne ein bisschen Benzin. Zum Glück hat Markus ja reichlich Haushaltsgeld dagelassen.« Fredo setzte Tasche und Sportbeutel noch mal ab und reichte Karla ein Papiertaschentuch. »Außerdem sind Superhelden immer zur Stelle, wenn eine schöne Frau sie braucht.«

»Wo warst du dann den ganzen Vormittag?«, klagte Karla, fast schon mit einem kleinen Kichern, dann griff sie zum Taschentuch und schneuzte energisch Rotz und Wasser.

»So furchtbar?«, erkundigte sich Fredo vorsichtig. Karla nickte bloß, schon wieder mit den Tränen kämpfend. Um Ablenkung bemüht, schlug Fredo vor: »Fangen wir mit dem Fahrrad an. Schließt du mal auf?«

Das tat Karla, und Fredo schob das Rad auf platten Reifen hinüber zum Wagen. Der Kofferraumdeckel klemmte immer noch, aber Fredo hatte den Bogen längst raus: Ein satter Fußtritt rechts unten, und der Deckel sprang auf. Mit dem Rad im Laderaum ließ er sich zwar nicht ganz schließen, aber für die kurze Strecke bis zur Villa Fried würde es gehen. Dann ging er zurück zu Karla, nahm Tasche und Sportbeutel und legte seiner Nichte tröstend den Arm um die Schultern.

»Abflug?«

»Abflug.«

Karla kuschelte sich an Fredo, ließ sich so zum Auto bringen und fühlte sich zum ersten Mal an diesem Tag nicht schutzlos der Welt preisgegeben. Beim Einsteigen in den Wagen fiel ihr Blick ausgerechnet auf Marcel, der am anderen Ende des Parkplatzes gerade in sein schnittiges Peugeot Cabrio stieg und kurz in ihre Richtung sah. Seufzend zog Karla die Wagentür zu und drückte sich mit geschlossenen Augen in die Sitzpolster. In Sicherheit. Endlich.

Fredo startete den Motor. »Gleich nach Hause?«

Karla zögerte, klappte die Sonnenblende herunter und überprüfte ihr verheultes Gesicht im Spiegel. »Vielleicht noch nicht gleich …«

»Gesche sieht alles«, schmunzelte Fredo. »Wir fahren ein Stück und gehen dann ein paar Schritte. Ich weiß auch schon, wo.«

Karla klappte schweigend die Sonnenblende wieder hoch. Fredo wertete das als Zustimmung und gab der Limousine die Sporen. Sie fuhren nicht weit aus Bornstedt heraus. An einem Feldweg bog Fredo ab, rollte noch ein paar Meter weiter und parkte den Wagen am Waldrand. Sie gingen den Weg zu Fuß weiter, bogen dann ab auf einen schmalen Pfad, der sich scheinbar zwischen Birken und Nadelwald verlor, aber doch immer weiterführte. Hier hörte man kaum noch etwas anderes als Waldgeräusche: Blätterrascheln im lauen Wind, Vogelzwitschern, irgendwo plätscherte leise Wasser. Zwischen ihnen fiel kein Wort, und Karla war dankbar dafür. Dass Fredo auch mal die Klappe halten konnte, war für sie eine völlig neue Erfahrung. Der Tag der überraschenden Erkenntnisse. Mit jedem Schritt wich ein Stück Anspannung von ihr, fühlte sie sich leichter. Dann führte der Pfad aus dem Wald heraus ans Ufer eines träge fließenden Wiesenbächleins. Es gab einen sandigen Zugang zum Wasser und davor einen großen, abgeflachten Findling – der ideale Zweiersitz, auf dem sich Fredo sogleich niederließ und Karla mit einem Wink einlud, seinem Beispiel zu folgen. Sie setzte sich zu ihm und ließ den Blick über die friedliche Szenerie schweifen.

»Schön hier.«

»Finde ich auch«, bestätigte Fredo. »Ich hab's ja sonst nicht so mit der Natur, aber das hier hat was.«

»Hier bin ich noch nie gewesen. Woher kennst du den Platz?«

Fredo wies auf den Bach. »Markus und ich sind hier früher mit dem Rad hergekommen und haben Kaulquappen gefangen. Das Wasser aufgestaut und gebadet. Später auch mal Feuer gemacht und Würstchen gegrillt und so was.«

»Ich wusste gar nicht, dass ihr solche Sachen zusammen gemacht habt«, wunderte sich Karla. »Ich meine, wenn Papa über dich redet …«

»Wenn man älter wird, bleiben eben nicht alle Dinge für alle Zeiten so, wie sie mal waren«, gab Fredo zu bedenken und fühlte sich neben seiner jungen Nichte plötzlich bleischwer und altersweise. Als Nächstes gucke ich morgens in den Spiegel und sehe aus wie Gandalf der Graue, dachte er.

Karla wirkte plötzlich in sich gekehrt. Dann bemerkte sie: »Wenn man jung ist, bleibt auch nicht immer alles beim Alten.«

»Da reicht ein Tag, was?«, erkundigte sich Fredo mitfühlend. »Erzählst du mir, was los war?«

Karla schwieg noch einen Moment, dann begann sie zu berichten. Erst zögerlich, dann flüssiger, bis endlich die unterdrückte Mixtur aus Scham, Verzweiflung und Wut aus ihr herausbrach. Helena Anatols missglücktes Vermittlungsgespräch, Juliane Färbers Rachefeldzug, die permanenten Demütigungen durch die Mitschüler. Die symbolische Exekution beim Völkerball, die Sauerei mit dem Duschgel und die geklauten Fahrradventile. Karla ließ alles raus. Das tat gut. Selbst wenn dabei wieder ein paar Tränen flossen.

»Ich dachte, das sind meine Freundinnen«, schloss Karla schluchzend. »Ich wollte sie alle einladen zu einer Riesenfete, wenn ich sechzehn werde!«

Fredo zückte bereits das nächste Taschentuch und reichte es weiter. »Ach, bis dahin … Das dauert doch noch.«

»In zwei Wochen! Weißt du nicht mehr, wann ich Geburtstag habe?«

»Ist nicht gerade meine Stärke, so was zu behalten«, gab Fredo zu.

»Ist jetzt sowieso egal«, jammerte das Mädchen, »ich weiß ja eh nicht mehr, wen ich einladen soll!«

Fredo schüttelte bedächtig den Kopf. »›Lügenbaronin Karla von Frigid‹, was für ein erbärmliches Wortspiel.«

»Und wenn du Carina mal sehen würdest!«, ereiferte sich Karla. »Die fette Kuh rührt erst recht kein Junge an!«

»Was stört die Mädels eigentlich am meisten? Dass du sie angelogen hast – oder dass du eben doch noch nicht mit einem Jungen zusammen bist?«

»Keine Ahnung. Ist im Endeffekt auch wurscht.« Karla hob einen kleinen Stock vom Boden auf und kratzte damit wirre Muster vor sich in den Sand. »Und wie ich weiter in diese Schule gehen soll, weiß ich auch nicht.«

»Vielleicht kommt ja ein Prinz um die Ecke, und alles regelt sich.«

Karla schnaubte verächtlich. »Etwa wie in ›Lara – eine Unschuld in Berlin‹? Das Leben ist keine Telenovela, Onkel Fredo, so viel weiß sogar ich schon darüber!«

»Okay, Telenovelas stecken voller Klischees«, gab Fredo zu. »Aber woher kommen die? Letzten Endes aus dem Leben. Glaub einfach dran.«

»Fällt mir schwer.«

»Dann glaube wenigstens an dich selbst.«

»Klischeesatz.«
»Klischee reicht für die meisten.«
»Ich bin nicht wie die meisten.«
»Dann sind wir ja schon zwei.«
»Gibst du nie auf, Fredo?«
»Niemals. Weil ich mich gar nicht erst auf etwas einlasse.«
»Willst du damit behaupten, dir geht grundsätzlich alles am Arsch vorbei?«
»Ich versuch's.«
Karla sah ihn ungläubig an. »Und ich soll das auch versuchen?«
»Red es dir ein. Es hilft, glaube mir.«
»Wenn du meinst ...«
»Backen zusammenkneifen und durch!«
Karla schmunzelte. »Das hab ich heute auch schon gedacht!«
»Wir sind eben miteinander verwandt, das lässt sich nicht leugnen«, schmunzelte Fredo mit.
»Und stammen von Gesche ab«, lachte Karla.
»Genau. Zu irgendwas muss das doch gut sein.«
Sie schwiegen eine Weile stillvergnügt in sich hinein, dann stupste Fredo das Mädchen aufmunternd mit dem Ellenbogen an. »Besser?«
Karla atmete tief durch und nickte. »Viel besser.«
»Das ist gut.«
»Ich hab Hunger. Was gibt's heute?«
»Pfannkuchen. Wetten?«
Sie lachten noch, als sie längst wieder im Wald und dann zurück beim Wagen waren. Sie stiegen ein, und Fredo steckte den Schlüssel ins Zündschloss.
»Abflug?«
»Abflug.«
Fredo wollte schon starten, da schoss Karla noch eine Bemer-

kung ab. »Onkel Fredo, über dich haben ein paar von den Mädels heute auch gelästert.«

»Geht mir am Arsch vorbei. Was denn?«

Karla druckste etwas. »Also ... Sara Keller hat was von ihrer Oma gehört ... und Mona Sandmann von ihrer Mutter ... Die sagen, du hast als Schüler mal ein Mädchen angefallen, auf einer Klassenreise ...«

»Na ja, es war gerade Vollmond.« Fredo sah seiner Nichte offen in die silberhellen Augen. »Hey – glaubst du den Quatsch?«

Die Wärme, die ihm aus Karlas Blick entgegenleuchtete, tat Fredo gut. Besser als jede gesprochene Antwort. Fredo ließ den Motor an, wendete und rollte über den Feldweg zurück zur Straße.

»Onkel Fredo – warum reden die Menschen so viel Müll?«

»Wenn ich das wüsste«, seufzte Fredo, »würd ich ihn in Dosen abfüllen und ans Fernsehen verkaufen.«

18.

PLOCK. PLOCK. PLOCK. PLOCK. PLOCK.

Die Wolldecke war Fredo von den Knien gerutscht, sie lag auf den Fliesen neben dem Deckchair. Fredo machte sich nicht die Mühe, sie aufzuheben – erstens war es warm genug für eine Siesta ohne Decke, zweitens war bei dem Lärm eine Siesta ohnehin nicht mehr drin. Nebenan stanzte Knödel seinen Ball mit der Präzision einer Nähmaschine gegen den Holzschuppen, und zwar erstaunlicherweise völlig ohne Begleitkommentar.

PLOCK. PLOCK. PLOCK.

Kein PLOCK.

Dafür raschelte es, und der Ball flog durch die Hecke, rollte aus und blieb vor Fredos Terrasse liegen. Fredo beschloss, diesem trägen Beispiel zu folgen, und rührte sich nicht. Bald darauf lugte das runde Gesicht des Jungen zwischen den Zweigen hervor. Fredo simulierte den Schlafenden. Knödel drückte sich sachte durch die Hecke, offensichtlich darum bemüht, jedes Geräusch zu vermeiden. Fredo wartete ab, bis sich der Junge auf leisen Sohlen bis zum Ball geschlichen und das Spielgerät aufgenommen hatte – dann schrie er laut: »Buh!«

Knödel schoss hoch wie angestochen, versuchte sich noch in der Luft nach Fredo umzusehen, verhedderte sich mit den eigenen Füßen und landete unsanft auf dem Hosenboden.

»In der technischen Ausführung nur Durchschnitt, aber für den künstlerischen Ausdruck kriegst du die Höchstpunktzahl in der B-Note«, kommentierte Fredo ungerührt. »Hallo, Daniel.«

»Ich darf nicht mit dir reden«, erklärte der Junge. Er machte keine Anstalten, näher zu kommen, lief aber auch nicht weg.

»Warum denn nicht?«

»Hat Mama verboten.«

»Ach ja?«

»Weil du ein Kinderschänder bist«, schob Knödel mit wichtiger Miene nach.

»Soso.« Fredo reckte sich, blieb aber liegen. »Und sie denkt, ich tue dir was?«

»Muss wohl«, gab Knödel schulterzuckend zu.

»Dabei weiß Katrin ganz genau, dass ich nur kleine Mädchen schände«, erklärte Fredo mit ausdrucksloser Miene. »Du bist doch ein Junge, oder?«

»Klar. Bin ich.«

Fredo grinste breit. »Dann bist du auf der sicheren Seite. Denk mal drüber nach!«

Das tat Knödel so offensichtlich, dass man förmlich sehen konnte, wie sich hinter seiner Stirn die Rädchen drehten. Schließlich nickte er, trat zu Fredo auf die Terrasse und verkündete: »Frauen sind unlogisch!«

»Gewöhn dich dran«, entgegnete Fredo schlicht. »Trainierst du noch den rechten Vollspann-Hammer?«

»Sicher! Hast du das eben am Schuppen gehört? Alles Vollspann!«

»Gratuliere! Das ist ja eine echte Waffe, dein Rechter.«

»Danke!« Knödel freute sich sichtlich über das Kompliment. »Verdanke ich nur dir. Ich zieh genau so ab, wie du es mir gezeigt hast.«

»Den Trick einmal sehen bringt ja noch nichts«, wehrte Fredo

bescheiden ab. »Die Übung macht's. Und darin bist du Weltmeister.«
Knödel strahlte. »Du, am nächsten Samstag steigt unser großes Jugendturnier. Da gibt's Medaillen und einen richtigen Pokal!«
»Ich drücke dir die Daumen.«
»Danke.« Über Knödels Gesicht legte sich ein Schatten. »Hoffentlich werde ich endlich mal aufgestellt. Sonst hänge ich wieder die ganze Zeit am Grillzelt rum und schiebe mir aus Frust eine Bratwurst nach der anderen rein …«
Fredo unterdrückte ein Lachen. Der Junge tat ihm leid. »Passt deine Mutter dabei nicht ein bisschen auf? Da wäre ihre Fürsorge mal angebracht …«
»Mama hat es nicht so mit Fußball. Meistens kommt sie gar nicht mit, und wenn … Sie hat ja keine Ahnung davon!«
»Hat eben nicht jeder Spaß daran.«
»Schon klar. Aber das ist auch schuld daran, dass ich fast nie mitspielen darf!«
»Wieso?«
»Bei den anderen Jungs sind immer die Väter dabei«, erklärte Daniel. »Die diskutieren mit Coach Köhler über Taktik, Aufstellung und so. Und wenn ihre Söhne nicht spielen, meckern sie so lange herum, bis der Trainer sie einwechselt. Und ich bin immer das Opfer!«
»Dein Coach Köhler ist ein Spinner. Siehst du, was der mit meiner Tür gemacht hat?«
Daniel blickte zur Terrassentür und machte runde Augen vor Erstaunen. »Das war Köhler? Echt?«
Fredo nickte. »Ich hab ihn dafür rausgeschmissen.«
»Wow! Was war denn los?«
»Kleiner Streit unter Männern.«
»Worüber?«

»Über die Taktik.«
Knödel schwieg beeindruckt. Dann meinte er nachdenklich: »Wenn du dabei wärst beim Turnier, das wäre was …«
Damit könnte ich den bescheuerten Köhler bestimmt ärgern, dachte Fredo und fand diese Vorstellung enorm reizvoll.
»Könnte ich ja machen …«
»Ehrlich? Ist ja riesig!« Knödel hüpfte fast vor Freude. »Kannst du mich nicht noch ein bisschen trainieren? Vielleicht jetzt gleich, hier im Garten, wie neulich?«
»Könnte ich machen«, stimmte Fredo zu. »Aber was sagt deine Mutter, wenn sie das sieht?«
Der Junge sah betrübt zu Boden. »Mist, stimmt ja …«
»Wie wär's mit dem alten Bolzplatz hinter dem Gymnasium?«, schlug Fredo vor. »Wenn wir da kicken, kriegt Katrin gar nichts mit! Wollen wir?«
Auf Knödels Gesicht ging die Sonne auf.

»Guten Tag, Frau Fried!«
Rundes Gesicht, runde Figur, freundliches Lächeln, so um die fünfzig. Das alles konnte Gesche erkennen. Warum fiel ihr dann bloß nicht ein, wer diese Frau war?
»Ist Ihnen nicht zu warm? Also, ich hab meinen Wintermantel schon längst eingemottet! Ist das Wetter nicht herrlich? Und endlich blüht wieder alles im Garten, und …«
Gesche hörte nicht weiter zu, ging einfach um die Frau herum und weiter den Fußweg entlang. Sie sah sich auch nicht nach der Frau um. Sollte die ruhig sonst was von ihr denken. Vielleicht war das nur ein übler Trick. Alte Damen ansprechen und so tun, als kenne man sich. Bestimmt war das so eine, die einem dann das Portemonnaie klaute. Oder den Pelzmantel. Hat die nicht eben Bemerkungen über meinen Mantel gemacht? Das beweist es doch.

Gesche zog instinktiv den Kragen ihres ohnehin schon bis oben zugeknöpften Pelzmantels zusammen, was ihr die erstaunten Blicke weiterer Passanten eintrug. Gesche wertete das als Begehrlichkeit. Die würden sie alle ausrauben, wenn sie nicht aufpasste. Nicht mit mir, dachte Gesche. Ich gehe einfach stur vorbei und schere mich einen Dreck um diese Leute. Wie damals, als sie mit ihren Geschwistern auf Hamstertour losgezogen war. In der schlechten Zeit nach dem Krieg, die Bäuche voll Luft und dem bisschen Zeug, das es auf Lebensmittelmarken gab – wenn es denn überhaupt zu bekommen war. Raus aus Hamburg und versuchen, im Umland die Höfe abzuklappern, das war die einzige Rettung. Die Bauern hatten immer noch etwas, aber sie gaben es nicht gern. Es kamen auch zu viele, es gab zu viel Hunger. Wenn man etwas anbieten und gut verhandeln konnte, ja, dann …
Mutter hatte nicht die Nerven dafür, Vater war noch in Gefangenschaft gewesen. Gesches Schwester Imke ließ sich viel zu leicht entmutigen, aber sie sah gut aus mit ihrer weizenblonden Mähne und dem Puppengesicht, damit ließ sich so manches harte Bauernherz erweichen. Leider standen meist die Bäuerinnen in der Tür, und bei denen zogen Imkes Qualitäten in der Regel nicht. Da wirkte schon eher der kleine Bruder Claus mit seiner ewigen Schniefnase und den dürren Armen und Beinen. Und wenn nicht, dann schlug Gesches Stunde. Tantchens Volksempfänger, Großvaters Manschettenknöpfe, Vaters Taschenuhr, Mutters Ehering, sie tauschte alles und kämpfte dabei an zwei Fronten: Erst zu Hause, wo es das künftige Tauschobjekt loszueisen galt – denn irgendjemand hatte immer etwas dagegen, dass ausgerechnet dieses Kleinod weggegeben werden sollte, und sperrte sich mit Hysterie und Kampfgeschrei. Dann bei gierigen Bauern, die alle glaubten, sie könnten die zierliche junge Frau mit den merk-

würdigen Schlittenhundaugen locker über den Tisch ziehen – bis sie erlebten, dass diese Frau jederzeit über die aktuellen Preise informiert war, noch zäh verhandelte, wenn ihr Magen längst das Gespräch überknurrte, fluchen konnte wie ein Bierkutscher und zur Not lieber ohne Ergebnis den Hof verließ, als sich übervorteilen zu lassen.

»Guten Tag, Frau Fried!«

Wieder so eine. Nicht drum kümmern. Stur vorbei. Arme vor der Brust über dem Mantel verschlungen. Wie damals, als sie mit einer ganzen Speckschwarte, sechs Eiern und drei Pfund Butter am Hauptbahnhof in eine Schwarzmarktrazzia geraten war. Das ganze Zeug unterm Mantel, Arme vor die Brust, Nase nach oben und an allen Uniformierten vorbeigegangen, als sei überhaupt nichts. Hatte brillant geklappt, auch wenn der Fettfleck von der Schwarte nie mehr aus dem Mantel rausgegangen war und drei Eier hinterher Sprünge in der Schale hatten.

»Erst kommt das Fressen, dann die Moral«, murmelte Gesche. Das war die Wahrheit, unumstößlich, und für ein paar Sekunden hielt sie sich innerlich an dieser Erkenntnis fest wie an einem Treppengeländer. Dann bröckelte alles weg, Imke, Claus, die Speckschwarte, Kälte und Hunger – und sie spürte die Gegenwart wie eine Hitzewelle in sich aufsteigen. Was mache ich hier, fragte sich Gesche plötzlich, wohin will ich eigentlich, wo bin ich?

Da hinter den Häusern ist der Kirchturm, erkannte sie. Da sind die Geschäfte, wenn ich einkaufen will. Wahrscheinlich will ich einkaufen, sagte sich Gesche. Aber was eigentlich? Sie blieb stehen und betrachte ratlos den Einkaufsbeutel, der leer an ihrem Arm hing. Kein Zettel darin, auch nicht in ihren Manteltaschen. Gesche verspürte eine leichte Panik und wieder aufsteigende Hitze. Zumindest die Hitze war real. Kein

Wunder, du dämliches Stück, schalt sich Gesche, die Sonne scheint, und du trägst einen Pelzmantel. Doch anstatt den Kragen zu öffnen, ging sie einfach weiter. In Bewegung bleiben, dann kriegte alles einen Sinn. Dabei fühlte sie sich sicher. Mach nur die Dinge, bei denen du dir sicher bist, beschwor sich Gesche. Das hat Fredo gesagt. Ihre Schritte wurden plötzlich sicherer und schneller. Fredo. Zu ihm musste sie, dann würde alles wieder gut.

Fredo lupfte den Ball mit der Fußspitze halbhoch an, katapultierte ihn per Knie auf zwei Meter Senkrechtflug, stoppte das herabfallende Leder mit der Stirn, ließ die Kugel abtropfen und erwischte sie Vollspann kurz vor der Grasnarbe. Die Pille knallte gegen die Unterkante der Latte, ließ das Torgestänge mit hellem Glockenton vibrieren, schepperte federnd im Maschendraht des Fangzauns und kam langsam zurückgerollt. Musik in meinen Ohren, dachte Fredo und schob den Ball mit der Hacke zu Knödel, der schon in vollem Anlauf anpreschte, mit hochrotem Gesicht und schnaufend wie ein Nilpferd im Blutrausch. Seine Füße schienen dem schweren Körper fast davonzulaufen, Daniel geriet mit jedem Schritt mehr in Rücklage, und als er den Ball endlich erreichte, jagte er ihn fulminant in die Wolken. In hohem Bogen segelte die Lederkugel über Tor und Fangzaun hinweg und verschwand hinter der Turnhallen-Seitenwand. Knödel keuchte enttäuscht und sah Fredo gequält an. »Wenn ich mich so anstrenge, kann ich mich nicht auf den Schuss konzentrieren!«
»Du bist eben ein Meister des ruhenden Balles«, versuchte Fredo, das Dilemma positiv zu bewerten. »Vielleicht sollten wir lieber die Kondition trainieren?«
»Das bringt doch nichts bis Samstag«, jammerte Knödel.
Sicher nicht, gab ihm Fredo innerlich recht. »Bewegung, Be-

wegung! Es muss ja nicht gleich die Platzrunde sein. Aber wenn du jetzt den Ball holst, im Laufschritt, bitte.«

Der Junge wollte bereits lautstark Protest einlegen – da vernahm man einen dumpfen Abschlag, und schon flog der Ball in aberwitzig hoher Flugbahn über die Turnhalle, prallte genau zwischen Knödel und Fredo auf und sprang wie ein Flummi über den Rasen, bis ihn die Schwerkraft endlich doch besiegte.

»Meeeensch!«, staunte Daniel. »Wer hat denn so einen Hammer?«

»Briegel«, murmelte Fredo. Und tatsächlich schob sich jetzt die Riesengestalt seines einstigen Schulkameraden um die Ecke der Halle. Briegel Schulz trug noch einen Trainingsanzug von der letzten Sporteinheit, die er eben unterrichtet hatte. Sein Gesicht glänzte vor Freude, als er Fredo erkannte.

»Fredo, alte Blendgranate«, dröhnte er begeistert. »Früher hast du das Tor aber besser getroffen! Das müssen mehr als zehn Meter über dem Kasten gewesen sein, du Blindfisch!«

»Eher zwanzig. Aber ich war's nicht.«

Briegel kam heran und schüttelte Fredo ausgiebig die Hand. »Dir glaubt sowieso keiner was.«

»Stimmt aber«, bekannte Knödel kleinlaut. »Ich war's.«

Briegel wandte sich dem Jungen zu und musterte ihn erstaunt, als entdeckte er seine Anwesenheit jetzt erst. »Nun gib mal nicht so an, Kleiner. Wie alt bist du?«

»Zehn. Und ich war es doch!«, beharrte der Junge, nun schon etwas mutiger.

Briegel legte die fleischige Stirn in furchterregend grimmige Falten und ließ die Augen rollen. »So weit? So hoch?«

Daniel wuchs sichtlich und nickte stolz. Briegel trifft genau die richtige Ansprache, freute sich Fredo. Sein riesenhafter

Kumpel und der Junge gingen glatt als Vater und Sohn durch. Den Bauch hatte Knödel schon mal. Er müsste bloß noch zwei Meter groß werden, aber bei geeignetem Futter und einer Mutter mit Körbchengröße Doppel-D sollte das kein Problem darstellen.

»Ist ja allerhand!«, dröhnte Briegel Schulz in tiefstem Bass. »Wenn du jetzt noch den Kasten triffst, hat der Torwart überhaupt keine Chance!«

»Ich bin ja auch ein Meister des ruhenden Balls«, erklärte Knödel altklug und setzte nach: »Hat Fredo jedenfalls gesagt.«

Briegel lachte und wandte sich wieder an Fredo. »Du Windhund hast mir früher Knoten in die Beine gespielt!«

Fredo grinste. »Aber wenn du mich erwischt hast, gab's immer blaue Flecken.«

»Verdientermaßen. Irgendjemand musste dir ja das verabreichen, was die Lehrer an dir versäumten …«

»Hey«, unterbrach Knödel den Nostalgieabstecher energisch, »könntet ihr mich nicht alle beide trainieren?«

»Ist nämlich ein Notfall«, erklärte Fredo. »Am Samstag bestreitet unsere Nachwuchshoffnung hier ein Turnier. Und es bedarf noch etwas, nun ja …«

»Feinschliff«, stieg Briegel ein und glitt sofort in die Sportlehrerrolle. »Das grobe Ganze läuft ja schon gut. Fredo, ab ins Tor. Junge …«

»Ich heiße Daniel.«

»Schnapp dir den Ball, Daniel!«

Wolfgang Köhler saß im kleinen Computer-Arbeitsraum für das Lehrpersonal am laufenden PC. Zu seinen Aufgaben gehörte auch die Pflege der Homepage des Gymnasiums, und dieser Pflicht wollte er sich in dieser Nachmittagsstunde wid-

men. Momentan allerdings sah er nachdenklich durch die offene Tür hinüber zum Lehrerzimmer. Dort nämlich saß in seinem Blickfeld Helena Anatol am Fenster, über einen Stapel Schulhefte gebeugt.
Vor Köhler lag eine Liste mit den Namen sämtlicher Kollegen. Die Homepage sollte mit aktuellen Porträtfotos des gesamten Kollegiums bestückt werden, zusätzlich zu den jeweiligen Kurzbiographien. Natürlich ging das nur mit der Zustimmung jedes Einzelnen. Deshalb hatte Köhler die Liste im Lehrerzimmer ausgelegt, und die Kollegen hatten zum Zeichen ihres Einverständnisses alle unterschrieben und damit ihre Fotos freigegeben. Alle – bis auf eine.
Helena Anatol hatte nicht nur ihre Unterschrift verweigert, sondern sich auch dagegen gesperrt, eine Kurzbiographie für die Homepage abzuliefern. Name, Unterrichtsfächer – das müsse reichen, mehr erlaube sie nicht. Das stank zum Himmel, fand Köhler. Und deshalb hatte er sich an das Frankfurter Gymnasium erinnert, an dem die Kollegin Anatol vor ihrem Wechsel nach Bornstedt unterrichtet haben sollte – der Direktor hatte den Namen der Schule beiläufig mal erwähnt. Die Homepage dieses Frankfurter Gymnasiums zu finden war kein Problem gewesen. Nett gemacht, mit vielen Hinweisen zu aktuellen Vorhaben und launigen Erinnerungsberichten von vergangenen Projekten und Klassenreisen. Genau in dieser Rubrik fand Köhler einen zwei Jahre alten Bericht über einen Oberstufenausflug nach Trier. Mit vielen Fotos, die er sich eben alle angesehen hatte. Besonders das eine, das auch jetzt noch seinen Monitor füllte: eine Frau und ein Mann vor der Porta Nigra. Er, etwa vierzig Jahre alt, gepflegte Erscheinung, hielt die Frau fest an der Schulter umschlungen und wies in Feldherrenpose auf irgendetwas außerhalb des Bildhorizonts – sie lächelte etwas verkrampft dazu.

Unverkennbar Helena Anatol.
Bloß, dass in der Bildunterschrift stand: »Unser Lehrertraumpaar – Herr und Frau Richter.«
Gut, dachte Köhler, manche Leute lassen sich scheiden und legen den Namen des Ex-Gatten ab. Aber irgendwie hatte er das sichere Gefühl, dass die Dinge in diesem Fall nicht so einfach lagen. Da war etwas faul. Er beobachtete Helena, bis sie plötzlich von ihren Heften aufblickte und zu ihm herübersah. Köhler lächelte ihr unverbindlich zu und wandte sich schnell ab.
Ach ja, der schüchterne Wolfgang, fuhr es Helena Anatol durch den Sinn, als sie plötzlich nur noch seinen Rücken sah. Obwohl, besonders schüchtern verhielt er sich ihr gegenüber eigentlich längst nicht mehr. Und Helena wusste immer noch nicht genau, ob sie das nun gut oder lästig fand. Trotzdem hatte sie zugesagt, als Köhler sie vorhin gefragt hatte, ob sie nicht am Samstag »seine Jungs« beim Fußballturnier anfeuern wolle. An den Wochenenden hing sie sowieso nur herum, und ein bisschen war sie auch neugierig darauf, Wolfgang im Umgang mit kleinen Kindern zu beobachten. Seine steife Art und ausgelassene Jungs auf dem Sportplatz, diese Mischung konnte sie sich gar nicht richtig vorstellen.
Ihr Blick wanderte wieder, wie vorher schon mehrfach, zum Fenster hinaus auf den Bolzplatz vor der Turnhalle, wo drei Gestalten um einen Ball herumtobten, offensichtlich mit höchstem Vergnügen – ein kleiner Junge, den sie nicht kannte, Kollege Schulz und Fredo. Es hatte Helena weh getan, dass er neulich Abend so sang- und klanglos fortgegangen war. Aber als sie Fredo jetzt beobachtete, wie er mit vollem Einsatz nach dem Ball hechtete, über den Rasen kugelte, mit Briegel Schulz zusammenprallte, lachend aufstand und sich mit dem kleinen Jungen begeistert abklatschte, hatte Helena

ihm schon fast verziehen. Angesichts dieser ungezügelten Lebensfreude fiel es einfach schwer, Fredo gram zu bleiben. Er will Spaß, dachte Helena, und den habe ich ihm nicht mehr geboten. Also ist er gegangen. Selber schuld, Helena.
Unten unterbrachen die drei Fußballer ihr Spiel und standen nur noch herum. Abpfiff, sagte sich Helena und wandte sich wieder ihrer Korrekturarbeit zu.

Knödel entdeckte sie zuerst. »Hey, Fredo – ist das nicht deine Oma?«
Fredo ließ den Ball fallen und sah zu der merkwürdigen Erscheinung hinüber, die neben der Turnhalle auftauchte und sich mit unsicheren, kleinen Schritten näherte. Gesche, tatsächlich. Im Pelzmantel, bei locker dreiundzwanzig Grad im Schatten. Sie schien Fredo jetzt ebenfalls zu erkennen und winkte ihm kurz zu. Im nächsten Moment geriet sie ins Taumeln und sackte zusammen. Fredo sprintete los, Briegel und der Junge schalteten langsamer, folgten dann aber nach.
Als Fredo seine Großmutter erreichte, schlug Gesche gerade wieder die Augen auf und funkelte ihn mit gesammelter Restenergie an. »Du Lausebengel, warum kommst du nicht nach Hause? Die Schule ist längst aus …«
Damit hatte sie sich völlig verausgabt, sie schnappte nach Luft. Fredo ließ sich gar nicht erst auf Diskussionen ein, sondern öffnete den geschlossenen Pelzkragen und knöpfte Gesches Mantel auf. »Hol bitte Wasser«, forderte er Briegel auf. Der Freund nickte nur und rannte zum Turnhalleneingang. Knödel hielt sich scheu im Hintergrund, mit ein paar Metern Abstand vom Ort des Dramas. Fredo klappte den schweren Mantel zurück und fächelte Gesche Luft zu, bis Briegel Schulz mit einer vollen Flasche zurückkehrte. Gesche schluckte gierig das dargebotene Wasser und ließ es auch zu,

dass Fredo ihr damit die Stirn benetzte und den Nacken einrieb. Sie schien sich rasch zu erholen.
»Willst du den Mantel nicht ganz ausziehen?«, schlug Fredo vorsichtig vor. Gesche streifte bereitwillig den Mantel ab, dann rappelte sie sich, gestützt von Fredo, langsam hoch – es ging.
»Ich will nach Hause«, entschied sie.
Fredo wechselte einen skeptischen Blick mit Briegel, dann wandte er sich an Gesche. »Erst bringe ich dich zum Arzt, Gesche.«
»Das ist bestimmt sinnvoll«, stimmte Briegel zu, bevor Gesche protestieren konnte. »Und mach dir keine Sorgen um Daniel. Den kann ich nach Hause bringen, ich bin auch mit dem Wagen da.«
»Danke. Tschüs, Jungs. Komm, Gesche.«
Widerstandslos ließ sich Gesche zum Parkplatz und in den Mercedes eskortieren. Sie schwieg, während Fredo mit ihr vom Schulgelände rollte, und verlor auch auf der Fahrt durchs Städtchen kein Wort. Erst als Fredo den Wagen vor der Praxis des Dr. Lorenz einparkte, verschränkte Gesche die Arme vor der Brust und hielt sich am Gurt fest, als sei der ein Rettungsseil. »Ich geh da nicht rein.«
»Das ist Dr. Lorenz. Zu dem gehst du doch sonst auch!«
»Ich geh da nicht rein.«
Fredo stieg wortlos aus, ging um den Wagen herum, öffnete die Beifahrertür. Gesche hielt das Gesicht abgewandt und rührte sich nicht. Fredo löste ihren Gurt und wollte seine Großmutter gerade packen und vom Sitz heben, als ihm etwas feucht auf die Hand tropfte. Gesche weinte.
Fredo hielt erschüttert inne. Niemals, mit einer Ausnahme, hatte er Gesche weinen sehen. Dieses eine Mal war bei der Beerdigung ihres Sohnes und ihrer Schwiegertochter gewe-

sen. Martin und Sabine, Fredos Eltern, gestorben bei einem Verkehrsunfall. Ein wirklicher, für alle fassbarer Grund zum Trauern, und obwohl Gesche damals ihr einziges Kind verloren hatte, war sie es gewesen, an der sich Fredo und sein Bruder Markus hatten aufrichten können. Jetzt zogen Gesches Tränen Fredo für einen Moment den Boden unter den Füßen weg.

Behutsam schnallte er seine Großmutter wieder an, schloss die Beifahrertür und stieg zurück hinters Lenkrad. Er ließ Gesche Zeit, bis die Tränen einfach versiegten und sie ihm wieder klar in die Augen sehen konnte.

»Wir gehen nicht rein. Aber du sagst mir, was los ist.«

Gesche suchte nach den richtigen Worten, versuchte es schließlich. »Ich ... ich verschwinde aus der Zeit, Fredo. Einfach so. Von einem Moment zum anderen. Ich bin irgendwo hier, aber in mir bin ich ganz woanders ...«

»Und denkst zum Beispiel, ich bin noch klein und du musst mich von der Schule abholen?«

Sie nickte. »Aber nicht nur so. Manchmal habe ich überhaupt keinen Plan. Bin raus aus der Zeit und finde keine andere, verstehst du? Und dann habe ich Angst ... so große Angst ...«

Fredo lief es kalt den Rücken herunter. Wenn ihm irgendetwas Angst bereitete – dann eine Gesche, die Angst hatte.

»Dann habe ich Angst, ich finde mich nie mehr wieder«, flüsterte Gesche leise und sah ihren Enkelsohn plötzlich bestimmt an. »Das will ich nicht, Fredo. Lieber will ich vorher sterben! Und ich will auch nicht, dass Dr. Lorenz das merkt. Und Karla und Tim auch nicht. Vor allem Karla nicht!«

»Was hast du nur immer mit Karla?«, wunderte sich Fredo.

»Sie ist noch nicht so weit«, äußerte sich Gesche kryptisch. »Bringst du mich jetzt bitte nach Hause?«

19.

NEWSFLASH FAMILIE FRIED:

Fredo: Heute koche ich. Gesche hat Pause.

Tim: Karikatur eines lachenden Big Mac und einer flennenden Karla, Bleistift, schwarzweiß.

Karla: @ Tim: Friss die Fastfood-Reste von deinem Fußboden.

Im Eingangsbereich der Schule herrschte wieder einmal Stau, in der anschließenden Aula drängten sich die Massen – wie an jedem Tag vor Schulbeginn. In der Luft die Geräuschkulisse von tausend Geschichten, die der besten Freundin, dem besten Freund unbedingt noch erzählt werden mussten, bevor die Glocke zur ersten Stunde schellte und die wirklich wichtigen Dinge des Lebens für die nächsten fünfundvierzig Minuten unterband. Tim und Patrik berührte das Gedränge überhaupt nicht. Sie bewegten sich auf eigener Umlaufbahn.

»Du hast die ganze Nacht geschrieben?«, staunte Patrik. »Wow. Eine ganze Nacht am PC verdaddeln, das hatte ich ja schon öfter. Aber schreiben, also das ist echt abgefahren!«

»Es war cool. Ich hätte gar nicht aufhören können. Ich musste einfach.«

»Du bist ein geborener Dichter«, behauptete Patrik. »Ein Enthüllungsjournalist. Ein Mann der Feder. Ein Wortbombenleger! Wie viel ist es denn geworden?«

Tim klopfte auf seine Schultasche. »Fast achtzehn Seiten. Ohne Titelseite.«

»Extrablatt!«, brüllte Patrik begeistert. »Die ungeschminkte Wahrheit über John Maynard! Extrablatt!«
Die umstehenden Schüler blickten irritiert in ihre Richtung, ein paar zeigten Patrik unmissverständlich einen Vogel, bevor sie sich wieder ihren eigenen Gesprächen zuwandten. Patrik ignorierte das geflissentlich. Jahrelange Übung.
»Ich bin stolz auf dich, Alter. Und, wie hast du es aufgezogen?«
»Erst mal die wahren Hintergründe genannt. Alles, was ich dir auch schon erzählt habe. Und dann die Schlüsse daraus gezogen: Diese Ballade ist bloße Agitation, um die Jugend dazu zu erziehen, sich zu opfern, wenn man ein Opfer braucht.«
»Großartig«, freute sich Patrik. »Gib's ihnen, Tiger!«
»Und dass das Ding nach über hundert Jahren immer noch in unseren Schulbüchern steht«, redete Tim sich jetzt warm, »und zwar, ohne dass uns verraten wird, dass es sich um eine zusammengelogene Geschichte handelt – was beweist, dass auch die Lehrer uns nur als Opfer betrachten! Jede junge Generation darf man offenbar immer wieder aufs Neue opfern! Da spannt sich ein blutiger Bogen über die Weltkriege bis zum Hindukusch, und dieser Bogen streicht durch unsere Schulbücher – und niemand sagt uns das!«
Patrik applaudierte stumm, weil jetzt die Schulglocke jedes gesprochene Wort übertönte. Dann wandte er sich mit großer Geste an die Allgemeinheit und brüllte: »Tim Fried hat die Bombe!«, um sich danach im Normalton zu verabschieden. »Wir sehen uns in der Pause, Alter.«
Tim sah dem zur Treppe entschwindenden Freund grinsend nach. So bemerkte er Köhler erst, als der Lehrer vor ihm stand und ihn streng musterte. »Was ist das für ein Gerede über Bomben, Tim?«
Auf Köhlers autoritäres Gehabe hatte Tim nun gerade überhaupt keine Lust. Außerdem wollte er zum Deutschunter-

richt, Bio stand heute nicht auf dem Programm. Also schrie er bloß laut: »BOOOOOM!« – und ließ Köhler stehen, der dem davoneilenden Jungen ebenso empört wie misstrauisch nachäugte.
Ein paar Meter von ihm entfernt kreuzte die blonde Juliane Karlas Weg und zischte: »War das nicht eben dein Bruder, Karla Frigid? Bei euch ist die Peinlichkeit anscheinend erblich!«
Karla fand Timmie auch peinlich, und zwar permanent, aber sie hätte sich lieber die Zunge abgebissen, als das vor der Mitschülerin zuzugeben. Noch lieber hätte sie natürlich Juliane die Zunge abgebissen. Aber vermutlich führte dieses lästermäulige Miststück ihre Gemeinheiten dann als Pantomime vor. Nicht drauf einlassen, beschwor sich Karla. Versuche es mit der Methode Fredo, dann geht dir alles am Arsch vorbei.
Diese Taktik zog sie durch, den ganzen langen Schultag lang. Setzte sich in jeder Stunde gleich an einen Einzeltisch, versuchte in den Pausen gar nicht erst, Gespräche anzubahnen. Versteckte sich nicht, blieb aber für sich. Meldete sich im Unterricht nur mit harmlosen Äußerungen, die niemanden provozierten. Trotzdem musste Karla noch ein paar Gemeinheiten einstecken, die sie aber konsequent ignorierte. Tatsächlich schien die Fredo-Taktik aufzugehen: Ganz so schlimm wie gestern läuft es heute schon nicht mehr, fand Karla. Mein Fell ist dicker, und für die anderen wird es wohl langsam langweilig.
Als sie nach der letzten Unterrichtsstunde das Schulgebäude verließ, fühlte sie sich fast ein bisschen euphorisch. Vielleicht würde doch alles gut werden. Beim Fahrradständer angekommen, verflog dieses Hochgefühl jedoch schlagartig: Beide neuen Ventile, die sie gestern extra noch gekauft und eingesetzt hatte, waren herausgeschraubt und entwendet. Doppelplatten.

»Brauchst du Hilfe?«
Nein, kein Fredo. Der Märchenprinz persönlich. Marcel. Karla benötigte ein paar Sekunden, bis sie sich bewusst machte, dass sie mit herabhängendem Unterkiefer sicher noch unvorteilhafter aussah als ohnehin.
»Ich nicht. Das Fahrrad.« Oh Gott, du dummes Huhn, lass ein Mal – EIN MAL! – die verdammte Besserwisserei …
Marcel lachte, warm und herzlich. Ein Wunder. »Ich hab gerade keine Ventile dabei! Aber mein Auto …«
»In dein Cabrio passt mein Fahrrad nicht rein.« Scheiß auf Logik, dumme Gans, schalt sich Karla.
»Aber du passt hinein, Karla.«
ER KENNT MEINEN NAMEN! »Du kennst meinen Namen?«
Marcel lächelte und ließ sein makelloses Gebiss blitzen. »Na klar. Das hübscheste Mädchen der Mittelstufe!«
»Steht jemand hinter mir?«, entfuhr es Karla. Diesmal lachten sie beide zur gleichen Zeit, und das fand Karla einfach umwerfend. »Im Ernst: Du würdest mich wirklich nach Hause bringen?«
»Bis vor die Tür«, versprach Marcel, »wenn du mir sagst, wo du wohnst.«
»Das weißt du also nicht? Dann bin ich wohl doch nicht so hübsch.«
»Ich soll es wohl noch mal sagen?«
»Ja, bitte!«
»Du bist das hübscheste Mädchen der Mittelstufe!«
»Überredet. Wo steht dein Wagen?«
Gemeinsam gingen sie hinüber zum Parkplatz. Plaudernd und kichernd wie alte Freunde, nein, besser: wie ein gut eingespieltes Liebespaar. Es ist alles federleicht, dachte Karla. Marcel öffnete ihr formvollendet die Tür, sie stieg ein, und

dann schwebten sie in dem schnittigen Peugeot-Cabrio vom Schulgelände. Karla wäre nicht weiter verwundert gewesen, wenn der Wagen die Bodenhaftung verloren und den direkten Weg auf Wolke sieben eingeschlagen hätte.
Nur Sekunden später, so erschien es ihr wenigstens, stoppte Marcel den Wagen vor ihrer Einfahrt. Karla nestelte an ihrer Umhängetasche herum, um den Moment des Aussteigens noch ein wenig hinauszuzögern.
»Das war ... wirklich irre nett von dir, Marcel!«
Er winkte generös ab und erkundigte sich besorgt: »Wie kommst du morgen eigentlich zur Schule?«
Daran hatte Karla noch gar nicht gedacht. »Zu Fuß, schätze ich ...«
»Abholen? Zwanzig vor acht? Hier?«
Allein sein Blick hätte Karla zum Schmelzen gebracht. Zusammen mit dem Vorschlag, sie morgen wieder mitzunehmen, haute es sie um.
»Gern. Danke!« Sie beugte sich spontan zu Marcel hinüber, hauchte ihm einen Kuss auf die Wange und sprang aus dem Wagen. »Bis morgen!«
Marcel winkte lässig zum Abschied, dann startete das Cabrio mit jaulenden Reifen durch und fuhr davon. Karla sah ihm nach, bis es hinter der nächsten Ecke verschwand. Beschwingt schritt sie die Einfahrt hinauf bis zur offenen Haustür, in der Fredo – gewickelt in eine zu enge Kochschürze aus Gesches Beständen und mit einem Geschirrhandtuch über der Schulter – sie bereits neugierig erwartete.
»Wer war denn das?«
Im Vorbeigehen drückte Karla ihrem Onkel den Zeigefinger auf die Nase. »Der Prinz aus der Telenovela! Onkel Fredo, das Leben ist schön.«
»Man merkt es bloß nicht immer«, brummte Fredo.

Es gab Pasta Spinaci mit Aioli, flankiert von bunten Antipasti. Die gebratenen Auberginenstreifen hatte Fredo selbst zubereitet, ein paar andere Dinge tischfertig abgepackt im Exotenregal des Bornstedter Supermarkts entdeckt und erworben. In seinen früheren Studenten-Wohngemeinschaften hätte man ihn für die kulinarische Gesamtkreation gebührend gefeiert. Am Küchentisch der Familie Fried herrschte Skepsis vor.

Gesche ignorierte die Antipasti und füllte sich eine winzige Portion grüner Spinatnudeln auf. Anstatt zu essen, zerschnitt sie ein paar davon probeweise und inspizierte sie akribisch von allen Seiten. Dann erkundigte sie sich vorsichtig: »Das Grüne – ist das nicht schimmelig?«

Tim probierte anstandshalber ein paar eingelegte Pilze und eine Winzigkeit Aioli. Dann schaufelte er sich eine Riesenladung Pasta auf seinen Teller, stand auf, holte sich kommentarlos eine Ketchupflasche aus dem Kühlschrank – und überzog den Nudelberg mit roter Würzsoße, bis die Plastikflasche unter furzähnlichen Jammergeräuschen nur noch Reste ausspuckte.

»Du bist widerlich«, fauchte ihn seine Schwester dafür an. »Da vergeht einem echt der Appetit!«

»Du isst ja anscheinend sowieso nichts«, bemerkte Fredo mit einem Blick auf Karlas leeren Teller.

»Da ist überall Knoblauch dran! Ich werde morgen früh abgeholt«, verteidigte sie sich.

»Der Typ fährt doch Cabrio. Bis der das riecht, seid ihr schon an der Schule.«

Tim setzte die Ketchupflasche ab und horchte auf. »Mit dem Cabrio zur Schule? Etwa mit Marcel, dem König der Lackaffen?«

»Für einen Affen wie dich gibt es überhaupt keinen Lack!«, giftete Karla.

»Ich bin eben ich, das reicht ja wohl!«, keilte Tim zurück.
»Genau. Deshalb mag dich auch keiner!«
Im letzten Augenblick nahm Fredo seinem Neffen die Ketchupflasche aus der Hand, die Tim gerade auf Karla abfeuern wollte. »Ruhe im Karton! Bitte!«
Das kam lauter heraus als beabsichtigt.
Unwillkürlich hielten die Geschwister den Mund, sogar Gesche saß plötzlich kerzengerade und mit erhöhter Aufmerksamkeit da. Fredo stellte die Flasche ab, atmete einmal durch und sprach dann weiter, nun sehr viel ruhiger. »Ich wollte nicht einfach bloß mal wieder mit euch zusammen zu Mittag essen. Es gibt auch etwas zu besprechen. Es geht um dich, liebe Gesche.«
Gesche sah ihren Enkel alarmiert an. »Ich wüsste nicht, was es über mich zu besprechen gäbe!«
»Ich möchte einfach«, erklärte Fredo, »dass du mehr Hilfe von uns bekommst. Zum Beispiel, dass jeder von uns mal kocht – nicht immer nur du.«
»Schönen Dank auch.« Gesche schob angewidert ihren Teller von sich, den sie ohnehin kaum angerührt hatte.
»Also, ich finde Gesches Pfannkuchen klasse!«, beteuerte Tim sofort, und seine Schwester fühlte sich ausnahmsweise zu einem beipflichtenden Nicken animiert.
»Ich mag die Pfannkuchen auch«, räumte Fredo ein. »Aber hier geht es ja nicht um einen Kochwettbewerb, sondern um Arbeitsteilung. Und darüber hinaus möchte ich, dass du immer einen von uns hier bei dir zu Hause hast, Gesche.«
»Ich brauche keinen Aufpasser!«, protestierte Gesche.
»Ich setz mich doch nicht zur Alten aufs Sofa und glotz Florian Silbereisen«, erboste sich Karla. Diesmal nickte Tim zur Verstärkung.
»Keiner soll den Aufpasser spielen. Nur für den anderen da

sein, falls man gebraucht wird. Ich bin heute da, den ganzen Tag. Morgen auch, und ich koche dann wieder …«

»Gerne aus der Dose«, bemerkte Tim eilfertig. »Oder Tiefkühlpizza.«

Karla steckte sich angewidert zwei Finger in den Mund und imitierte Würgegeräusche.

Fredo ignorierte den Vorschlag ebenso wie die obszöne Geste. »Aber am Samstag bin ich unterwegs, wohl bis abends.«

»Macht nichts. Ich bin ja da«, warf Gesche spitz ein.

»Schön.« Fredo ließ sich nicht aus der Ruhe bringen. »Dann kannst du kochen, und einer hilft dir. Tim?«

»Ich bin am Samstag mit Patrik verabredet. Ist wichtig!«

»Was ihr macht, kann ja wohl nur wichtig sein«, höhnte Karla.

»Karla, was hast du vor?«

Sie schüttelte ihre honigmelonenfarbene Mähne und zuckte mit den Schultern. »Nichts weiter. Bin da.«

»Bestens. Sonntag bin ich wieder frei.« Fredo lächelte zufrieden. »Seht ihr, war doch gar nicht so kompliziert.«

Tim und Karla werteten das als Zeichen zum Aufbruch vom Mittagstisch. Sie knallten ihr Geschirr in die Spülmaschine und rempelten im Bestreben, jeder zuerst aus der Küche zu kommen, in der Tür aneinander. Unter wechselseitigen Beleidigungen verzogen sich die Geschwister hinauf in ihre Zimmer. Zurück blieben Fredo und Gesche. Unter ihrem eisblauen Blick wurde Fredo nun doch etwas unwohl.

»Ist doch viel besser so und tut niemandem weh«, rechtfertigte er sich.

Gesche verzog keine Miene. »Du kannst ja doch kämpfen«, stellte sie fest. »Ausgerechnet, wenn's gar nicht nötig tut. Ich brauche keinen Aufpasser.«

»Wenn es nicht nötig tut, kannst du es ja ganz locker sehen. Noch ein bisschen von den Auberginen?«

Gesche stand auf und ließ demonstrativ ihren Teller stehen. »Ich hab noch Kuchen oben. Vielleicht läuft ja eine Wiederholung mit Florian Silbereisen. Und mit etwas Glück erwischt mich auf dem Sofa ein Herzinfarkt. Dann brauchst du dir gar keine Sorgen mehr machen.«

Fredo wartete, bis Gesche die Küche verlassen hatte. Dann holte er eine angebrochene Flasche Barolo aus dem Küchenschrank und genehmigte sich ein Glas. Guter Tropfen. Im Augenblick hätte er allerdings sogar eine Portion Pennerglück aus dem Tetrapak als tröstlich empfunden. Nachdem er die Küche aufgeräumt hatte, schenkte er noch einmal nach, stellte die Flasche zurück und wechselte mit dem Glas ins Wohnzimmer aufs Sofa.

Wie lange war er eigentlich schon wieder hier in Bornstedt? Einen Monat – nein, sechs Wochen, rekapitulierte Fredo. Halbzeit, sozusagen. Und alles eine Baustelle: die pubertierende Karla mit ihren Liebeswirren, der schräge Tim mit seinen Schulproblemen und dem Müllzimmer, Gesche mit den Demenzattacken. Urlaub sah anders aus. Fredo konnte sich nicht erinnern, sich jemals zuvor über einen so langen Zeitraum so viele Gedanken über die Probleme anderer gemacht zu haben. Wo blieb er selbst dabei? Katrin wäre wohl keine Dauerpartnerin für ihn, aber bestimmt ein prickelndes Abenteuer gewesen. Gut, das hatte er dann mit Helena erlebt. Die wiederum war nicht die Richtige für Abenteuer, das hatte sie ihm ja deutlich zu verstehen gegeben. Und da Fredo spürte, dass man eine Frau wie Helena Anatol sehr ernst nehmen musste, war er bei ihrem letzten Treffen gleich gegangen. Aber abgehakt war das für ihn noch lange nicht, das spürte er leider auch. Kompliziert, kompliziert, dachte Fredo. Ich hasse kompliziert. Bei so vielen Problemen helfen einem auch kein Edelrotwein, kein Ledersofa und keine Villa. Vielleicht,

erkannte er plötzlich, geht es Markus doch nicht so gut, wie ich immer glaubte. Vielleicht sollte ich ihn oder Nicole auch mal wieder anrufen.
Sie hatten während der letzten Wochen nur zweimal miteinander gesprochen, beide Male sehr kurz, die Gespräche gingen kaum über die gegenseitige Beteuerung, es sei alles okay, hinaus. Vor zwei Tagen hatte Fredo einen Versuch unternommen, bei seinem Bruder anzurufen, aber sowohl bei Markus als auch bei Nicole hatte sich nur die Mobilbox gemeldet. Zurückgerufen hatten sie auch nicht, jedenfalls nicht bei ihm. Fredo angelte sich das Telefon vom Beistelltisch und wählte nacheinander die eingespeicherten Nummern – erst Markus, dann Nicole, bei beiden: Mobilbox. In beiden Fällen hinterließ er die gleiche Ansage: »Hier ist Fredo. Alles okay hier. Bei euch hoffentlich auch. Fredo, *over and out.*«
Markus hetzte wahrscheinlich von einem Geschäftstermin zum nächsten, während Nicole sämtliche Tempel der Umgebung per Rikscha abklapperte, mutmaßte Fredo und tauschte das Telefon gegen die TV-Fernbedienung. Gleich kam »Lara – eine Unschuld in Berlin«. Fredo hatte letzte Woche sporadisch damit begonnen, zur »Lara«-Sendezeit vor dem Fernseher zu sitzen. Meist nur für ein paar Minuten, oft auch nur, um im Videotext die Einschaltquote der Telenovela für den Vortag nachzulesen. Das tat er auch jetzt. Die Quote sackte seit Tagen ab, von vorgestern auf gestern schon wieder um weitere 0,2 Prozent. Über Schadenfreude war Fredo längst hinaus. Er verspürte eher Mitleid, jedenfalls für seinen alten Kollegen Bert Schmidtbauer. Dem machte man bestimmt täglich die Hölle heiß.
Fredo wechselte vom Videotext aufs Programm. Lara zappelte gerade in der Disco auf der Tanzfläche. Mit Sicherheit eine produktionsseitig einkalkulierte Szene, um Musik zu promo-

ten und die Hauptdarstellerin in einem sexy Outfit zeigen zu können. Dann ließ sich Lara, vom Abtanzen erhitzt, an der Bar von einem Jungspund mit Schmierlappenfrisur zu einem zweifelhaften Longdrink einladen. Als der Schmierlappen in einem unbeobachteten Moment K.-o.-Tropfen in Laras Glas mischte, wollte Fredo schon abschalten. Da schob sich Sandra ins Bild. Seine Sandra. Ex-seine.

»Onkel Fredo? Was guckst du denn da?«

Tim stand in der Wohnzimmertür, kam nun neugierig herüber und stützte sich auf die Sofalehne. »Lara? Den Schrott für kleine Mädchen?«

Fredo nickte nur. Sandra, in ihrer Rolle als Laras moralisch gefestigte Freundin, trug ebenfalls knappste Kleidung mit jeder Menge Schlitzen und Gucklöchern. Sie nahm Lara den gedopten Drink aus der Hand und kippte das Gebräu dem Schmierlappen über den Kopf. Seine Frisur sah gleich viel besser aus.

»Trinke nie Alkohol mit fremden Typen!«, belehrte sie Lara. Vielleicht hörten die Mädels darauf, die das gucken, dachte Fredo. Die Kerle unter den Zuschauern würden sich den Lehrsatz kaum merken können, denn während der Rede saugte sich die Kamera derart auf Sandras offenherziges Dekolleté, dass durchschnittsmännliche Gehörorgane aufgrund akuter Testosteronverstopfung vorübergehend die Arbeit einstellten. Fredo registrierte, wie Tim fast das Gleichgewicht verlor und vom Sofa abzurutschen drohte, weil der Junge ganz im Bann von Sandras unübersehbaren Reizen zu stehen schien.

»Mit der war ich bis vor ein paar Wochen zusammen!«, prahlte Fredo.

Tim staunte gebührend. »Echt? Hast du die am Filmset kennengelernt?«

»Nö. Im Park geschossen. Ohne mich wäre sie niemals beim Fernsehen gelandet.«

»Haha«, machte Tim ungläubig. »Ich lass mich nicht von dir verarschen!«
Die Wahrheit glaubt einem keiner, da hat man es wieder, dachte Fredo und stellte seufzend den Fernseher ab. Dann wandte er sich Tim zu und stellte jetzt erst fest, dass der Junge seinen kleinen Rucksack dabeihatte. »Willst du noch los?«
»Zu Pat.«
»Was macht ihr denn so?«
Tim zögerte auffällig. »Kann ich dir nicht sagen. Jetzt noch nicht.«
»Wieso nicht?«
»Ist Patriks Ding. Und ich hab ihm versprochen, dichtzuhalten, bis alles über die Bühne gegangen ist.«
»Okay«, nahm es Fredo schulterzuckend hin. »Und wie läuft's mit ›John Maynard‹?«
Tims Gesicht hellte sich auf. »Schon fertig und abgegeben! Hat sogar Spaß gemacht. Eigentlich ist es bestimmt super, wenn man mit Schreiben sein Geld verdienen kann.«
»Solange man nicht so etwas wie ›Lara‹ schreiben muss«, wandte Fredo ein.
»Zwingt dich ja keiner.«
»Auch wieder wahr.«
Fredo stand auf, um die Fernbedienung neben den Fernseher zu legen. Fast hätte er sie auf einem langen, garstig haarigen Bein plaziert. Er spähte ins Halbdunkel hinter dem TV-Gerät – MONSTERSPINNE! Unverkennbar.
»Ach du Sch…!« Er fuhr erschrocken zurück. Tim stand im Nu neben ihm und sah interessiert auf das Objekt des Aufruhrs.
»Was für ein Riesenvieh!«
Fredo hatte genug von dem Insekt. »Mach sie platt!«

»Bitte? Wieso ich?«
»Ich bin Kriegsdienstverweigerer. Du bist der Typ mit den Killerspielen.«
»Spinnen sind nützlich!«
»Die nicht.«
Tim wandte sich ab und ging zur Tür. »Warte, ich hol was.«
»Keinen Hammer, nimm gleich die größte Bratpfanne!«, rief Fredo ihm nach. Aber da kam der Junge bereits zurück, in der Hand ein großes Glas und ein Stück Pizzakarton. Geschickt stülpte Tim das Glas über die Spinne, schob dann den Karton langsam, Stück für Stück, unter ihren fetten, behaarten Körper.
»Da ist sie!« Stolz präsentierte Tim die Beute.
Fredo sah lieber nicht genauer hin. »Im Klo runterspülen?«
»Kommt nicht in Frage! Die wird draußen freigelassen.«
»Aber nicht hinten im Garten. Sonst kommt sie durch meine kaputte Terrassentür gleich wieder rein. Hat das Vieh anscheinend schon mal gemacht.«
»Keine Sorge.«
Tim nahm seinen Rucksack und das Spinnenglas. Fredo begleitete seinen Neffen bis zur Haustür. Von dort aus beobachtete er in sicherem Abstand, wie Tim sich ein Stück weit in die Büsche und Sträucher zwischen Einfahrt und Garage schlug und dort das Monster in die Natur entließ. Ganz behutsam und vorsichtig, beinahe liebevoll. Das ist der Junge, der stundenlang am PC Blutbäder anrichtet, dachte Fredo. Der Songtexte hört, von denen sogar Leichenwäschern schlecht werden würde. Der eben seiner eigenen Schwester noch eine Ketchupflasche an den Kopf werfen wollte und der niemanden richtig an sich heranlässt. Jetzt hockte dieser Junge mit einem weltvergessenen Lächeln im Gesicht vor einem Strauch und beobachtete entrückt, wie sich die Monsterspin-

ne vorsichtig aus dem gläsernen Gefängnis tastete und im Grün verschwand.
Und wenn ich Glück habe, dachte Fredo, sonnt sie sich auf der Einfahrt, und ich mach sie mit dem Benz platt.

Zwanzig vor acht. Marcels Cabrio stand pünktlich vor der Einfahrt an der Straße. Karla kam erst eine Minute später aus der Haustür, damit es nicht danach aussah, als hätte sie schon auf Marcel gewartet. Was sie natürlich getan hatte. Genau genommen seit zwanzig nach sieben, am Küchenfenster.
»Guten Morgen, schönes Mädchen.« Diesmal hauchte er ihr einen Kuss auf die Wange, bevor sie überhaupt richtig saß. »Am liebsten würde ich ja gar nicht erst in die Schule fahren – mit so einer Begleitung.«
»Dann muss ich leider doch zu Fuß gehen«, widerstand Karla heldenhaft der Versuchung. »Ich schreibe heute eine Mathe-Klausur. Schwänzen unmöglich.«
Marcel tat so, als würde er sich ein Seil um den Hals legen und daran aufknüpfen, legte den Kopf schief und ließ die Zunge komisch heraushängen. Karla lachte unwillkürlich los. Marcel grinste verwegen, schob sich seufzend hinters Lenkrad und startete den Wagen. »Also ab zur Schule!«
Heute genoss Karla die Fahrt fast noch mehr als gestern. Sie hatte sich schon stundenlang darauf freuen können, so war es heute noch viel realer: sie neben Marcel, dem himmlischen Marcel im offenen Wagen. Coole Musik aus der Anlage. An jeder roten Ampel seine Hand um ihre Schultern, in ihren Haaren, sogar auf ihrem Oberschenkel ... Leider, bedauerte Karla, gab es in Bornstedt viel zu wenige Ampeln.
Dafür gab es die langgezogene Steigung auf den paar letzten hundert Metern zur Schule. Und die gerieten für Karla zum Triumphzug: vorbei an Juliane, Carina, Annalena und all

den anderen Schnepfen, die sich auf ihren Fahrrädern abstrampelten und dem vorbeiziehenden Cabrio mit offenem Mund nachstarrten. Karla musste sich schwer beherrschen, ihnen allen nicht die Zunge herauszustrecken.
Auf dem Schulparkplatz durfte sie im Wagen sitzen bleiben, bis Marcel um den Wagen herumgegangen war und ihr die Tür öffnete.
»Danke fürs Mitnehmen, Marcel. Du bist echt lieb.«
»Wann hast du aus?«, erkundigte er sich. »Vielleicht könnten wir ja dann …«
Karla schüttelte bedauernd den Kopf und zog zwei nagelneue Fahrradventile aus der Tasche. »Eine Pumpe habe ich auch mit. Aber diesmal schraube ich die Dinger erst rein, wenn ich losfahre!«
»Ist bestimmt besser«, stimmte Marcel zu. »Hey – was ist mit morgen? Dann ist Samstag! Da geht doch was, oder? Fünfzehn Uhr, Einfahrt Fried?« Er sah sie mit großen Spanielaugen an – aber Karla hätte ohnehin nicht widerstehen können.
»Abgemacht«, sagte sie und lächelte glücklich.

20.

Im ersten Moment des Erwachens schien es Fredo, es wäre bereits Mittag. Nicht etwa, weil er sich besonders ausgeschlafen fühlte. Es war nur schlicht zu warm, um noch weiterzuschlafen. Dabei hatte er die Bettdecke bereits weitgehend von sich gestrampelt, stellte Fredo fest. Und da sein Zimmer, dank der fehlenden Terrassentürscheibe, über permanente Zwangsbelüftung verfügte, musste er nicht darüber grübeln, ob vielleicht die Fenster geschlossen wären. Es herrschte einfach dicke Luft, drinnen wie draußen.

Fredo sah auf die Uhr: Erst halb neun. Er rollte aus dem Bett und trat, nackt, wie er war, auf die nunmehr spinnenfreie Terrasse. Trotz der – nach Fredos Maßstab – frühen Stunde röhrten in der Nachbarschaft die ersten Rasenmäher. Samstag, fiel ihm ein. Samstag plus Rasen gleich Fußballplatz. Heute stieg Knödels großes Fußballturnier. Fredo hörte sein Handy drinnen auf dem Nachttisch »Highway to hell« rocken und ging wieder hinein. Der Anrufer war Briegel, der nachfragte, um wie viel Uhr er Fredo zum Turnier abholen solle.

»Du willst auch bei Knödel zugucken?«, wunderte sich Fredo.

»Wer ist Knödel?«, kam es zurück, nicht minder verwundert. »Meinst du damit Daniel? Der Junge ist nicht dick. Nur gut beieinander, wenn ich das mal so sagen darf.«

»Okay«, schmunzelte Fredo. »Einigen wir uns auf: gut beieinander. Du kennst dich auf diesem Sektor besser aus.«

Eigentlich erwartete Fredo nach dieser Anspielung auf Briegels leicht aus dem Leim gegangenen Athletenkörper eine lau-

nige Antwort. Stattdessen kam ein paar Sekunden lang gar nichts, dann die zögerliche Gegenfrage: »Mal ehrlich: Findest du mich zu dick?«
»Seit wann machst du dir denn über so was Gedanken?«
»Ein paar Kilo hab ich vielleicht zu viel …«
»Als Nächstes erzählst du mir, du planst ’ne Diät!«
»Also, gedacht hab ich daran. Wüsste bloß nicht, welche.«
»Kauf dir eine Frauenzeitschrift«, lachte Fredo.
Briegel blieb todernst. »Aber so schnell nützt so etwas ja auch nichts …«
Fredo horchte auf. »Wie schnell soll es denn nützen, bitte?«
»Am besten bis heute Mittag«, bekannte Briegel.
»Da wollen wir doch zum Fußball …« Fredo schaltete plötzlich und pfiff leise durch die Zähne. »Sag mal, du hast Daniel neulich nach Hause gefahren, nicht?«
»Mmmmh«, kam die knappe Bestätigung.
»Bis an die Tür gebracht?«
»Mmmmh.«
»Die Mutter war da?«
»Mmmmh.«
»Katrin ist ein echter Hingucker, was?«
»Sie hat mich noch auf einen Kaffee eingeladen«, platzte es nun begeistert aus Briegel heraus. »Und sie ist tatsächlich ein Hingucker, Fredo! Ich bin ja sonst nicht so – aber ich musste einfach immer wieder hingucken …«
»Kannst nichts dafür. Liegt an Doppel-D.«
»Doppel was?«
»BH-Körbchengröße. An Doppel-D kommt kein Männerblick vorbei. Biologisches Gesetz.«
»Bio ist nicht mein Fach.«
»Die Balz fällt aber durchaus auch ins Ressort Leibes- und Seelenertüchtigung«, amüsierte sich Fredo.

Briegel beruhigte das anscheinend gar nicht. »Was ist nun … findest du mich zu dick?«
»Was fragst du mich? Ich küsse dich sowieso nicht, nicht mal mit zwanzig Kilo weniger auf den Rippen!«
»Schon gut. Bin dann um eins bei dir.« Briegel Schulz klang resigniert.
»Hey, hör mal. Es ist doch so …«
»Was, Fredo?«
»Katrin hat dich gesehen, so wie du eben bist. Und trotzdem zum Kaffee eingeladen. Also fand sie dich wohl nicht so übel, oder?«
Briegel schwieg verblüfft. Dann befand er: »Klingt logisch.«
»Die Liebe ist wie ein Fußball«, verkündete Fredo. »Wo der hinrollt, rollt er hin. Egal, wie bescheuert die Kicker aussehen.«
Endlich lachte Briegel erleichtert. »Dann brauche ich mir ja nicht länger das Frühstück zu verkneifen!«
»Auf keinen Fall«, ermunterte ihn Fredo. »Zieh dir lieber etwas Hübsches an. Falls Katrin auch zum Zugucken kommt.«
Sie alberten noch ein bisschen herum, dann widmete sich Briegel der Frühstückszubereitung, und Fredo ging unter die Dusche. Das Erfrischungsgefühl danach hielt nur wenige Minuten an, dann brach ihm bereits wieder der Schweiß aus. Schwül, schwül, schwül.
Da lag etwas in der Luft.

NEWSFLASH FAMILIE FRIED:
Karla: @ Tim: Es mieft aus deinem Zimmer. Man braucht eine Gasmaske, wenn man da reinwill.
Tim: Komm rein, und es knallt! (Bleistiftzeichnung einer Explosion, aus deren Wolke einzelne Körperteile fliegen – unter anderem ein Kopf mit unverkennbarem Karla-Gesicht.)

»Guten Morgen! So früh auf?«, erkundigte sich Fredo beim Betreten der Küche ebenso überrascht wie überflüssigerweise, als er seine Nichte bereits am Tisch vorfand – wäre sie nicht so früh auf, würde sie wohl kaum hier sitzen. »Ist einfach zu heiß im Bett heute, was? Ich konnte auch nicht mehr schlafen.«
»Ja«, antwortete Karla einsilbig und betrachtete weiter die letzte Botschaft im NEWSFLASH.
Fredo sah ihr über die Schulter. »Gibt's was Neues?«
»Tim ist einfach ekelhaft. Ich hasse ihn – jeden Tag ein Stück mehr!«
Sie hielt ihm das Heft aufgeschlagen hin. Fredo warf nur einen kurzen Blick darauf und ging kopfschüttelnd weiter zur Kaffeemaschine, die bereits gemütlich vor sich hin röchelte.
»Ich kann mich gar nicht daran erinnern, dass ihr euch früher so angezickt hättet.«
»Haben wir auch nicht«, gab Karla zu. »Aber da war Tim noch klein und niedlich.«
»Du auch.«
»Ja, aber ich bin immer noch niedlich.«
Fredo lachte amüsiert auf. »Du bist sicher eine Menge, Karla. Aber ›niedlich‹ ist eher nicht dein Attribut.«
»Findest du, dass ich gut aussehe, Onkel Fredo?«
Beschäftigen sich heute alle mit ihrem Aussehen?, fragte sich Fredo und wollte schon zu einer launigen Antwort ansetzen, da bemerkte er den forschenden Blick, den das Mädchen aus ihren silberhellen Schlittenhundaugen auf ihn richtete – und spürte ihre Unsicherheit. Sie meint es ernst, bremste er sich gerade noch.
»Du siehst nicht gut aus, Karla«, begann er vorsichtig und sah schon, wie sie enttäuscht an ihrer Unterlippe nagte. »Gut aussehen, das sagt man zu einem Mädchen, das so aussieht wie … na, wie zum Beispiel diese Juliane aus deiner Klasse.«

»Schon klar.«

Karla wollte aufstehen und die Küche verlassen, doch Fredo hielt sie zurück. »Gut aussehen, das sagt man, wenn sich sonst nicht viel sagen lässt. Wenn alles glatt ist wie abwaschbare Folie, einseitig bedruckt. Wenn nichts von innen nach außen gelangt – weil innen nicht viel ist und außen nur ein Abziehbild.«

Sie dachte kurz darüber nach und nickte dann. »Ich verstehe, was du meinst. Und ich weiß, dass ich so nicht bin. Aber wie sehe ich dann aus?«

Fredo schenkte sich einen Kaffee ein, pustete genüsslich ins heiße Gebräu und zwinkerte seiner Nichte über den Becher hinweg zu. »Wenn ich dir das sage, willst du mich sofort wieder küssen. Und wenn ich zu lange darüber nachdenke, will ich dich küssen. Und das geht nun wirklich nicht.«

Jetzt lachte Karla amüsiert auf. »Nein, das geht wirklich nicht! Trotzdem danke, Fredo.«

Sie wandte sich ab und ging zur Tür. Von hinten sah Fredo eine honigmelonenfarbene Haarwolke, ihre zierliche, harmonisch gerundete Figur und den energischen Schritt einer Frau, die wusste, was sie wollte.

»Karla.«

Sie blieb im Türrahmen stehen und sah sich fragend nach ihm um.

»Du bist sehr schön.«

Karla lächelte strahlend, warf ihm elegant eine Kusshand zu und verschwand aus der Küche.

Gesche öffnete weit ihr Wohnzimmerfenster, um etwas Luft hereinzulassen. Obwohl auch im Schlafzimmer und im Bad alle Luken offen standen, spürte sie kaum einen Hauch. Die Wärme stand wie eine feuchte Mauer in ihrer kleinen Dachwohnung. Bei solchem Wetter kippen die Leute reihenweise mit Herzkasper um wie die Fliegen, dachte sie. Bloß ich natürlich nicht. Wäre ja auch zu einfach. Und einfach, nun ja, so ist das Leben nicht. Jedenfalls nicht meins.

Gesche trat vor den hohen Wandspiegel, zupfte ein paar Strähnen an der Frisur und ihr luftiges Sommerkleid zurecht. Wie sie sich früher gefreut hatte, wenn es endlich warm genug war, so etwas zu tragen! Hitze machte ihr selten etwas aus. Der erste Sommertag war für sie immer ein Versprechen auf die Zukunft gewesen. Diesmal fehlte ihr dieses Gefühl eines Neubeginns völlig. Für sie kam einfach nichts mehr. Nichts mehr, was ihr Hoffnung machte. Und was ihr richtig auf die Nerven ging, war dieser besorgte Blick, den sie während der beiden letzten Tage immer mal wieder bei Fredo hatte registrieren müssen. So ein »Na, Oma, tickst du noch sauber«-Blick. Eine Art atemloses Stillhalten, als bestünde die akute Gefahr, dass sie sich von einem Moment zum anderen in ein Stück hirnloses Gemüse verwandeln könnte.

Genau das ist meine größte Angst, gestand Gesche sich ein. Und mir bleibt nicht mehr viel Zeit, wenn ich das vermeiden will. Schon gar nicht, wenn die Familie sie nicht mehr allein ließ. Jetzt blieb sie wenigstens noch in ihrer Wohnung für sich. Aber was, wenn wieder so etwas passierte wie neulich bei der Schule? Und es würde wieder passieren, so viel war klar. Dann würde man vielleicht dafür sorgen, dass sie keinen Moment mehr unbeobachtet blieb.

Es blieb nicht mehr viel Zeit.

Gesche ging hinüber ins Badezimmer und prüfte zum bestimmt tausendsten Mal die Medikamentenbestände im Medizinschrank. Sie hatten sich nicht über Nacht vermehrt, leider. Die Tabletten reichten nicht. Dann blieb doch nur die Gasflasche. Aber ich muss auf Nummer sicher gehen, dachte

Gesche. Alles richtig machen. Und niemanden sonst gefährden. Bei Gas weiß man nie. Am besten wäre es, wenn außer ihr alle aus dem Haus wären. Hoffentlich ließ Fredo noch mal locker mit diesem Quatsch, dass immer ein Familienmitglied bei ihr im Haus bleiben müsste.
Gesche trat ans Fenster und sah hinaus. Das Garagentor quietschte. Gesche hörte allerdings keinen Motor starten. Wahrscheinlich holt eines der Kinder sein Fahrrad heraus, spekulierte sie und lehnte sich so weit vor, bis ihr ein Straßenstück unweit der Villa ins Blickfeld geriet. Sekunden später erkannte Gesche tatsächlich Tim, der in gekrümmter Rennfahrerhaltung auf seinem Rad davonflitzte.
Einer weniger, ging ihr durch den Kopf.

Fredo klappte sein Notebook zu und verstaute es wieder in der Tasche. Nichts Neues aus Berlin, nur ein paar mehr oder weniger belanglose Mails von einigen Bekannten und der übliche Haufen überflüssiger elektronischer Werbebotschaften. Auch nichts von Nicole und/oder Markus, denen er aber seinerseits einen kurzen Gruß geschrieben hatte.
Allmählich wurde es Zeit für das Fußballturnier. Viel anziehen musste man bei der Hitze nicht. Fredo wählte Shorts und ein verwaschenes T-Shirt, das er vor Jahren bei einem AC/DC-Konzert erworben hatte. Falls es später kühler werden würde, legte er sich noch ein leichtes Hemd über den Arm, in dem sich auch Handy und Schlüssel verstauen ließen. Dann verließ er sein Zimmer und ging zur Küche, um noch etwas zu trinken, bevor Briegel in der Tür stehen würde.
Karla saß am Tisch und mümmelte einen Rest Salat vom Vortag. »Kochst du nichts?«, erkundigte sich Fredo und füllte sich ein Glas mit Wasser, welches er in kleinen Schlucken trank. »Vielleicht haben Tim und Gesche auch bald Hunger?«

»Tim ist schon weg. Und Gesche war überhaupt noch nicht unten. Keine Sorge«, schob Karla gleich nach, als sie in Fredos Miene leichte Besorgnis erkannte, »sie ist auf den Beinen und hat schon ordentlich mit den Fenstern in ihrer Wohnung geknallt. Die kriegt sie nämlich nie leise auf und zu!«
»Dann ist ja gut.« Fredo stellte das leere Glas auf die Spüle. Dabei sah er aus dem Küchenfenster heraus ein Auto auf die Einfahrt rumpeln. Briegel Schulz fuhr einen uralten Volvo, mit dessen Hupe er jetzt kurz sein Eintreffen signalisierte.
»Ich muss auch los«, wandte sich Fredo an das Mädchen. »Also, du bist den ganzen Tag hier?«
Karla sah ihn nicht direkt an, nickte aber.
»Bis später dann«, sagte Fredo und eilte hinaus. Briegel grinste ihm aus dem Volvo heraus entgegen und stieß die Beifahrertür einladend auf.
»AC/DC«, bemerkte er mit Blick auf Fredos T-Shirt. »Seitdem ist musikalisch aber eine Menge passiert, mein Lieber!«
»Bei mir nicht«, entgegnete Fredo und ließ sich in den Wagen fallen. Angesichts des sich ihm bietenden Anblicks hätte es ihn fast wieder hinauskatapultiert: Briegel trug ein zeltartiges Hawaiihemd in den grellsten, knalligsten, schreiendsten Farben, die Fredo je bei einem Textil gesehen zu haben glaubte.
»Damit kannst du ja Feueralarm auslösen«, meinte Fredo, nachdem er sich vom ersten Schock erholt hatte.
Briegel setzte rückwärts aus der Einfahrt. »Gefällt dir mein Hemd nicht?«
»Es ist umwerfend«, erklärte Fredo zweideutig – was Briegel eindeutig als Kompliment wertete. Er warf sich stolz in die bunte Brust.
»Jetzt wird Katrin schon mal gar nicht mehr an mir vorbeisehen können!«
»Garantiert nicht. Souveräne Maßnahme, Briegel.«

Der Sportplatz lag am Ortsrand, dahinter erstreckten sich Wiesen und Kornfelder. Der staubige Parkplatz war voll belegt. Erst nach einer Suchrunde erwischten sie noch eine freie Lücke für den Volvo.

»Ganz schöner Auftrieb«, meinte Briegel, als sie das Sportgelände betraten. Man hatte die drei vorhandenen Fußballplätze jeweils durch Markierungen geteilt und somit sechs Spielfelder gewonnen. Zwölf Jugendmannschaften tobten darauf herum, rundum wuselten weitere, gerade spielfreie Nachwuchskicker in ihren Trikots übers Gelände. Angehörige und Freunde verfolgten das bunte Treiben als Schlachtenbummler mit mehr oder weniger großem Interesse. Die mit dem reduzierten Interesse umlagerten die Getränke-, Würstchen- und Kuchenstände. Es gab eine Menge davon.

Briegel spähte angestrengt über die Spielfelder. »Ich kann Daniel nirgends sehen!«

»Du guckst auch in die falsche Richtung«, meinte Fredo. »Der steht bestimmt irgendwo an der Futterquelle.«

Tatsächlich entdeckten sie den Jungen vor einer Grillstation. Er kaute eine halbverkohlte Thüringer Bratwurst, von der ein gelber Faden Senf aufs azurblaue Trikot tropfte, das bei Knödel über dem Bündchen der Fußballershorts gefährlich spannte. Beim Anblick seiner beiden Fans leuchteten seine Augen.

»Super, dass ihr da seid!«

Fredo warf einen kritischen Blick auf die Bratwurst. »Ist das etwa Sportlernahrung?«

»Die Verkokelten gibt's zum halben Preis, das muss man mitnehmen!«, rechtfertigte sich Daniel.

»Echt?« Briegel peilte schon interessiert zum Grilltresen, doch Fredo bremste ihn.

»Du willst doch jetzt nicht dein schönes Hemd mit Senf einsauen.«

»Nee, hast ja recht. Ist deine Mutter auch hier, Junge?«
»Ist sie«, verkündete Katrins Stimme hinter ihnen, noch ehe Daniel antworten konnte. Briegel schüttelte sofort hocherfreut ihre Hand, dann wandte sie sich Fredo zu – sehr viel reservierter. »Guten Tag, Fredo.«
»Hallo, Katrin.«
Bevor die Sprachlosigkeit zwischen ihnen peinlich wurde, kam Wolfgang Köhler forschen Schrittes herbeigeeilt, stilecht im Trainingsanzug und eifrig in die Hände klatschend, um seine verstreuten Schäflein einzusammeln. »Daniel! Zu den anderen und fertig machen! Wir spielen gleich!«
»Bestimmt sowieso wieder ohne mich«, beklagte sich Daniel, würgte aber trotzdem den letzten Wurstzipfel hinunter.
»Hast du noch gar nicht gespielt?«, erkundigte sich Briegel. Der Junge schüttelte nur den Kopf und rannte los zu seiner Mannschaft. Köhler stutzte angesichts seines Kollegen und dessen Begleiters und blieb stehen.
»Herr Schulz?«
»Herr Köhler … Fredo, kennst du schon Daniels Trainer?«
Fredo grinste breit. »Natürlich. Und kann mir keinen besseren vorstellen. Für seine Schutzbefohlenen geht Herr Köhler durch Wände.«
Katrin kicherte unwillkürlich. Köhler schnaubte nur verächtlich und folgte Daniel gemessenen Schrittes.
»Da ist Frau Anatol«, bemerkte Briegel und winkte die übers Gelände schlendernde Lehrerin eifrig heran. »Ist ja das reinste Kollegentreffen …«
»Tolles Hemd, Herr Schulz«, schmunzelte Helena. »Hallo, Fredo.«
»Hallo, Helena«, erwiderte Fredo den Gruß.
»Ihr duzt euch?«, wunderte sich Briegel.
»Schon lange«, behauptete Fredo.

Briegel streckte Helena spontan seine Riesenpranke entgegen. »Na denn. Für dich ab jetzt: Lars.«
»Helena.« Sie schlug ein, und Briegel zog seine Kollegin mit sich zu Katrin. »Das ist …«
»Wir kennen uns bereits«, erklärte Helena, nun doch etwas verlegen unter Katrins abschätzigem Blick und eingedenk der peinlichen Situation in Fredos Schlafzimmer.
»Umso besser«, dröhnte Briegel begeistert. »Dann gehen wir jetzt alle vier rüber in die Fankurve und peitschen unseren Daniel nach vorn, was?«
Bereitwillig folgten sie dem Riesen im bunten Hemd.
»Warum bist du denn hier?«, wollte Briegel von seiner Kollegin wissen. »Fußballfan?«
»Ich hab als Mädchen sogar mal selbst gespielt«, trumpfte Helena auf, und sofort entspann sich zwischen ihr und Briegel Schulz eine rege Diskussion um alles aus dem großen Alphabet der Fußballthemen, von Abseitstreffer bis Zufallstor.
Hinter ihnen schob sich Fredo neben Katrin. »Bist du noch sauer auf mich?«
Sie versuchte ihn mit einem strengen Blick zurückzuweisen, schaffte es aber nicht, ein Schmunzeln zu unterdrücken. Fredo nahm das erleichtert zur Kenntnis.
»Du bist nicht mehr sauer auf mich.«
Katrin nickte leicht.
»Du glaubst also nicht mehr, dass ich mit Karla …?«
Sie deutete ein Kopfschütteln an.
»Warum jetzt und neulich nicht?«
Katrin grinste und zeigte auf die vor ihr gehende Helena. »Größe B. Es war also doch die Nervensäge.«

21.

Ich bin schön. Hat Fredo gesagt. Karla stand in ihrem Zimmer vor dem Spiegel und strich mit der Bürste durch die Haare. Die fand sie eigentlich viel zu struppig. Ihre Nase ein bisschen zu groß, dafür den Mund ein wenig zu breit. Und ihren Augen fehlte einfach die Farbe. Obwohl sie sich jetzt zum wiederholten Mal Fredos Kompliment ins Gedächtnis rief, konnte sie es leider immer noch nicht ernst nehmen.

Karla legte die Bürste weg und sah lieber nicht länger in den Spiegel. Als Nächstes widmete sie sich der Kleiderfrage. Bei der Affenhitze kam ohnehin nur etwas Leichtes in Frage. Sie zog einen Haufen Sachen aus dem Schrank und probierte das meiste davon durch, bis sie sich für ein rotes, bauchfreies Tank-Top entschied. Dazu knallenge Jeans-Shorts. Fertig angezogen, drehte sie sich doch noch einmal vor dem Spiegel. Schön vielleicht nicht, urteilte Karla, aber ganz schön sexy. War das vielleicht zu herausfordernd? Andererseits: Hinter Marcel waren so viele Mädchen her, der sah das vielleicht gar nicht mehr.

Und zum tausendsten Mal stellte sich Karla die Frage, was sie denn eigentlich von Marcel wollte. Sicher, sie schwärmte seit Monaten von ihm. Aber immer nur in ihren Träumen. Deren Handlung bestimmte sie selbst. Wenn die aus dem Ruder lief, konnte man aufwachen und alles vergessen. Jetzt allerdings würde Marcel leibhaftig mit ihr ausgehen. Wohin eigentlich? Was würden sie machen? Immer bloß reden? Ein bisschen herumknutschen vielleicht? Und dann?

Sie konnte es sich einfach nicht vorstellen. Und das ängstigte Karla, so sehr sie sich auch auf Marcel freute. Er wird es wissen, redete sie sich ein. Er hat mich vor der Schule angequatscht, und die Verabredung heute war auch seine Idee. Also ist Marcel fürs Programm zuständig. Sie sah auf die Uhr. Vor Viertel vor drei wollte sie nicht unten auf der Lauer liegen, das hatte sie sich geschworen. Jetzt war es zwanzig vor. Okay, das gilt schon, dachte Karla, griff nach ihrer kleinen Handtasche und verließ das Zimmer.

Ihre Zunge klebte am Gaumen. Das fiel Gesche als Erstes auf, dann registrierte sie, dass sie ziemlich schief im Sessel hing. Ich muss eingenickt sein, dachte sie und setzte sich gerade. Das passierte ihr tagsüber eher selten. Wahrscheinlich war die schwüle Luft daran schuld. Als Gesche vom Sessel hochkam, wurde ihr ein wenig schwindelig, aber das gab sich schnell. Dafür verspürte sie Durst. Was habe ich heute überhaupt getrunken?, fragte sie sich. Heute Morgen einen Kaffee. Und das war es wohl auch schon. Die Mineralwasserflasche auf dem Wohnzimmertisch war leer, seit gestern schon, fiel Gesche ein. Saft hatte sie auch nicht mehr hier oben, für Tee oder Kaffee war es zu heiß. Leitungswasser mochte sie jetzt nicht. Gesche beschloss, unten in der großen Küche nachzusehen – dort müsste eigentlich noch Apfelsaft sein.

Als sie die Treppen hinabgestiegen war und die Küche betrat, entdeckte sie Karla, die am Küchenfenster klebte und gebannt Ausschau zu halten schien. Gesche fiel sofort die kleine Handtasche auf. Wollte Karla etwa ausgehen?

»Wartest du auf jemanden?«

»Ich werde gleich abgeholt«, kam nur als Antwort.

»Ist Fredo denn schon wieder da?«, erkundigte sich Gesche

und nahm sich eine angebrochene Apfelsaftflasche aus dem Kühlschrank.
»Nein«, antwortete Karla, ohne sich vom Fenster abzuwenden.
Ist ja interessant, dachte Gesche. »Du meinst also, man kann die irre Alte alleine lassen?«, fragte sie spitz.
Nun wandte sich Karla endlich ihrer Urgroßmutter zu. »Entweder du kommst klar, oder du bist irre. Wenn du klarkommst, brauchst du mich nicht. Bist du irre, kann ich auch nichts daran ändern!«
»Klingt logisch«, erwiderte Gesche gleichmütig. »Dann amüsier dich gut. Wo und mit wem auch immer.«
Draußen ertönte eine Autohupe, Karla warf einen schnellen Blick durchs Fenster und wirkte von einem Moment auf den anderen ganz flattrig. »Muss los!« Ohne weitere Erklärung schoss sie an Gesche vorbei und aus der Küche hinaus. Sekunden später fiel die Haustür hinter Karla ins Schloss.
Noch einer weniger, dachte Gesche. Keiner mehr da. So eine Gelegenheit gäbe es für sie vielleicht nie wieder. Sofort ging sie zur Treppe und erklomm die Stufen hinauf ins Dachgeschoss. Auf halber Strecke fiel Gesche ein, dass sie die Saftflasche in der Küche vergessen hatte. Sie stieg die Treppe trotzdem weiter hinauf, Stufe für Stufe.
Sie würde keine Getränke mehr brauchen.

»Du hast sie mit dem Fußball abgeschossen?« Helena Anatol lachte laut heraus. Gerade hatte Fredo ihr erzählt, auf welche Weise er seiner früheren Freundin Sandra nähergekommen war. »Da kann ich ja froh sein, dass du mich nur auf dem Sofa umgeworfen hast!«
»Ich habe dich vor meiner Großmutter gerettet«, protestierte Fredo. »Das war eine Heldentat!«

»Im Grunde deiner Seele bist du ein Neandertaler«, ulkte Helena. »Anschleichen, Keule drüber, Frau als Beute in die Höhle schleifen.«

Fredo stieß Briegel an. »Hast du mal 'ne Keule?«

»Hätte ich eine, würd ich sie Köhler überziehen«, knurrte der Riese und wies auf die gegenüberliegende Seite des Spielfelds, wo Wolfgang Köhler aufgedreht an der Seitenlinie entlangtobte und lautstark Anweisungen brüllte.

»Ich finde es ungerecht, dass er Daniel überhaupt nicht mitspielen lässt!«, beschwerte sich Katrin.

»Das ist mehr als ungerecht. Das ist eine Sauerei«, bekräftigte Fredo.

Helena sah mitleidig hinüber zu dem dicken kleinen Jungen, der, etwas abseits von den anderen Auswechselspielern, im Gras saß und resigniert das Spiel seiner Mannschaft verfolgte.

»Ich rede mal mit Wolfgang«, erklärte sie entschlossen. »Eigentlich kann er ganz umgänglich sein.«

»Das hat man von Hannibal Lecter auch behauptet«, murmelte Fredo und blickte der jungen Lehrerin nach, die jetzt das Spielfeld umrundete und Kurs auf ihren Kollegen nahm.

Wolfgang Köhler sah nervös auf die Uhr. Seine Jungs standen im Halbfinale, es stand unentschieden, gleich war Halbzeit.

»Beweg dich, Robin!«, gab er seinem Spieler Feuer. »Energischer rangehen, Juri! Kristof, nicht so eigensinnig!« Aus den Augenwinkeln sah er Helena Anatol nahen.

»Wolfgang, darf ich dich mal etwas fragen ...«

»Kristof! Bist du blind?« Köhler wandte sich unwirsch an seine Kollegin. »Was ist denn?«

»Von deiner Mannschaft haben schon alle gespielt – nur einer nicht ...«

»Wir wollen hier etwas erreichen! Das funktioniert nur über Leistung«, erwiderte Köhler scharf.

»Das sind Kinder. Es geht doch vor allem um den Spaß und ums Gemeinschaftserlebnis«, widersprach Helena, nun auch schon etwas heftiger.

»Freies Spiel, was?«, zischte Köhler verächtlich. Dann sah er seine Kollegin vorwurfsvoll an und stellte mit kaum unterdrücktem Groll fest: »Anscheinend vernebelt der traute Umgang mit Typen wie diesem Fredo Fried den Blick für die Realitäten!«

Bevor Helena entrüstet darauf antworten konnte, pfiff der Schiedsrichter zur Halbzeit. Wolfgang Köhler trommelte händeklatschend seine Truppe zur Pausenbesprechung zusammen und ließ die Kollegin einfach stehen.

Die Gasflasche kam ihr heute noch schwerer vor als neulich. Wahrscheinlich lassen meine Kräfte täglich nach, dachte Gesche und wuchtete den grauen Stahlbehälter aus der hintersten Ecke ihres Kleiderschranks, wo sie ihn hinter ein paar alten Wolldecken verborgen gehalten hatte. Da stand er nun, mitten in ihrem Wohnzimmer. Die Fenster hatte Gesche alle geschlossen. Allerdings bezweifelte sie nun doch, dass Gas ausreichen würde, um sich damit zu vergiften. Ihr Wohnzimmer war zwar nicht sehr geräumig, aber bestimmt groß genug, dass sich das bisschen Gas überall harmlos verteilen könnte. Wenn sie vielleicht einen kleineren Raum wählte und da alles abdichtete ... Ihr kleinstes Zimmer war das Bad. Doch als Gesche es nun betrachtete, erschien ihr auch das noch als viel zu groß für ihr finales Vorhaben. Ihr kamen beinahe die Tränen. Es musste hier und jetzt passieren! Es war die vielleicht letzte Gelegenheit dafür, alles auf ihre Art zu beenden. Und wer weiß, gestand sie sich insgeheim ein, ob ich jemals noch die Kraft für einen zweiten Versuch aufbringe.

Deshalb durfte sie das Gas auch nicht vergeuden. Sie musste

es so einsetzen, dass es hundertprozentig tödlich wirkte. Gesche schob sich einen Stuhl vor den Behälter und starrte nachdenklich auf das graue Ding. Schlank und rund wie eine Fliegerbombe, fand sie. Eine Bombe. Gas ist explosiv, meistens jedenfalls. Gesche erinnerte sich an Zeitungsberichte von Gasflaschenexplosionen auf Campingplätzen. Und das hier war eine Camping-Gasflasche.

Nur: Wie ließ sich die Gasbombe zünden? Ventil aufdrehen und Feuerzeug davorhalten schien Gesche nicht das Mittel der Wahl zu sein. Das gab wahrscheinlich bloß eine mehr oder weniger große Stichflamme, und am Ende läge sie ohne Haare, aber mit schweren Verbrennungen im Krankenhaus und müsste sich auf ihre alten Tage auch noch Haut vom Po auf die Wange transplantieren lassen. So lief das nicht.

Gesche schluckte trocken. In der Wohnung war es durch die geschlossenen Fenster inzwischen noch stickiger geworden, und sie hatte immer noch Durst. Sogar großen Durst, aber erst wollte Gesche ihr dringendes Problem lösen. Das mit dem Durst erledigt sich dann zwangsläufig, dachte sie und lächelte bitter. Blöde Affenhitze.

Hitze.

Hitze und Gas.

Das wäre eine Kombination, die garantiert mit einem Knall endete. Gesches Blick wanderte von der Gasflasche hinüber zu ihrer kleinen Kochnische. Zum Herd. Zur Klappe des Backofens. Sie trat in die Kochnische, öffnete den Backofen, entfernte Backblech und Grillrost und schob den schweren Stahlbehälter wie einen Braten in die Röhre. Leider ließ sich die Klappe jetzt nicht mehr schließen, die Gasflasche ragte beinahe zur Hälfte aus dem Ofen heraus. Trotzdem ließe sich die Flasche auch bei offener Klappe erhitzen, schätzte Gesche. Es würde etwas länger dauern und ordentlich warm werden in der Bude, aber was machte das schon. Sie würde sich auf einen Stuhl direkt vor den Herd setzen und auf den großen Knall warten. Und falls es doch nicht funktionierte, dann war das Gas nicht vergeudet, und man konnte sich etwas Besseres überlegen.

Ich habe doch etwas zu trinken hier oben, fiel ihr plötzlich ein. Ein Fläschchen Eierlikör, noch von Ostern. Sie trank zwar seit Jahren so gut wie gar keinen Alkohol mehr, aber in Anbetracht des besonderen Anlasses dürfte sie sich gerne ein Gläschen genehmigen. Oder auch zwei. Gesche holte den Likör und ein Glas, zog sich einen Stuhl heran und nahm vor dem offenen Backofen Platz. Erst einen Schluck und dann: Feuer frei.

Der erste Schluck schmeckte ihr großartig. Der zweite fast noch besser. Nach dem dritten herrschte leider Ebbe im Glas. »Hossa«, murmelte Gesche, schenkte nach und lutschte genüsslich die nächste Portion weg. Musik wäre jetzt auch nicht schlecht. Mal das Radio aufdrehen. Oha, das ist ja der Schalter vom Backofen. Dann drehen wir eben den mal. Zweihundert Grad sollten reichen. So was von schwül heute. Schnell noch ein Gläschen von dem gelben Zeug … Eierlikör. Hat Tante Frieda immer getrunken. Mehr, als gesund ist, hat Mutter damals erzählt. Frieda war ganz klein und unscheinbar, aber mit genügend Likör intus konnte die aufdrehen und einen ganzen Saal unterhalten. Prost, Frieda, altes Mädchen. Wo bleibt eigentlich die Musik? Ach so, das Radio steht ja dahinten. Noch einen Schluck auf dem Weg. Weit weg, das Radio. Da braucht man einen Schluck unterwegs. Vor allem, weil man heute länger unterwegs ist als sonst. Der Fußboden ist so verdammt uneben. Überhaupt ist hier alles irgendwie schief. Muss ich mal mit Fredo drüber reden. Am besten gleich. Wo steckt der Bengel denn schon wieder? Immer muss man hinter dem Knaben her sein!

Gesche gab sich noch einen Schluck direkt aus der Flasche und ließ sie einfach zu Boden fallen. Dann steuerte sie in leichtem Zickzack die Tür an und verließ ihre Wohnung.

Mütter am Rande des Wahnsinns schrien sich mit schrillen Anfeuerungsrufen die Seele aus dem Leib. Alltagsfrustrierte Väter befahlen in zackigstem Kasernenhofton Attacke, Zweikampf und Vernichtung. Unbeaufsichtigt herumwuselnde Geschwisterkinder bekleckerten sich eifrig mit Cola, Eis und Currywurst, während die eigentlichen Stars der Manege hechelnd den Rasen umpflügten. Trotz der Hitze gaben beide Mannschaften alles, dennoch stand es nach wie vor torlos unentschieden.

»Wie lange noch?«, erkundigte sich Fredo.

Briegel sah kurz auf seine Uhr. »Letzte Minute läuft!«

»Wann bringt der Coach endlich Daniel?«, maulte Katrin.

»Ist doch nicht so umgänglich, der Kollege Köhler, was?«, bemerkte Fredo mit einem Seitenblick zu Helena. In der jungen Lehrerin brodelte es, sie blieb ihm jedoch die Antwort schuldig – der Abpfiff funkte dazwischen. Die Spieler sanken ermattet auf den Rasen, während sich die Zuschauer, wild diskutierend, hinter einem Tor versammelten.

»Was passiert jetzt?«, wollte Katrin wissen.

»Jetzt entscheidet das Elfmeterschießen«, erklärte Briegel. »Jede Mannschaft bestimmt fünf Schützen. Da bringt Köhler deinen Sohn bestimmt. Bei so einem Hammerschuss, wie ihn Daniel hat, kommt er nicht an ihm vorbei.«

Sie wechselten hinüber zum Schauplatz des Elfmeterduells, wo Wolfgang Köhler im Kreise seiner Mannschaft stand. Schon beim Näherkommen beobachteten sie, wie der Coach mit einzelnen Spielern redete, worauf sich der jeweils Angesprochene von seinen Mitspielern absonderte und zum ausge-

wählten Torraum schritt. Eins, zwei, drei, vier, fünf Jungen in blauem Trikot. Knödel war wieder nicht dabei. Der dicke Junge ließ sich auf den Rasen plumpsen, die Enttäuschung stand ihm ins Gesicht geschrieben.
Wolfgang Köhler trat zu den Zuschauern hinters Tor. Doch bevor Fredo und Briegel ihn ansprechen konnten, kam Knödel mit erwartungsfroher Miene auf seinen Trainer zu.
»Coach, dem Tobi ist plötzlich sauschlecht geworden. Er will nicht schießen, hat er gesagt! Darf ich jetzt?«
Tatsächlich verließ einer der Auserwählten soeben mit fahlem Gesicht den Sportplatz.
»Hau ihn rein, Tiger!«, mischte sich Fredo ein, und Briegel bekräftigte: »Vollspann, wie im Training!«
»Du schießt nicht, Daniel!«, bestimmte Köhler. »Hier gilt immer noch das Leistungsprinzip!«
Das hörte Knödel nicht mehr, denn neben ihm gab der Schiedsrichter mit einem ohrenbetäubenden Pfiff das Signal zum Showdown. Köhler wollte dem Jungen nach, aber Helena hielt ihn an der Schulter zurück, kochend vor Wut.
»Dein ganzes Gesülze über Leistung, Disziplin, Lebenssinn und von Gott gestellten Aufgaben ist doch dummes Gelaber! Du bist ein aufgeblasenes, selbstsüchtiges, eitles Arschloch.«
»Hätte ich nicht besser sagen können«, freute sich Fredo.
Köhler fuhr zu ihnen herum, giftig wie eine Natter. »Sie halten sich da raus, Herr Fried – Sie Weiberheld!«
»Frauenflüsterer heißt das heute. Aber Sie sind ja sowieso von gestern«, grinste Fredo frech, was Helena schon wieder zum Lachen brachte. Diese Reaktion gab Köhler den Rest. Sein Zorn richtete sich umgehend gegen die Kollegin.
»Und du bist wohl kaum die Richtige, um mir Selbstsucht und Eitelkeit vorzuwerfen, Helena Richter!«

Helena stand da wie schockgefrostet. »Woher …«, flüsterte sie entsetzt.
»Ich habe gestern mit deiner vorigen Arbeitsstelle telefoniert! Und dabei mit deinem Gatten gesprochen. Der dich sehnlichst vermisst. Verstehe gar nicht, warum.« Plötzlich bemerkte Köhler, dass um sie herum alle Zuschauer erwartungsvoll auf einen kleinen, dicken Jungen in blauem Trikot blickten, der soeben Anlauf auf den Elfmeterpunkt nahm.
»Du nicht!«, schrie Köhler und rannte armfuchtelnd in den Strafraum. Aber da hatte Knödel schon abgezogen. Vollspann. In perfekter Schusshaltung. Mit der festen Vorstellung, nicht bloß gegen den Ball zu treten, sondern voll durchs Leder hindurch. Die Granate zischte dem Coach entgegen und erwischte ihn frontal im Gesicht. Das Klatschen des Aufpralls überlagerte gnädigerweise das Knacken seines brechenden Nasenbeins. Während der Ball abprallte und im Strafraum ausrollte, flog Köhler rücklings zu Boden wie ein gut getroffener Kegel.
»Treffer, versenkt«, murmelte Fredo.
Vor dem Tor herrschte Chaos. Köhler rappelte sich auf, hielt sich die Hand vor die blutende Nase, wehrte alle Hilfsangebote barsch ab und trabte in Richtung Umkleidekabine. Spieler und Zuschauer bedrängten den Schiedsrichter, die Situation zu entscheiden – allen voran Briegel Schulz, der seinen massigen Körper bedrohlich vor dem Mann mit der Pfeife aufbaute.
»Der Kerl hatte auf dem Spielfeld nichts zu suchen! Der Elfer muss wiederholt werden!«, forderte Briegel, bis der Schiedsrichter schließlich nachgab und auf Neustart des Elfmeterschießens entschied. Die Blauen und ihre Anhänger jubelten. »Antreten!« Briegel rief Daniels Mannschaft mit der natürlichen Autorität eines Leibes- und Seelenbändigers zusammen, und die Jungen folgten willig. »Euer Coach ist ver-

hindert. Ich übernehme. Daniel, du nagelst den ersten Elfer rein. Der Torwart hat jetzt richtig Angst vor dir, der macht sich freiwillig klein. Ihr anderen lauft dem Schuss bitte nicht in den Weg …«

Johlend klatschten die Jungen Beifall, die Zuschauer verzogen sich wieder an den Spielfeldrand.

»Ist er nicht super?«, schwärmte Katrin und himmelte den Riesen mit leuchtenden Augen aus der Ferne an.

»Briegel hat es drauf«, schmunzelte Fredo und blickte sich dann suchend um. »Aber wo ist Helena?«

»Die ist schon abgehauen, bevor mein Junge den Coach erlegt hat. Richtung Parkplatz.«

Fredo rannte los. Noch bevor er den Parkplatz erreichte, hörte er hinter sich ausgelassenen Torjubel. Im Laufen grinste er, dann machte sich wieder Besorgnis auf seiner Miene breit und er rannte weiter, um das Häuschen mit den Umkleidekabinen herum, dem Parkplatz entgegen.

Wolfgang Köhler nahm vorsichtig seine Sporttasche. Mit der anderen Hand presste er sachte eine kalte Mullkompresse an die Nase. Die war beträchtlich angeschwollen und schmerzte übel. Ich habe Helena zum Turnier eingeladen, dachte er. Sie ist eigentlich wegen mir hergekommen. Um mich und meine Jungs siegen zu sehen. Dann taucht dieser Fredo auf und bringt alles durcheinander, untergräbt systematisch meine Autorität. Und jetzt darf ich auch noch ins Krankenhaus fahren und mir die Nase verarzten lassen.

Köhler stieß wütend die Tür nach draußen mit dem Fuß auf und erstarrte: Auf dem Parkplatz, keine fünfzig Meter von ihm entfernt, stand Helenas Wagen. Davor seine Kollegin und Fredo Fried, versunken in inniger Umarmung. Endlich lösten sie sich voneinander, stiegen ins Auto und fuhren davon. Vor Köhlers geistigem Auge lief ein ganzer Film ab: Sie würden zu

Fried fahren. Wieder in diese Protzvilla. Sich in das Bett legen, in dem sie es schon einmal wild und ungezügelt miteinander getrieben hatten. Köhler wusste nur zu genau, wie es dabei zugegangen war. Er war in jener Nacht im Garten geblieben, um von der Terrasse aus zuzusehen. Zuzusehen, wie sich Helena hingab. Wie sie sich danach nackt weggeschlichen und im Schatten des Ginsterbusches angezogen hatte – ein Bild, das er niemals vergessen würde. Bis nach Hause hatte er sie verfolgt, ganz diskret, sie hatte ihn nicht bemerkt.
Ihm würde sich Helena niemals hingeben, wusste Köhler. Jetzt nicht mehr. Aber gleich wird sie wieder mit Fredo … Die Eifersucht perforierte Köhlers Hirn mit glühenden Nadelstichen. Dieser widerliche Chaot. Die ganze Sippe, verdorben bis ins Mark. Die Nichte eine Schlampe, die den eigenen Onkel abknutscht und wer weiß was noch alles. Der Neffe ein notorischer Leistungsverweigerer und Außenseiter, ein potenzieller Amokläufer, der öffentlich mit Bomben drohte. In diesem Umfeld würde Helena gleich … Das durfte nicht sein. Er musste etwas dagegen unternehmen.
Und plötzlich fiel ihm auch ein, was.

Tim stellte gerade sein Fahrrad in die Garage, als er die Sirenen hörte. Einen Polizeiwagen im Einsatz vernahm man auch in Bornstedt hin und wieder. Aber dies klang nach mehr. Während er noch überlegte, ob er sich vielleicht doch noch mal aufs Rad schwingen sollte, um nachzusehen, was es da gab, fuhren schon drei Streifenwagen mit zuckendem Blaulicht und gellender Sirene in die Straße ein. Die geballte Polizeimacht des Städtchens rauschte vor die Einfahrt der Villa. Uniformierte sprangen aus den Wagen, sichteten den überraschten Jungen und rannten zu ihm, die Hände gefechtsbereit auf den Kolben ihrer Dienstwaffen.

»Tim Fried?«, herrschte ihn der Vorderste an. Tim nickte verdattert. Sofort nahmen ihn zwei Polizisten so in den Klammergriff, dass an Gegenwehr oder Flucht nicht zu denken war. Wenn Tim denn hätte denken können. Vor Schreck schien sein Gehirn wie gelähmt zu sein.

»Wo ist die Bombe?«

»Welche Bombe?«, keuchte Tim. »Ich hab keine …«

Der Knall ließ sie alle herumfahren. Im Dachgeschoss der Villa zerplatzten Fenster, und während um sie herum der Splitterregen niederging, quoll dicker Rauch aus den offenen Wunden der Fassade.

22.

Du musst doch nicht jetzt sofort weg.«
Fredo stand im Türrahmen des Schlafzimmers und beobachtete Helena, die einen großen Koffer vom Schrank wuchtete, ihn öffnete und aufgeklappt aufs Bett legte.
»Du kennst ihn nicht, Fredo. Thorsten ist ein echter Psychopath.«
Sie öffnete den Kleiderschrank und begann damit, Wäschestücke in den Koffer zu packen. Fredo nahm Helena in den Arm und zog sie mit sanfter Gewalt zur Bettkante, auf der sie sich beide niederließen. Sie ließ den Kopf einen Moment lang an seiner Schulter ruhen, dann trieb es sie schon wieder hoch – Fredo hielt sie zurück.
»Okay, noch mal von vorn, bitte: Thorsten Richter ist mit dir verheiratet, und du bist aus Frankfurt abgehauen, weil er dir unerträglich geworden ist. Und weil du dich vor ihm fürchtest, hast du dich in der Provinz unter falschem Namen verkrochen …«
»So falsch ist der Name nicht. Anatol war der Mädchenname meiner Großmutter.«
»Mir ist auch ganz egal, wie du heißt. Hauptsache, du ziehst dir nicht plötzlich 'ne Latexmaske vom Gesicht und siehst aus wie Quasimodo.«
Helena lächelte, dann holte sie die Panik wieder ein. »Ich wollte eigentlich nicht heimlich weg von Thorsten. Zwei Tage bevor ich geflüchtet bin, hab ich ihm sogar gesagt, dass ich ihn verlasse …« Ihre Stimme begann zu zittern. »Wir hatten einen

Hund, einen kleinen Jack-Russell-Terrier. Thorsten hat mich nur angegrinst, den Hund auf den Arm genommen und gesagt: Das mache ich mit dir, wenn du gehst – und dann hat er ihn erwürgt, vor meinen Augen! Ich hab geschrien und auf Thorsten eingeprügelt, aber er war stärker …«

Helena weinte jetzt, Fredo legte ihr tröstend den Arm um die Schultern.

»Ich rief die Polizei«, fuhr sie bebend fort. »Denen hat er weisgemacht, der Hund sei mir beim Spazierengehen fortgelaufen, ich sei deshalb psychisch am Ende und suche nur nach einer plausiblen Erklärung, warum das Tier nicht mehr da sei – ein typischer Fall von Schuldverdrängung. Thorsten ist psychologisch geschult. Er hat die Polizisten in fünf Minuten so umgedreht, dass sie mich um ein Haar in die Psychiatrie gebracht hätten!«

»Himmel. Wie bist du bloß an so einen Kerl geraten?«

»Wir waren Kollegen an derselben Schule. Er kann sehr überzeugend sein, wenn er etwas will. Und mich wollte er. Erst nach der Hochzeit habe ich gemerkt, was er für eine Mogelpackung ist. Vielleicht bin ich einfach zu blöde! Wolfgang Köhler habe ich auch falsch eingeschätzt, trotz der Erfahrung mit Thorsten. So was passiert mir immer wieder …«

»Na und? Mir auch. Aber deshalb bist du nicht die Böse, sondern Thorsten ist der Widerling. Wenn du jetzt fliehst, machst du ihn viel größer, als er es verdient! Bleib einfach. Und wenn du dich nicht sicher fühlst, zieh ein paar Tage zu mir – bei uns ist genug Platz in der Hütte.«

»Danke, aber …« Sie schüttelte den Kopf.

»Dann mach's gut, Helena.« Fredo stand auf und ging zur Tür.

»Fredo …«

Er wandte sich zu ihr um. Helena sah ihn an, traurig und bittend zugleich. »Nimm mich in die Arme. Bitte …«

Am Himmel herrschte Endzeitstimmung. Schwarzgelbe Wolken drängten sich bis zum Horizont, den flackerndes Wetterleuchten durchglühte.
»Sieht ja fies aus«, sagte Marcel und schaltete das Abblendlicht ein.
»Das Verdeck musst du auch gleich zuklappen, sonst sitzen wir bald im Nassen!«, mahnte Karla an. Marcel nickte nur und jagte das Cabrio weiter über die Landstraße. Das Mädchen spähte durch die Windschutzscheibe voraus. »Falls du eine gute Stelle zum Halten suchst: Da vorne rechts geht gleich ein Feldweg ab.«
Marcel nahm Gas weg und erkannte die Abzweigung jetzt auch. Während er das Cabrio auf den Feldweg lenkte, erkundigte er sich neugierig: »Warst du hier schon mal?«
Karla nickte. »Mit meinem Onkel.«
Den Blick, den ihr Marcel daraufhin zuwarf, konnte sie nicht einordnen. Überhaupt lief der Nachmittag ganz anders, als Karla es erwartet hatte. Und das lag nicht am Programm. Sie waren Eis essen gewesen, durchs Städtchen gebummelt, ein bisschen durch die Gegend gefahren – so weit ganz okay. Aber die heitere Leichtigkeit, die noch an den beiden letzten Tagen auf dem Schulweg zwischen ihnen geherrscht hatte, stellte sich heute nicht ein. Das lag nicht an ihr, fühlte Karla. Marcel wirkte angespannt, irgendwie auf dem Sprung. Lauernd, fiel ihr ein – sein Blick eben war lauernd gewesen. Der Wagen rumpelte immer noch über den Feldweg.
»Warum halten wir nicht? Du willst doch nur das Verdeck schließen?«
»Gleich. Nur noch bis da vorn zum Wald«, erwiderte Marcel, ohne sie anzusehen. »Ist schön hier. Schön ruhig.«
Er will knutschen, wusste Karla plötzlich. Eigentlich hatte sie schon den ganzen Nachmittag mit so etwas gerechnet, aber

von Marcel war kein Vorstoß in dieser Richtung erfolgt. Und sie selbst hatte sich nicht getraut. Um ihre aufsteigende Nervosität zu verbergen, bückte sich Karla zu ihrer Handtasche und nestelte ein Kaugummi heraus, welches sie sich in den Mund schob – möglichst unauffällig.

»Hier kann man auch gut spazieren gehen«, sagte sie, nur um das Gespräch nicht abreißen und peinliches Schweigen aufkommen zu lassen.

»Aber nicht bei diesem Wetter«, grinste Marcel und hielt nach einer Kurve, weit außer Sicht der Landstraße.

»Nein, bei diesem Wetter lieber nicht.« Mein Gott, jetzt reden wir schon übers Wetter, dachte Karla. Warum kann ich nicht locker bleiben und genießen? Es grollte am Himmel, und dann fielen die ersten Tropfen. Marcel sprang aus dem Wagen.

»Soll ich dir helfen?«, rief Karla ihm nach.

»Bleib einfach sitzen!«, kam es zurück. Das Verdeck entfaltete und schloss sich. Gleich steigt er wieder ein, also hab deine Nerven im Griff, beschwor sich Karla. Und nimm den Kaugummi aus dem Mund, das macht sich nicht gut beim Küssen. Sie öffnete den kleinen Aschenbecher …

Marcel ließ sich wieder auf den Fahrersitz fallen und zog die Tür zu. »So, Schotten dicht!« Er wandte sich Karla zu und wollte siegessicher den Arm um sie legen – aber das Mädchen wich auf ihrem Sitz zurück und musterte ihn vorwurfsvoll. Dann hielt sie ihm die offene Rechte hin, in der vier Fahrradventile lagen – zwei davon offenbar nagelneu.

»Die lagen im Aschenbecher. Das sind meine – stimmt's?«

Marcel zuckte abwartend mit den Schultern.

»Du hast meinem Fahrrad zweimal einen Platten verpasst, damit du mich abschleppen kannst?«

»Beim ersten Mal ist mir leider dein Onkel zuvorgekommen.

Da brauchte ich den zweiten Versuch«, gab Marcel freimütig zu.
»Ich habe Juliane und den anderen die Schuld dafür gegeben! Warum hast du mich nicht einfach angesprochen? Was soll das Getrickse?«
»Hast recht, war unnötig. Du wärst bestimmt sowieso mitgekommen.« In seiner Stimme schwangen plötzlich Härte und Verachtung mit.
»Wie meinst du das?«
»Nun labere nicht so viel – dreh endlich den Liegesitz runter ...«
Karla starrte verständnislos auf den großen, wunderschönen Traumprinzen, der sich vor ihren Augen in eine hässliche, abscheuliche Kreatur verwandelte.
»Du willst es doch auch«, fuhr Marcel sie an. »Du vögelst ja sogar mit deinem eigenen Onkel! Jeder weiß das! Hier habt ihr es bestimmt auch schon getrieben, was? Also los, hab dich nicht so ...«
Fast instinktiv klatschte Karlas Hand auf Marcels Wange. Doch bevor sie ihre Handtasche raffen und aus dem Wagen springen konnte, fühlte sie sich von ihm fest umklammert.
»So kommst du mir nicht davon«, hörte Karla ihn keuchen, und dann spürte sie seine Hände wandern ...

Der Regen tröpfelte nicht mehr, er rauschte als kompakter Schwall vom Himmel, nahm die Sicht und erstickte jedes Geräusch außer dem knatternden Donner, der jeden zuckenden Blitz begleitete. Trommelfeuer. Fliegerangriff. Fliegerbombe. Irgendwas war mit einer Fliegerbombe, die gleich hochgehen würde, aber Gesche konnte sich nicht über den Zusammenhang klarwerden. Ihr Kleid klebte am Körper, sie zitterte vor Kälte und Erschöpfung. Außerdem war ihr übel. Gesche erinnerte sich daran, etwas getrunken zu haben, aber sie wusste nicht, was. Erst war es gut gewesen. Jetzt nicht mehr. Sie hob den Kopf, wischte sich das Wasser aus den Augen und versuchte, ihre Umgebung zu erkennen. Hier standen keine Häuser mehr. Es gab nur die Landstraße, auf der kaum ein Wagen unterwegs war.

So viel Wasser. Gut, dass ich hier bin, dachte Gesche. Fredo ist sicher wieder am Wasser. Markus garantiert auch. Die kriegen ja nie genug davon. Staudamm bauen, Kaulquappen fangen. Dann vergessen sie die Zeit. Und ich warte wieder vergeblich mit dem Abendbrot. Zum Glück weiß ich ja, wo ich die Burschen finde! Wenn mir bloß nicht so übel wäre.

Und nass war es. Vielleicht fand sie im Wald etwas Schutz. Da war endlich der Feldweg. Weiter hinten ging ein kleiner Pfad zwischen den Bäumen bis zum Bach. Hoffentlich hatten sich die Jungs irgendwo untergestellt. Fredo ist bestimmt etwas eingefallen, dachte Gesche, Fredo fällt immer etwas ein. Trotzdem muss ich die Bengel jetzt holen, bei diesem Gewitter …

Ein Blitz zuckte grell über den Himmel. Gesche erkannte die Umrisse eines geparkten Autos, nur wenige Meter von ihr entfernt. Ein trockenes Plätzchen. Gesche kämpfte mühsam eine in ihr aufsteigende Welle Übelkeit nieder, erreichte den Wagen und öffnete die Fahrertür. Ein junger Mann fuhr überrascht zu Gesche herum, während das Mädchen neben ihm blitzartig die Gelegenheit ergriff, die Beifahrertür öffnete und im Regen verschwand.

»Was …«, stieß Marcel überrumpelt hervor – da übergab sich Gesche im Schwall über Sitz und Fahrer. Mit schrillem Ekelschrei stieß Marcel die alte Frau von sich, knallte die Türen zu und startete. Gesche landete rücklings in einer Pfütze und sah zu, wie der Wagen wendete und mit heulendem Motor davonbrauste. Von oben klatschte ihr der Regen ins Gesicht, von unten spürte Gesche Schlamm und Lehmwasser durch Kleid und Unterhose sickern. Ohne zu begreifen, was ihr da passiert war, dachte sie: Die Welt ist wirklich ein verdammt seltsamer Ort.

»Gesche …!«

Jemand eilte zu ihr. Half ihr auf die Beine, hielt sie umklammert, presste sich an sie. Gesche erkannte ihre Urenkelin, hielt sie mit beiden Armen auf Abstand und musterte Karla streng von oben bis unten, sah die knappen Shorts und das zerrissene Top. »Kind, für dieses Wetter hast du eindeutig zu wenig an!«

Karla lachte und weinte gleichzeitig. »Gesche, du bist komplett irre!« Dann schloss sie ihre Urgroßmutter erleichtert in die Arme. »Und das ist so gut, so gut …«

Tim kauerte in der offenen Garage und versuchte krampfhaft, das nervöse Zittern seiner Hände in den Griff zu bekommen. Das verhinderte allerdings schon die Anwesenheit der Polizisten und vor allem die grimmige Miene, mit der ihn der Chef der Truppe immer wieder musterte. Wenigstens für den Moment war El Commandante abgelenkt. Ein Feuerwehrmann in voller Montur erklärte gerade den Löscheinsatz im Dachgeschoss für beendet.

»Im Haus gab es keine Opfer, da war niemand. Wir rücken ab. Ihre Männer können mit der Durchsuchung beginnen!«

Während die Feuerwehrmannschaften ihre Fahrzeuge bestiegen, Dieselmotoren starteten und davonfuhren, drangen Polizisten in die Villa vor. Tim atmete durch, etwas erleichtert. Wenigstens waren Gesche, Karla und Fredo nicht da drinnen gewesen, als es knallte. Doch wo steckten sie? Tim und auch die Polizei hatten vergeblich versucht, seine Angehörigen zu erreichen. Gesche besaß kein Mobiltelefon, aber Fredo schon. Und Karla ging ohne ihr Handy normalerweise nicht mal zum Klo. Wo sind die alle, wenn man sie braucht, dachte Tim. Er fühlte sich sehr einsam, trotz der beiden Polizisten im offenen Garagentor, die ihn bewachten. Zum Glück goss es in Strömen, und man sah nicht viel. Trotzdem ahnte Tim, dass sich jenseits des rot-weißen Flatterbands, mit dem man das Grundstück weiträumig abgesperrt hatte, gerade halb Bornstedt in lüsterner Sensationsgier versammelte. Diese Vorstellung verstärkte sein Gefühl innerer Isolation allerdings nur.

Dennoch wäre er lieber für sich geblieben, als sich weiter dem peinlichen Verhör des Einsatzleiters zu stellen. Der kam nun, unvermindert grimmig, aus dem Haus herüber zu Tim und hielt ihm ein wohlbekanntes Notizbuch aufgeschlagen unter die Nase. NEWSFLASH FAMILIE FRIED.

»Komm rein, und es knallt!«, las der Polizist triumphierend den letzten Eintrag vor. »Du hast deine Tat sogar schriftlich angekündigt! Wen sprengst du da in die Luft? Deine Mutter? Bei euch Psychos ist es doch immer die Mutter, was?«

»Leck mich«, murmelte Tim verzweifelt.

»Du weißt sicher, was ich am liebsten täte …« Offensichtlich beherrschte sich der Einsatzleiter nur mit Mühe. »Vielleicht hast du deine Familie ja schon längst allesamt gekillt. Heimlich im Garten vergraben. Vielleicht meldet sich deswegen keiner am Telefon. Und von wegen, Eltern in China!«

»Das ist die Wahrheit!«, schrie Tim.

Sein Gegenüber grinste kalt, dann senkte er vertraulich die Stimme. »Unter uns, Junge: Du hast jetzt die letzte Chance, die Dinge ein bisschen zu deinen Gunsten zu gestalten. Zeig dich kooperativ. Hast du noch eine Bombe im Haus versteckt? Liegt irgendwo noch mehr Sprengstoff? Sag schon.«

Tim schüttelte nur den Kopf und sagte lieber gar nichts, weil er spürte, dass er beim ersten Wort in Tränen ausbrechen würde. Der Einsatzleiter setzte nicht nach, denn jetzt kam ein Uniformierter aus dem Haus herüber in die Garage und berichtete aufgeregt, man habe ein verdächtiges Objekt gefunden. »Ein kleines Päckchen. Etwa doppelt so groß wie eine Zigarettenschachtel, mehrfach dick mit Klebeband umwickelt! Es liegt im Wintergarten, gut versteckt auf einem Mauersims.«

Der Einsatzleiter wandte sich grimmig an den Jungen. »Du hast natürlich keine Ahnung, was es damit auf sich hat?«

Tim schüttelte wieder den Kopf. El Commandante schnaufte verächtlich.

»Grube im Garten ausheben, Mindesttiefe einen Meter! Verdächtiges Objekt unter größtmöglicher Vorsicht aus dem Haus schaffen und im Erdloch zwischenlagern!«, ordnete er zackig an. »Kampfmittelräumdienst ist unterwegs.«

Der Uniformierte nickte knapp und eilte zurück ins Haus. Sein Vorgesetzter wandte sich an die beiden Posten am Garagentor. »Nehmt den Jungen und schafft ihn zur Wache. Ich habe genug von ihm.«

Die beiden Polizisten nahmen Tim in die Mitte und führten ihn zu einem an der Straße geparkten Streifenwagen. Mutlos schlich der Junge zwischen ihnen her. Man würde ihm alles Mögliche und Unmögliche in die Schuhe schieben, war er sich plötzlich ganz sicher. Das lief doch immer so, in der Schule und hier auch. Jetzt auch noch dieses Päckchen. Wahrscheinlich haben die das selbst dahin gelegt, um ihre Erfolgsstatistik zu frisieren, überlegte er. So etwas hat man schon in vielen Filmen gesehen. Wenn er erst in der Wache festsaß, käme er nicht mehr raus aus der Nummer. Und wer sollte ihm dann helfen? Eltern – weit weg. Gesche – unzurechnungsfähig. Karla – freut sich, wenn sie mich los ist. Onkel Fredo – nicht der Typ, auf den die Polizei hört. Patrik Stenzel – den würden die Bullen wohl gleich mit einbuchten, so, wie der aussah.

Das waren alle. Mehr Leute hatte er nicht.

Sie erreichten den Streifenwagen, einer der Beamten öffnete die hintere Seitentür und gab ihm einen Wink – nicht unfreundlich, aber bestimmt: »Einsteigen!«

Ich kenne hier alles, schoss es Tim durch den Kopf, jeden Stein. Da links führt ein kleiner Sandweg zwischen den Gärten hindurch. Die Abkürzung durch Neumanns Hecke kennen die Bullen bestimmt nicht. Und wenn schon – riskiere es!

Tim atmete noch einmal durch und stieg in den Streifenwagen. Rutschte rasch über die Rückbank zur gegenüberliegenden Seite, stieß die Tür auf, schwang sich ins Freie.

Und rannte los.

Sie redeten miteinander. Stundenlang, so empfand es Fredo jedenfalls. Zwischendurch schrillte Helenas Festnetztelefon, was sie zunächst ignorierte, bis sie es schließlich entnervt ausklinkte. »Da geht der Terror schon los«, hatte sie geseufzt. »Thorsten verliert keine Zeit.« Aus dieser Erkenntnis zog Helena ihre Konsequenz: Sie müsse packen und fort, solange es noch ging. Sie würde nur noch Montag früh zur Schule gehen, um dem Direktor, der bisher als Einziger Bescheid gewusst und ihr Inkognito gedeckt hatte, den plötzlichen Abschied zu erklären. Fredo konnte sie nicht davon abbringen und musste sich letzten Endes eingestehen, dass er selbst sein Leben wie ein Durchreisender gestaltete und es sich schon deshalb nicht anmaßen durfte, Helena davon abzuhalten, den Anker zu lichten.

»Sagst du mir wenigstens, wohin du fährst?«
Sie zuckte mit den Schultern. »Ich habe noch kein Ziel.«
»So ein Zufall. Dahin will ich auch.«
Das rang Helena ein schwaches Lächeln ab. »Aber nicht jetzt. Du bist Familienvater, zumindest auf Zeit.«
»In der Rolle bin ich sowieso fehlbesetzt«, winkte Fredo ab.
»Finde ich nicht. So, wie du dich für Tim eingesetzt hast – auch für Karla und sogar für den kleinen Daniel –, bist du für mich ein fabelhafter Familienvater. Auf deine ganz eigene Art und Weise.«
Sie sahen sich lange in die Augen. Es tut verdammt weh, dachte Fredo. Lass endlich locker, wenn du es überleben willst.
»Uns bleibt immer noch Paris.«
»Paris?«
»Casablanca«, erklärte Fredo. »Der Film. Humphrey Bogart sagt das, als er Ingrid Bergmann zum Abschied in die Augen schaut.«
»Dann gehst du jetzt besser, bevor es Sam noch einmal spielt …«
Das tat Fredo. Wie viele Abschiedsszenen habe ich schon geschrieben, dachte er. Rührende, herzzerreißende, tränenreiche Dialoge und Bilder. Die Wirklichkeit war prosaisch: kurze Umarmung, alles Gute. Soll ich dich fahren – nein danke, lieber nicht. Hemd vom Garderobenhaken nehmen, Tür, Treppe, raus.
Dort empfing ihn das Gewitter mit Blitz und Donner. Vielleicht sollte ich mich doch von Helena fahren lassen, überlegte Fredo schon – da rauschte ein uralter Volvo heran und hielt direkt vor ihm, die Beifahrertür öffnete sich einladend. Fredo flitzte durch den Regen und sprang in den Wagen. Briegel

Schulz gab bereits Gas, während Fredo noch damit beschäftigt war, die Tür hinter sich zu schließen.
»Hey!«, protestierte Fredo, als der Volvo nach vorn schoss und es ihn in die Rückenlehne drückte. »Zu viel Schampus aus dem Siegerpokal oder was?«
»Oder was.« Briegel starrte angestrengt nach vorn und fuhr trotz der schlechten Sicht in einem höllischen Tempo.
»Ihr habt doch das Turnier gewonnen, oder?«
Briegel nickte knapp. »Fredo, hör zu …«
Und dann berichtete Briegel. Nach dem Turnier hätte er Daniel und Katrin nach Hause bringen wollen und sei direkt in den größten Polizeieinsatz geraten, den Bornstedt je gesehen hatte. Bombenalarm, vor dem Hause Fried alles abgesperrt. »Ich hab sofort versucht, dich anzurufen. Bei Helena hab ich's auch probiert …«
Geschockt zog Fredo sein Mobiltelefon aus der Hemdtasche. Jede Menge entgangener Anrufe: Tim, Briegel und immer wieder eine unbekannte Nummer – wahrscheinlich die Polizei. »Mein Handy war stummgeschaltet und hing außerdem an der Garderobe.« Fredo wählte bereits Tims Nummer. »Und Helena ist nicht an ihr Telefon gegangen …«
»Hab ich gemerkt. Deshalb bin ich selbst losgefahren.«
»Teilnehmer nicht erreichbar!« Fredo versuchte es mit Karlas Nummer – sie meldete sich ebenfalls nicht. Er steckte das Handy wieder ein, in höchster Besorgnis. »Was ist da los, Briegel?«
»Keine Ahnung. Aber die da werden es dir gleich sagen.«
Auf der Straße vor der Villa wehte Flatterband, ein uniformierter Posten stoppte sie mit erhobener Hand. Gerade als sie ausstiegen, hielt ein Streifenwagen hinter ihnen, den Gesche und Karla verließen – beide triefnass und schlammverschmiert. Gesche warf einen Blick auf Absperrung, Posten und

Blaulichter und musterte ihren entgeisterten Enkel streng. »Fredo, jetzt übertreibst du wirklich.«
Karla flog auf ihren Onkel zu, klammerte sich an ihn und weinte. »Es tut mir so leid, es ist alles meine Schuld …«
Fredo schloss das zitternde Mädchen in die Arme und sah dem Polizisten, der nun aus dem Streifenwagen stieg, fragend entgegen. »Was ist passiert?«
»Wir haben sie beide auf der Landstraße aufgelesen. Sie sind …?«
»Fredo Fried.«
»Sie suchen wir auch. Kommen Sie bitte mit.«
Der Polizist ging voran, Fredo, Gesche und Karla folgten, Briegel schloss sich ihnen an. Fredo registrierte entsetzt die splitterübersäte Einfahrt und die leeren, rußgeschwärzten Fensterrahmen im Dachgeschoss. Gesches Wohnung. Der Polizist führte sie ins Friedsche Wohnzimmer, wo sie der Einsatzleiter mit finsteren Blicken empfing. »Und wo ist der Bombenleger?«, herrschte er seinen Untergebenen an. »Der Junge wird euch doch wohl nicht durch die Lappen gehen!«
»Reden Sie etwa von meinem Neffen?«, fragte Fredo scharf.
»Allerdings«, fauchte der Einsatzleiter zurück. »Von dem Nachwuchsterroristen, der gerade Ihr Haus beinahe in Schutt und Asche gelegt hat!«
»Das war nicht Tim«, funkte Karla dazwischen.
»Oh doch, Fräulein. Das war er. Er hat eine Gasflasche in den Backofen gesteckt, zweihundert Grad eingestellt und wollte sich gerade mit dem Fahrrad abseilen, als wir ihn erwischt haben! Markiert uns gegenüber das Unschuldslamm, und während wir ihn noch befragen, fliegt hier das Dach weg! Eindeutiger geht's ja wohl nicht.«
»Ist mein Gasbraten gar?«, erkundigte sich Gesche. Der Ein-

satzleiter starrte auf die seltsame Alte: durchweichtes Sommerkleid, die weißgrauen Haarsträhnen hingen wirr herunter, aber die silberhellen Augen blitzten vergnügt, als bäte sie zum Kuchen.

»Das war Gesche! Sie hat es mir unterwegs erzählt«, meldete sich Karla wieder. »Sie hat das mit der Gasflasche getan. Es ist auch ihre Küche da oben. Dann ist sie weggelaufen, ich war leider nicht zu Hause, tut mir leid – meine Uroma ist manchmal ein bisschen, na ja … irre … und …«

»Junges Fräulein«, krähte Gesche energisch dazwischen. »Willst du den Herren nicht endlich Kaffee anbieten? Wo sind deine Manieren? Und Sie …«, Gesche tippte mit dem Zeigefinger auf die uniformierte Heldenbrust, »… sie benutzen nächstes Mal die Fußmatte! Sehen Sie sich die Sauerei auf dem Teppich an!«

Fredo nutzte die Fassungslosigkeit des Einsatzleiters für einen Vorstoß. »Wenn ich Sie richtig verstanden habe, sind Sie schon vor der Explosion hier eingetroffen? Wieso eigentlich?«

»Wir erhielten einen Anruf … anonym … Tim Fried hätte in der Schule mit dem Besitz einer Bombe gedroht …« Der Blick des Einsatzleiters wanderte ratlos zum Fenster hinaus in den Garten, wo sich im strömenden Regen unter dem Licht eines mobilen Scheinwerfers Männer in grauen Schutzanzügen um etwas versammelten, das aussah wie ein tiefes Loch im Rasen. »Aber was ist mit dem Sprengstoffpäckchen? Es war in Ihrem Wintergarten versteckt! Ganz unauffällig, oben auf einer Mauer …«

»Auf der Mauer?«, hakte Karla nach. »Fett mit Klebeband umwickelt?«

»Gehört das etwa auch deiner Uroma?«, stöhnte der Einsatzleiter entnervt. Anstelle einer Antwort marschierte Karla durch den Wintergarten nach draußen. Wie auf Kommando

setzten sich alle anderen in Bewegung und folgten dem Mädchen. Einer der graugewandeten Männer versuchte sie aufzuhalten. »Bitte wegbleiben! Wir werden erst einen Spezialroboter ...«
Karla schlug flink einen Haken, hüpfte in die Grube und tauchte mit dem kleinen Päckchen wieder auf. Die Umstehenden wichen unwillkürlich zurück, sogar Briegel. Nur Gesche und Fredo blieben ungerührt stehen. Karla riss das Klebeband herunter und entblößte eine Pappschachtel, die sie öffnete und den Polizisten im Licht des Scheinwerfers entgegenhielt. Der Einsatzleiter traute sich als Erster heran.
»Was? Ist? Das?«
Karla betrachtete den kleinen Kadaver traurig. Er war verschrumpelt, eingetrocknet und wäre wohl auch als vergammelte Trockenpflaume durchgegangen. »Das ist ...«, begann sie, um sich sogleich zu verbessern: »Das war Speedy. Mein armes, süßes Mäuschen. Was machen wir nun mit dir, mein Kleiner ...«
»Deckel drauf und ab in die Grube«, bestimmte Fredo energisch. »Die Herren Polizisten schütten zu und räumen ihren Kram zusammen! Und dann, Leute – dann suchen wir Tim!«

Erst war er zu Fuß auf Schleichwegen bis zum Stadtrand gelaufen. Dort hatte Tim vor einem Wohnblock einen offenen Fahrradschuppen entdeckt. Gleich mehrere der darin abgestellten Räder waren nicht abgeschlossen gewesen. Er wählte eines aus, das nicht danach aussah, als würde es oft benutzt, und fuhr auf Nebenwegen dorthin, wo es möglichst wenig nach Zivilisation aussah.
Am Rande eines ausgedehnten Waldes verlor der Hinterreifen rapide Luft. Tim fuhr noch ein paar hundert Meter auf der Felge weiter, dann ging es nicht mehr. Er zog das Rad

zwischen die Bäume, unter Dickicht verborgen, und drang zu Fuß immer weiter in den Wald ein. Es regnete unaufhörlich, Blitze zuckten über den Himmel und Donnerschläge begleiteten sie krachend. Wenigstens war es nicht kalt. Dafür stockdunkel, wenn nicht gerade ein Blitz für eine gleißend illuminierte Momentaufnahme sorgte. Der Junge verlor jede Orientierung. Kein Weg weit und breit, nur Bäume. Mehrmals geriet Tim ins Stolpern und stürzte, dabei ging irgendwann sein Handy verloren. Er hätte zwar sowieso niemanden anrufen wollen, aber gerne gewusst, wie spät es war. Obwohl die Uhrzeit eigentlich keine Rolle spielte. Tim hatte keine Ahnung, was für ihn überhaupt noch eine Rolle spielte. Warum laufe ich weiter, dachte er, wenn ich nicht weiß, wohin?

Erst, als er jetzt stehen blieb, spürte er seine bodenlose Erschöpfung. Die Einsamkeit, die ihn umgab, ließ ihn erzittern. Der Regen rauschte, die Bäume ächzten im Wind. Und dann zuckte plötzlich ein Blitz so grell über den Himmel, dass Tim unwillkürlich einen großen Satz machte, geblendet, orientierungslos. Seine Füße gerieten in Schieflage, fanden keinen Halt mehr. Er rutschte ab, blieb hängen, spürte einen stechenden Schmerz im rechten Fußgelenk. Und während der folgende Donnerschlag seine Ohren betäubte, versank Tim in Schlamm und Nässe.

23.

Fredo fegte die Splitter von der Einfahrt. Dann besah er sich den Mercedes, der vor der Garage stand und auch gestern dort geparkt hatte – weshalb die Karosserie nun flächendeckend mehr oder weniger große Einschläge und Krater aufwies, als hätte man die Limousine mit Schrotflinten ins Kreuzfeuer genommen. Im Dachgeschoss wehten vor leeren Fenstern zerfetzte Gardinenreste im Wind. Wenigstens lohnte es sich jetzt wirklich, einen Glaser anzurufen – seine Terrassentürscheibe müsste ja auch noch erneuert werden. Ein Gärtner wäre gut, um den umgepflügten Rasen zu richten. Ein Maler für Gesches rußgeschwärzte Wohnung. Der könnte auch gleich den Rußfleck an der Küchendecke übertünchen. Dachdecker für die losen Ziegel. Eine Putzkolonne für den ruinierten Wohnzimmerteppich. Und, wenn man es ehrlich betrachtete, wäre eigentlich ein neues Auto fällig. Oder zumindest eine Komplettlackierung.

Das alles regte Fredo nicht unmäßig auf. Aber Tim fehlte, und Fredo stellte fest, dass ihm dagegen alles andere – inklusive seiner eigenen Berufs-, Liebes- und Lebensprobleme – als völlig unwichtig erschien. Ich sollte auf die Kinder aufpassen, dachte er, und ich habe versagt. Dass ich ein Versager bin, ist dabei bei weitem nicht das Schlimmste. Das Schlimmste ist, dass sich Tim so im Stich gelassen und alleine fühlt, dass er nicht mehr weiß, wo sein Zuhause ist.

Fredo hatte fast die ganze Nacht lang nach dem Jungen gesucht. Während die Polizei ihre Streifenwagen ausschwärmen ließ, fuhren Briegel und er die Straßen der Umgebung ab. Karla kümmerte sich derweil rührend um Gesche. Sie teilte sogar ihr Zimmer mit der Urgroßmutter. Zum einen, weil Gesches Wohnung fürs Erste unbewohnbar war. Zum anderen aber auch, weil man Gesche tatsächlich nicht mehr aus den Augen lassen konnte. Körperlich erschien sie nach wie vor ungebrochen, aber geistig schien sie nun völlig aus der Zeit gefallen zu sein. Es blieb abzuwarten, ob sich das noch mal ändern würde.

Fredo kehrte ins Haus zurück. Gleich würde Briegel ihn abholen, die Suche ging weiter …

Fuß und Knöchel schmerzten. Sehen konnte Tim die Verletzung allerdings nicht – in dem Graben, in den er gerutscht war, stand ein dunkler Morast aus Sumpf und Wasser. Die zähe Masse reichte ihm fast bis an die Brust. Trotzdem versuchte er noch einmal, sich irgendwie herauszuwinden. Vergeblich, wie schon bei den unzähligen anderen Anläufen, die er während der Nacht unternommen hatte. Wenigstens sackte er nicht weiter ab. Es war hell geworden. Und es regnete nicht mehr. Das nützte allerdings alles nichts, wenn es ihm nicht gelang, sich zu befreien. Tim probierte es noch einmal, bis er vor Schmerzen schrie und schluchzte. Schwer gab er auf. Ich schaffe es nicht, fuhr es ihm durch den Sinn. Mittlerweile wäre es ihm durchaus recht gewesen, von der Polizei gefunden zu werden. Aber die hatte er anscheinend gründlich abgehängt.

Tim erinnerte sich an eine Geschichte, die er irgendwo gelesen hatte: Ein Bergsteiger war bei einer Solotour in einen Steinschlag geraten und hatte sich eine Hand so unglücklich zwischen zwei Felsbrocken eingeklemmt, dass er sie nicht mehr freibekam. Der Mann hatte sich schließlich selbst die

Hand abgeschnitten und so sein Leben gerettet. Gruselig. Der hat wenigstens ein Messer gehabt, dachte Tim. Er hatte gar nichts. Obwohl ihm ein Messer in seiner Situation auch nicht weiterhelfen würde. Höchstens, um sich die Pulsadern … Ganz gut, dass er kein Messer hatte. Vielleicht, wenn die Schmerzen schlimmer wurden, Hunger und Durst zuschlugen, würde er sich vielleicht ein Messer wünschen … Denk an etwas, beschwor sich der Junge, denk an irgendetwas anderes!
Plötzlich war das Bild in seinem Kopf. Ein Raddampfer mit qualmendem Schornstein in voller Fahrt:

»Die ›Schwalbe‹ fliegt über den Eriesee,
Gischt schäumt um den Bug wie Flocken von Schnee …«

Sie suchten den ganzen Sonntag über. Vergeblich. Keine Nachricht von Tim. Auch keine über ihn. Karlas Handy steckte in ihrer kleinen Handtasche, und die war mit Marcels Cabrio davongebraust, als sie ihm entkommen war. Aber das Mobilteil des Friedschen Festnetztelefons schleppte sie den ganzen Tag im Haus mit sich herum. Andauernd sah sie auf dem Display nach, ob ihr vielleicht ein Anruf entgangen sei. Niemals hätte sie geglaubt, dass ihr Tim so fehlen könnte. Mein Bruder, dachte Karla, und zum ersten Mal empfand sie ganz bewusst Tim als Teil ihres eigenen Lebens. Nicht nur als einen Alien mit Scheißmusik und stinkendem T-Shirt. Mein *Bruder*. Wäre Tim nicht mehr da, würde sich ihr Leben verändern. Sich um den Bruder verringern, ärmer, amputiert sein. Ich täusche mich ständig, erkannte das Mädchen. Bei Gesche hatte sie sich auch geirrt. Die tickte zwar nicht mehr sauber, aber sie war im entscheidenden Moment zur Stelle gewesen, weil sie mit dem Herzen gedacht hatte. Davon war

Karla überzeugt. Und als sie jetzt zu Gesche hinübersah, die auf dem Wohnzimmersofa ruhte und stillvergnügt Apfelstückchen mümmelte, die Karla ihr geschnitten hatte, wurde das Mädchen das Gefühl nicht los, in einen Zeitspiegel zu blicken – sie erkannte sich selbst in dem alten, faltigen Greisinnengesicht. Das lag nicht bloß am gemeinsamen, silberhellen Augenblau, sondern an der tiefen, inneren Verbindung zwischen ihnen. Einer Verbindung über die Generationen hinweg, die schon immer da gewesen sein musste – Karla hatte es nur nie bemerkt, wie so vieles nicht. Auf Marcel, den Blender, hereingefallen zu sein, erschien ihr jedoch im Vergleich zum Drama um Tim als Bagatelle. Dabei wäre das Erlebnis mit Marcel für Karla noch vor ein paar Tagen dem Weltuntergang gleichgekommen. Alles verändert sich, dachte sie und sprang wie elektrisiert auf: Die Haustür klappte!

Es war Fredo. Allein, und sein Gesichtsausdruck sagte alles – nichts gefunden, nichts gehört. Trotzdem fragte Karla angespannt: »Und?«

Fredo schüttelte deprimiert den Kopf. »Wir müssen es deinen Eltern sagen.«

Das Mädchen nickte und reichte ihm stumm das Telefon. Die Stunde der Wahrheit, dachte Fredo und atmete noch einmal tief durch. Dann wählte er die Nummer. Zum Glück meldete sich Markus diesmal.

»Fredo, hallo, es passt jetzt gerade gar nicht, ruf bitte später …«

»Mund halten. Zuhören. Bitte, Markus. Ist Nicole auch da?«

»Ja, aber …«

Fredo würgte jeden Einwand seines Bruders ab. Und dann legte er los. Berichtete knapp und eindringlich die dramatischen Ereignisse der letzten vierundzwanzig Stunden. »Natürlich kann es sein, dass Tim sich bloß irgendwo verkriecht,

bald selbst davon die Nase voll hat und zurückkommt. Das ist möglich und das hoffen wir alle. Ich verspreche euch, alles dafür zu tun, um ihn zu finden. So ist der Stand der Dinge, Markus …«
Am anderen Ende herrschte entsetztes Schweigen. Dann hörte Fredo seinen Bruder beinahe tonlos sagen: »Wir nehmen den nächsten Flieger.«
»Ja«, gab Fredo nur zur Antwort und legte auf.

Es wurde wieder dunkel. Tim fürchtete sich vor der Nacht. Er wollte nicht im Dunkeln sterben. Er wollte überhaupt noch nicht sterben. Wenigstens stand genug Wasser auf dem Morast, das er mit dem Mund erreichen konnte, wenn er sich ein wenig zur Seite bewegte. Das tat dann zwar schrecklich weh im verletzten Fuß, und das Wasser schmeckte nach modrigem Waldboden, aber irgendwann im Laufe des Tages war sein Durst größer geworden als der Schmerz. Er versuchte, alle Gedanken daran zu verdrängen, was passieren würde, wenn man ihn nicht fand. Er beschwor sich, nicht so weit vorauszudenken. Zählte im Geiste Minuten herunter, teilte die Zeit in kleine Portionen, um die Kontrolle darüber nicht auch noch zu verlieren. Hoffte auf Rettung, die bald, sehr bald eintreffen würde. Sein Herz schlug den Takt dazu.

»Am Bugspriet vorn ist noch Luft und Licht,
am Steuer aber lagert sich's dicht,
und ein Jammern wird laut: ›Wo sind wir? Wo?‹
Und noch fünfzehn Minuten bis Buffalo.«

Wieder war er fast die ganze Nacht umhergefahren, immer auf der Suche. Erst als er vor Erschöpfung fast am Steuer einschlief, gönnte sich Fredo eine Auszeit im eigenen Bett.

Schlafen konnte er lange Zeit trotzdem nicht. Und als er endlich die Augen zubekam, träumte er Bilder von Tim. Bilder, die er nicht sehen wollte. Dann träumte er friedlicher, sah Tim, wie er ihn viele Male erlebt hatte: auf dem Fahrrad in die Einfahrt preschend, versunken vor dem Computermonitor, am Küchentisch mit einem Pizzastück in der Hand.
Und dann sah er ihn zusammen mit seinem Freund, dem Jungen mit dem Ziegenbärtchen und dem Pferdeschwanz. Der Fürst der Finsternis. Tims einziger Freund.
Der stand Fredo noch vor Augen, als er morgens erwachte. Patrik Stenzel. Natürlich hatte die Polizei sofort sämtliche Freunde, Bekannte und Klassenkameraden Tims befragt. Patrik als einen der Ersten. Die Frage war bloß, was ein Junge wie Patrik der Polizei erzählte. Fredo erinnerte sich, wie er Tim neulich gefragt hatte, als der zu Patrik wollte: Was macht ihr so? Und er erinnerte sich auch an Tims ausweichende Antwort: Ich hab ihm versprochen, dichtzuhalten, bis alles über die Bühne gegangen ist.
Es gibt ein Geheimnis zwischen den beiden Jungen, dachte Fredo. Vielleicht hilft das weiter. Möglicherweise kennt Patrik Tims Versteck. Versorgt ihn heimlich mit Lebensmitteln und warmen Decken. So eine Tom-Sawyer-und-Huckleberry-Finn-Geschichte. Hoffnung keimte in Fredo auf. Vielleicht offenbarte Patrik ihm, was er der Polizei nicht verraten wollte.
Fredo sah auf die Uhr. Wenn er sich beeilte, könnte er noch vor Unterrichtsbeginn in der Schule sein und Patrik abfangen. Notfalls würde er den Jungen auch direkt aus dessen Klassenzimmer kapern. Fredo schoss im Eiltempo durchs Badezimmer, zog sich an und sagte Karla Bescheid, wohin er ging. Gesche schlief noch, aber Karla hatte schon gestern erklärt, sie würde nicht zur Schule gehen und bei der Uroma bleiben, bis ihre Eltern zu Hause einträfen. Fredo konnte sich also voll

auf seine Mission konzentrieren und fuhr mit dem Auto zur Schule.
Er erreichte die Aula knapp vor dem Signal zur ersten Unterrichtsstunde. Das morgendliche Gedränge war Fredo noch aus eigener Schulzeit vertraut, doch im Gegensatz zu früher kam ihm heute kaum ein Gesicht bekannt vor. Immerhin entdeckte er im Getümmel Helena, die ihm aufgeregt zuwinkte. Fredo schlug sich zu ihr durch. Sie sah blass aus und schien den Tränen nah.
»Fredo, das mit Tim ist furchtbar! Der Direktor hat eben das Kollegium informiert. Er sagte, jemand habe anonym die Polizei angerufen …«
»Irgendeine Ratte hat Timmie als Bombenleger verleumdet«, bestätigte Fredo.
»… das hat unser Chef auch erzählt! Und dann sagte er noch etwas. Gleich danach. Ohne eine konkrete Schuldzuweisung auszusprechen, aber doch so, dass allen der Zusammenhang klargeworden ist: Wolfgang Köhler hat sich beurlauben lassen und gleichzeitig um Versetzung gebeten …«
»Hoffentlich kann sich Tim noch darüber freuen«, meinte Fredo bitter.
»Ich hätte sogar eine gute Nachricht für ihn«, sagte Helena traurig. »Noch vor der Konferenz eben kam Kollege Semmling zu mir. Der ist ganz aus dem Häuschen über Tims Deutscharbeit.«
»Die über ›John Maynard‹?«
Helena nickte. »Semmling sagt: Stellenweise etwas schräg argumentiert, aber der originellste Text, den er je zu diesem Thema gelesen hat – Tim sei ein unentdecktes Juwel.«
In diesem Moment entdeckte Fredo die lange Gestalt Patrik Stenzels. Inmitten des Trubels um ihn herum strahlte Patriks eigentümlich asymmetrisches Gesicht eine beinahe gelasse-

ne Ruhe aus, als er jetzt eine kleine Empore an der Stirnseite der Aula ansteuerte, die bei Schulaufführungen auch als Bühne diente. Als der Junge das Podest erklomm, entdeckte Fredo den Matchbeutel über Patriks Schulter, aus dem ein schmaler, länglicher Gegenstand ragte, von einer Plastiktüte verhüllt. GEWEHRLAUF, schoss es Fredo plötzlich durchs Hirn. Und wieder die Fragen an Tim, im Zeitraffertempo:

»Was macht ihr denn so?«
Tims Zögern. »Kann ich dir nicht sagen. Jetzt noch nicht.«
»Wieso nicht?«
»Ist Patriks Ding. Und ich hab ihm versprochen, dichtzuhalten, bis alles über die Bühne gegangen ist.«

Bühne frei. AMOK.
Fredo sprintete los, bevor ihm bewusst wurde, was er eigentlich tat. Pflügte sich durch die Schülerscharen. Hechtete auf die Bühne, stieß Patrik zu Boden, bevor der in sein gerade abgesetztes Gepäckstück langen konnte. Fredo riss den Beutel an sich.
Und zog daraus eine lange Papprolle hervor.
Es herrschte atemlose Stille, bis sich Patrik aufrappelte, dem entgeisterten Fredo die Rolle aus den Händen nahm und sich an die versammelte Menge seiner Mitschüler und Lehrer wandte.
»Ich weiß, ihr könnt mich alle nicht leiden. Tim Fried könnt ihr auch nicht leiden. Aber darum geht es jetzt nicht. Ich habe ein Plakat mitgebracht …«
Patrik zog einen dünnen Karton aus der Pappröhre, entrollte ihn und pinnte das Plakat an die Wand. Die Botschaft bestand nur aus zwei Wörtern, geschrieben in schwarz-roten Buchstaben: TIM FEHLT!

Fredo blickte erschüttert auf das Plakat, dann auf den Jungen mit dem schütteren Ziegenbärtchen. »Entschuldige bitte … Ich dachte …«
Das Glockensignal zerschellte seinen hilflosen Erklärungsversuch. Patrik stand einfach da. Niemand sagte etwas. Keiner rührte sich vom Fleck.
»Ich suche meinen Neffen Tim!«, rief Fredo plötzlich in das große Schweigen hinein. »Er ist irgendwo da draußen! Er ist in Not! Er ist einer von euch. Ihr kennt diese Stadt, ihr kennt die Umgebung. Seht überall nach. Fragt jeden, den ihr kennt! Wer will, geht jetzt zum Unterricht. Alle anderen: Sucht Tim!«
Johlend strömten die Schüler nach draußen. So, wie es aussah, ging heute niemand zum Unterricht. Fredo blickt hinüber zu Helena und hob in scheinbarem Bedauern die Schultern. Sie zeigte ihm den erhobenen Daumen.
»Wir müssen Tim finden«, sagte Patrik neben ihm.
»Wir finden ihn«, erwiderte Fredo. Aber er wagte es nicht, dem Jungen dabei in die Augen zu sehen.

»Noch da, John Maynard?«
»Ja, Herr. Ich bin.«

Ich bin noch da, spürte Tim. Hier bin ich!, schrie es in ihm. Laut schrie er es längst nicht mehr. Ohne Hilfe würde er hier sterben, das war ihm bewusst. Aber zugleich war er sich sicher, dass diese Hilfe nur kommen würde, wenn er etwas dafür leistete. Er durfte nicht bloß darauf warten, was andere taten. Er musste durchhalten, trotz der flammenden Schmerzen im Bein, trotz Durst und Hunger. Bei John Maynard lag ich falsch, erkannte Tim jetzt. Der litt nicht nur, weil andere das von ihm verlangten. Der war kein Opferlamm. Der wollte es genau so haben. Der hätte ja aufgeben können, einfach ab-

springen, Schmerzen ade. Kam aber nicht in Frage, weil John Maynard etwas wollte.
Genau wie Tim. Er wollte seine Eltern wiedersehen. Gesche. Fredo. Karla. Patrik. Sogar seine Mitschüler wollte er wiedersehen. Und die vielen Menschen, denen er nie begegnet war, die er noch nicht kennenlernen konnte. Leben. Bis vor ein paar Stunden hätte er noch geglaubt, das bedeute ihm nichts.
Ich will, dachte Tim. Ich halt's.

»Soll Rettung kommen, so kommt sie nur so.«

Die Polizei fand das Fahrrad mit dem platten Reifen am frühen Nachmittag. Die Nachricht verbreitete sich in Bornstedt wie ein Lauffeuer. Bis dahin hatten sich längst Freiwilligen-Suchtrupps rekrutiert, die schon den ganzen Tag über Ort und Umland absuchten. Jetzt konzentrierte sich alles auf das ausgedehnte Waldgebiet, an dessen Rand das Fahrrad entdeckt worden war.
Knödel schickte seine komplette Fußballmannschaft ins Unterholz. Er selbst bezog Posten auf einem Jäger-Hochsitz – »besserer Überblick«, wie er sich Fredo gegenüber rechtfertigte, der gemeinsam mit Briegel Schulz auf die Pirsch ging. An einem Forstweg begegneten sie Patrik Stenzel, der seine Klassenkameraden anführte und die Gruppe an der nächsten Ecke halten ließ. Der Junge mit dem Ziegenbart hob die Hand wie ein Feldherr und genoss einen Augenblick lang die ungeteilte Aufmerksamkeit seiner Mitschüler. Endlich, dachte er. Endlich hören sie mir mal zu. Dann senkte er den Arm: »Hobbithaufen: Ausgeschwärmt!«

Eines der Mädchen aus Patriks Klasse blieb bei der Suche ein wenig zurück, durchaus mit Absicht. Sie musste dringend pinkeln. Das musste sie immer, wenn es aufregend wurde.

Und aufregender als das hier ging es ja wohl nicht mehr, oder? Also sonderte sie sich ein bisschen von den anderen ab und drang noch ein gutes Stück abseits des Weges in den Wald ein. Schließlich legte sie keinen Wert darauf, von einem der anderen mit heruntergelassener Hose gesichtet zu werden. Am Ende filmte das einer noch mit dem Handy, und plötzlich ist man Hit des Tages auf YouTube. Nein, Leute, nicht mit ihr. Sicherheitshalber legte sie noch ein paar Meter drauf, bis sie von den Klassenkameraden nichts mehr sah und hörte, dann fand sie eine Böschung, hinter der es abwärts ging. Ein Graben, gute Deckung, dachte das Mädchen, zog sich Jeans und Slip herunter und hockte sich in Stellung. Da vernahm sie hinter sich ein Stöhnen, wandte erschrocken den Kopf, blickte direkt in ein dreckverschmiertes, aber schwach lächelndes Gesicht. Und konnte schlagartig nicht mehr pinkeln.

Obwohl sie mit Sicherheit noch niemals etwas Aufregenderes erlebt hatte als dies.

Markus und Nicole fuhren direkt vom Flughafen ins Krankenhaus, per Taxi. Fredo empfing Bruder und Schwägerin in einem Stationswartezimmer, dessen Ambiente im ewigen Licht einer grellen Neonröhre so viel Trostlosigkeit verbreitete, dass man dem Jenseits gelassen entgegensah – schlimmer könnte es kaum werden.

»Tim übersteht es«, berichtete Fredo gleich. »Der Knöchel ist gebrochen, er wird gerade operiert. Aber es ist nicht allzu kompliziert. Es wird kein Schaden bleiben, meinen die Ärzte …«

»Gott sei Dank«, ächzte Markus und ließ sich auf einen Stuhl fallen. Auch Nicole atmete erleichtert auf. Sie wirkte trotz ihrer Aufregung sehr beherrscht, fiel Fredo auf – gar nicht so ein

Nervenbündel wie gewöhnlich. »Konntest du mit ihm sprechen?«, fragte sie ihn.

Fredo nickte. »Ich hab ihm gesagt, dass ihr im Anmarsch seid. Das hat ihn sehr gefreut. Er ist zwar ziemlich entkräftet, aber sonst ganz gut drauf.«

»Wenn Tim jetzt noch im OP liegt, wird er den Rest der Nacht schlafen. Ich möchte bei ihm sein, wenn er aufwacht«, bestimmte Nicole. »Morgen brauche ich dich dann als Ablösung, Markus. Fahr du jetzt nach Hause. Du am besten auch, Fredo. Karla braucht sicher auch Hilfe bei Gesche.«

Nicole hatte zweifellos recht. Früher hätte sie sich so viel Initiative trotzdem verkniffen, dachte Fredo. Markus fügte sich widerstandslos und verabschiedete sich von seiner Frau mit einem schnellen Kuss auf die Wange.

»Bis morgen dann …«

Im Fahrstuhl schwiegen sich die Brüder an. In der Tiefgarage stutzte Markus beim Anblick der arg mitgenommenen Mercedes-Limousine. »Das ist mein Wagen?«

»Du darfst dich aufregen. Aber erst, wenn du dein Haus gesehen hast.«

Markus verlor kein weiteres Wort. Auch die Fahrt verlief in Schweigen. Fredo parkte in der Einfahrt und dankte im Stillen dem Himmel für die Dunkelheit der Nacht. Leider schien der Mond. Die leeren Fensterrahmen von Gesches Wohnung waren deutlich zu erkennen, und am Rande der Einfahrt lagen noch ein paar zerbrochene Dachziegel. Markus sog nur scharf die Luft ein, sagte aber immer noch nichts.

Dafür freute sich Karla riesig, als ihr Vater mit Fredo das Wohnzimmer betrat. »Ich will gleich morgen mit zu Tim und Mama, ja?«, bat sie, nachdem sie beide stürmisch begrüßt hatte. »Und wenn es okay ist, würde ich jetzt gern eine Runde schlafen. Gesche geht es ganz gut, glaube ich.« Alle blickten

nun zu Gesche hinüber, die auf dem Sofa ruhte und offenen Mundes leichte Schnarcher von sich gab. »Richtig klar im Kopf ist sie leider immer noch nicht. Die meiste Zeit hat sie sowieso geschlafen ...«
Markus drückte seine Tochter innig. »Geh ruhig zu Bett, Karla. Wir passen schon auf sie auf. Gute Nacht!«
»Gute Nacht!« Karla huschte hinaus.
Die beiden Brüder blickten auf ihre schlummernde Großmutter. Gesches Schnarchen setzte kurz aus, dann öffnete sie die Augen und richtete sie auf Markus. »Das wurde aber auch Zeit, Markus!«, verkündete sie streng. »Die Straßenlaternen sind längst an!« Ihr Kopf fiel zurück ins Kissen, und sie schnarchte weiter.
»Wo sie recht hat, hat sie recht«, bemerkte Fredo trocken und setzte sich in einen der schweren Sessel.
»Ich könnte einen Cognac gebrauchen«, meinte sein Bruder. »Auch einen?«
Fredo nickte stumm, und Markus trat zur Bar und hantierte mit den Gläsern. Vor dem Einschenken betrachtete er kritisch den Pegelstand der Flasche. »Viel ist ja nicht mehr drin. War's denn ein schöner Abend damit?«
»Elterngespräch«, winkte Fredo ab. »Was tut man nicht alles für die Kinder.«
Markus hob nur eine Braue, verteilte den Cognacrest auf zwei Schwenker, reichte einen an seinen Bruder weiter und setzte sich ihm gegenüber in einen Sessel. Schweigend genossen sie den ersten Schluck.
»So, nun lass es raus«, sagte Fredo dann, »damit wir es hinter uns haben.«
»Was denn, bitte?«
»Du willst also, dass ich von mir aus zu Kreuze krieche! Also gut. Dein Sohn, auf den ich aufpassen sollte, liegt im Kran-

kenhaus. Ich habe dein Auto geschrottet. Der Garten ist verwüstet, das Dach beschädigt, Gesches Wohnung im Eimer. In der Küche hat es gebrannt. Der ruinierte Teppich hier ist dir sicher schon aufgefallen. Ach ja – und im Gästezimmer gibt's keine Scheibe mehr in der Terrassentür. Das war ich aber nicht, wenn ich das mal anmerken darf. Tut mir trotzdem leid, ich bitte vielmals um Entschuldigung. Dafür darfst du mich auch weiterhin Versager nennen. Hab ich noch was vergessen?«

»Ja. Wie ist das alles passiert?«

Fredo holte tief Luft. Und dann berichtete er, ließ nichts aus: Gesches zunehmende Verwirrtheit. Tims Schulprobleme und sein Rückzug in die Isolation. Karlas Liebesintrigen und das dadurch angerichtete Chaos.

Markus wurde nicht wütend, womit Fredo eigentlich gerechnet hätte. Sein großer Bruder wirkte beschämt. Er hörte sich alles kommentarlos an. Erst dann sagte Markus: »Du hast mit meiner Familie in ein paar Wochen mehr erlebt als ich in den letzten fünf Jahren.«

»Tja. Wo ich bin, regiert das Chaos. Nun sag es endlich, Markus!«

»Ich mache dir keine Vorwürfe, Fredo. Die Wahrheit ist: Die Probleme waren doch alle schon da, bevor du hier übernommen hast. Ich habe mich bloß nie darum gekümmert. Weil ich zu feige dafür war und immer schön zur Arbeit flüchten konnte. Du glaubst gar nicht, wie froh ich war, das alles dir zu überlassen, als ich nach China ging!«

»Du hättest mich wenigstens vorwarnen sollen!«

»Wärst du dann gekommen?«

»Wohl kaum«, gab Fredo zu. »Du bist also nicht sauer auf mich?«

Markus schüttelte den Kopf.

»Sieht dir nicht ähnlich«, meinte Fredo. »Irgendwas ist auch mit dir passiert, oder täusche ich mich?«

Markus nickte langsam. »Wir waren kaum in China gelandet«, begann er zögernd, »da lief die erste Konferenz in der Bank.«

»Hast du am Telefon erzählt.«

»Es ging immer so weiter. Nicole sah ich abends im Hotel. Zunächst jedenfalls. Anfangs erzählte sie mir begeistert von den Wundern Pekings, ich schlief mitten im Bericht ein.«

»Honeymoon geht anders, hab ich ja gesagt.«

»Hab ich jemals auf dich gehört?«

»Auf mich hat noch nie jemand gehört. Außer Knödel vielleicht.«

»Knödel?«

»Der dicke Junge von nebenan.«

»Ich wusste nicht mal, dass da ein Kind wohnt.«

»Wie lief das nun in China?«, wollte Fredo wissen.

»Es war wie zu Hause, bloß mit anderer Kulisse«, fuhr Markus fort. »Irgendwann erzählte Nicole gar nichts mehr. Und dann war sie weg. Ich habe es erst nach zwei Tagen gemerkt.«

»Autsch.«

Markus nickte. »Sie schrieb mir nur eine SMS, sie sei mit einem netten Engländer zusammen auf Tour durch die Provinzen.«

»Engländer werden überschätzt«, versuchte Fredo zu trösten.

»Dann kam Nicole zurück. Gerade gestern, als du wegen Tim angerufen hast. Wäre dieser Anruf nicht gewesen, hätte sie mich wohl verlassen. So waren wir uns einig, sofort zurückzufliegen. Unterwegs gab es eine Menge Zeit zum Nachdenken. Ich fliege nicht wieder nach China, Fredo. Nicht wieder zurück in die Tretmühle.«

»Dein Arbeitgeber wird nicht begeistert sein.«
»Das sagst ausgerechnet du? Du hast doch immer dein Ding durchgezogen!«
»Und nun sieh mal, was dabei herausgekommen ist«, verhöhnte sich Fredo selbst.
Markus sah ihm offen in die Augen. »Ich sehe, dass sich Gesche wohlfühlt. Dass mein Sohn um sein Leben kämpft, wenn's darauf ankommt. Dass sich meine Tochter bei meinem Anblick ehrlich zu freuen scheint, habe ich ewig nicht erlebt. Ich schätze, das ist ein paar kaputte Dachziegel wert. Prost, Fredo. Und danke für alles.«
Sie vertilgten den letzten Schluck aus ihren Schwenkern.
»Schade, dass der Stoff alle ist«, meinte Fredo mit einem bedauernden Blick aufs leere Glas.
»Ich hab noch eine Flasche vor dir versteckt«, grinste Markus.
Fredo grinste zurück. »Wusste ich's doch.«
Markus stand auf, ging zu einem antiken Schrankmöbel und zog die Flasche zielsicher aus einer der vielen Schubladen.
Gesche hörte einen Flaschenverschluss ploppen und Glas an Glas klirren. Sie fühlte sich wohl. Die Stimmen um sie herum klangen vertraut. Gefeiert hatte sie immer gerne, trotz der vielen Pflichten. Sie blinzelte. Das hier war nicht das Wohnzimmer von früher. Das alte Haus gibt es nicht mehr, wusste Gesche plötzlich wieder, es ist die Villa von Markus. Da sitzt er ja, mein Markus. Und Fredo ist auch da. Das sind richtige Männer geworden. Keine kleinen Jungs mehr. Erstaunlich. Und wunderschön. Wie sicher sie wirkten, und wie stark.
Fredo sah plötzlich, wie Gesche sich auf dem Sofa aufrichtete. Sich an die Brust griff und schmerzvoll zusammenkrampfte. Er ließ das Glas fallen, sprang vom Sessel und fing Gesche ab, bevor sie vom Sofa gleiten konnte. Auch Markus packte mit

an. Gesches Augen waren weit aufgerissen, ihre Lippen bewegten sich. Fredo hörte sie keuchen: »Immer, wenn man gerade gar keine Lust hat …« Plötzlich erschlaffte sie, ihre Miene entspannte sich zu einem seligen Lächeln.
Und dann starb Gesche.

24.

Am Tag nach der Beerdigung rief Bert Schmidtbauer an. Die Quote der Telenovela hatte so dramatisch gelitten, dass in der Produktion wieder mal eine Revolution fällig gewesen war. Und diesmal hatte es Plöger getroffen. »Ich bin auf seinen Posten gerückt«, verkündete Schmidtbauer nicht ohne Genugtuung. »Jetzt baue ich die neue Mannschaft zusammen. Komm zurück, Fredo, ich will dich dabeihaben. Du verdienst mehr als vorher, versprochen.«

»Und was ist mit Sandra?«

»Gefeuert. Am selben Tag wie Plöger.«

»Ich überleg's mir, Bert.«

Was hätte Gesche in so einem Fall getan', fragte sich Fredo und wusste bereits die Antwort: dorthin gehen, wo man gebraucht wird. Die Produktion einer Telenovela hätte allerdings auf einer Gesche-Liste der sinnvollen Beschäftigungen nicht sehr weit oben gestanden. Andererseits war seine Aufgabe hier in Bornstedt erledigt. Markus hatte Urlaub genommen und kümmerte sich zusammen mit Nicole um die Kinder. Tim war aus dem Krankenhaus entlassen worden, humpelte aber noch mit einer Beinschiene durchs Haus, während Karla schon wieder die Schule besuchte. Noch während Fredo nachdenklich die Treppe zu Tims Zimmer hinaufstieg, wusste er, wie seine Entscheidung ausfallen würde.

Tim lag auf seinem Bett und las in einem Buch. Fredo trat ein und sah sich bewundernd im Zimmer um.

»Astrein aufgeräumt. Respekt.«

»Karla hat mir geholfen«, strahlte Tim.
»Dann kannst du hier ja sogar deine Freundin empfangen«, sagte Fredo mit einem Wink auf das Porträtfoto eines jungen Mädchens, das Tim neuerdings neben sich auf dem Nachttisch aufgestellt hatte. »Habt ihr euch im Krankenhaus kennengelernt?«
»Vivienne geht in Patriks Klasse. Sie hat mich im Wald gefunden!«
»Ist ja fast so ein starker Anfang wie im Park geschossen.«
Sie grinsten sich verständnisinnig an. Dann fragte Fredo: »Was ich noch mal wissen wollte, Tim – was für ein Geheimnis hattest du eigentlich mit Patrik? Was durftest du nicht verraten, bevor es über die Bühne geht?«
»Es ist ja immer noch nicht über die Bühne gegangen«, lächelte Tim verschmitzt. »Aber ich sag's dir trotzdem: Patrik übt E-Gitarre. Wenn er richtig perfekt ist, will er es auf der Bühne krachen lassen!«
Fredo pfiff gedehnt durch die Zähne. »Schafft er's?«
»Pat spielt wie der Gitarrengott persönlich!«
»Gut.« Fredo fehlten plötzlich die Worte, er sah Tim einen Moment lang verlegen an. Dann sagte er: »Ich fahr zurück nach Berlin.«
»Wann?«
»Jetzt gleich.«
Tim schluckte, dann nickte er. »Warte nicht wieder zwei Jahre, bis du uns besuchst.«
»Versprochen. Grüß bitte Karla von mir. Ich rufe sie in den nächsten Tagen an. Spätestens an ihrem Geburtstag.«
»Den hast du bis jetzt immer vergessen.«
»War in einem anderen Leben.«
Sie grinsten sich noch einmal verständnisinnig an, dann verließ Fredo seinen Neffen.

Sein Koffer war schnell gepackt. Der Abschied von Nicole und Markus war kurz, aber herzlich.
»Komm wieder, wann immer du willst«, sagte seine Schwägerin und umarmte Fredo. »Das meine ich ernst!«
»Aber sag vorher Bescheid, dann nagele ich schon mal Bretter vor die Scheiben!«, ergänzte Markus schmunzelnd und reichte Fredo den Autoschlüssel. »Nimm den Benz. Und bring ihn im nächsten Urlaub zurück. Das ist hoffentlich bald!«
Dann saß Fredo endlich im Auto. Fuhr noch einmal durch Bornstedt. Versuchte, möglichst an nichts zu denken, bis er die Hauptstraße erreichte. Die Straße am Ortsausgang lag im gleißenden Gegenlicht. Fuß aufs Gas und hinein in die ungewisse Zukunft …
Fredo trat das Pedal durch und klappte gleichzeitig die Sonnenblende herunter. Ein fettes, haariges, vielbeiniges Wesen fiel ihm entgegen.
MONSTERSPINNE!
Fredo verriss das Lenkrad. Der Benz schlingerte, schleuderte, drehte sich. Rasierte mit hässlichem Geräusch etwas Blechernes, entwurzelte ein paar Sträucher und blieb dann stehen. Fredo riss die Tür auf, sprang aus dem Wagen und klopfte sich die Riesenspinne vom Bauch. Am liebsten wäre er auf ihr herumgetrampelt, aber das brachte er dann doch nicht fertig. Also sah er ihr nach, wie sie sich behäbig in den wenigen Sträuchern verkroch, die der Benz noch übriggelassen hatte. Der Wagen sah nun richtig fertig aus. Auf der Kühlerhaube lag etwas: das leuchtend gelbe Ortsschild mit der Aufschrift »Bornstedt«. Jetzt hatte er es endgültig vernichtet. Das hatten sie mit den Steinen nie geschafft.
Fredo zog das Schild von der Haube und warf es neben den abgebrochenen Metallpfosten. Dann lehnte er sich gegen den ramponierten Wagen, hielt das Gesicht in die Sonne und

schloss die Augen. Er öffnete sie auch nicht, als ein anderes Auto herankam und neben ihm hielt.

Jemand näherte sich.

»Jetzt sieht man gar nicht mehr, wo Bornstedt anfängt oder aufhört«, sagte Helena.

»Bornstedt hört nie auf.« Fredo ließ die Augen geschlossen.

»Da kannst du machen, was du willst.«

»Habe ich auch schon gemerkt.«

»Bist du deshalb noch da?« Fredo spürte, wie sie sich neben ihn an den Mercedes lehnte. Eng neben ihm. Es fühlte sich gut an. Sogar sehr gut.

»Eher deinetwegen.«

»Vielleicht bin ich auch bloß eine Mogelpackung.«

»Werden wir ja sehen.«

»Ich bin auf dem Weg nach Berlin.«

»Hat mir dein Bruder eben auch gesagt. Ich dachte: Entweder erwische ich dich noch vor der Ortsgrenze – oder du bist futsch.«

Fredo öffnete endlich die Augen und wandte Helena sein Gesicht zu. »Ich liebe dich.«

Gernot Gricksch

FREILAUFENDE MÄNNER

Roman

»Ich bin kein Das-Glas-ist-halb-voll-Typ, auch kein Das-Glas-ist-halb-leer-Mensch. Das wäre zu simpel. Ich bin eher ein Das-Glas-ist-zwar-hübsch-aber-ein-bisschen-dreckig-und-das-Zeug-darin-schmeckt-irgendwie-seltsam-Mann.«
Thomas hat keine Ahnung, was er mit seinem Leben anfangen soll – dafür aber als leidenschaftlicher Hypochonder einen eingebildeten Herzinfarkt pro Woche. Seinen besten Freunden Jens und Malte geht es nicht viel besser. Darum wollen die drei Midlife-Crisis-Opfer an einem nordschwedischen See gemeinsam ausspannen, grillen, angeln, die Seele baumeln lassen. Ein Männerurlaub eben, ganz ohne Stress und Komplikationen. Doch dann taucht eine Frau auf. Kurz darauf noch eine. Und schon haben drei freilaufende Männer ein gewaltiges Problem …

»In einem Buch von Gernot Gricksch lernen wir mehr über die Spezies Mann als in einem Dutzend Ratgebern.«
WOMAN

Knaur Taschenbuch Verlag

Dagmar Hansen

HERZLINIEN

Roman

Die 44-jährige Stefanie hat ihr Leben auf Sparflamme geschaltet. Doch als sie einen Gutschein für einen ominösen Workshop geschenkt bekommt, geraten die Dinge schlagartig in Bewegung: ein neuer Job, zwei hartnäckige Verehrer und eine Tochter, die Hals über Kopf heiraten will. Und das ist längst nicht alles, was das Leben noch für sie bereithält …

Ein wunderbar vergnügliches Buch!

Knaur Taschenbuch Verlag

Catherine McKenzie

STERNHAGELVERLIEBT

Roman

Mit Riesenkater und Restalkohol zum Bewerbungsgespräch? Keine gute Idee. Um trotzdem ihren Traumjob zu bekommen, checkt die Journalistin Katie in eine Promi-Entziehungsklinik ein und berichtet über ein dort »einsitzendes« Starlet – dumm nur, dass sie sich mit der Zielperson anfreundet und dann noch ihren Traumtyp kennenlernt …

»Es ist die reinste Freude, sich diesem Buch hinzugeben und es Seite um Seite zu verschlingen. Extrem komisch und zugleich unglaublich herzzerreißend.«

LITERATURMARKT.INFO

Knaur Taschenbuch Verlag